살다,
읽다,
쓰다

살다,

읽다,

쓰다

세계 문학 읽기
길잡이

김연경 지음

민음사

책에는 체계가 필요하다

또 책을 낸다. 번역한 책이 아니라 쓴 책이지만 소설책이 아니다. 때로는 글자를 처음 배우는 아이처럼 설레며, 때로는 관성의 법칙에 짓눌린 수험생처럼 억지로 읽고 나름대로 공들여 쓴 글들, 즉 공부의 기록이다. 거의 모든 글에는 작가의 전기가 정리되어 있는데, 이는 내가 남의 '사생활'에 관심이 많기 때문이다. 이 글을 쓰는 동안 나는 비단 '소설가'가 아니라 명실상부한 '작가-글쟁이'가 되었다. 작가는 아무 책이나 쓸 수 있다. 모든 책에는 그러나, 체계가 필요하다.

이 책은 총 일곱 개의 장(章)으로 이루어져 있다. 1장은 어릴 때부터 좋아한 『적과 흑』, 『고리오 영감』, 『보바리 부인』 등 19세기 프랑스 소설을 읽기 위한 장이다. 르네 지라르의 '모방 욕망'을 염두에 두고 엮었다. 2장은 문학 이상의 문학, 소설 이상의 소설에 관한 장으로서 오늘날 철학서로 자리 잡은 에세이에 관한 글도 들어갔다. 인간과 세계의 '모순'을 탐구한 문학은 확실히 그 형식 역시 '모순'이

5

다. 원래는 3장도 2장의 일부였지만 분량의 문제로 2장을 극이나 잠언으로, 3장을 소설로 나누었다. 4장은 주로 '생활과 일상'이 담긴 세태 소설을 다루었는데, 영미 문학과 러시아 문학의 '웰메이드' 소설이 포함되었다. 교과서 소설은 '속(俗)'의 기록임이 드러난다. 5장은 청소년기에 즐겨 읽은 성장 소설과 예술가 소설에 대한 글이 대부분이다. 일본의 근대 소설 역시 그 맥락에서 읽어 보았다. 6장과 7장은 각각 카프카, 카뮈(사르트르), 쿤데라(오웰), 보르헤스(나보코프, 에코)를 염두에 두고 구성했다.

이 책의 처음과 끝에 위치한 작품이 모두 책에 관한 책이다. 『돈키호테』에서 『픽션들』과 『장미의 이름』까지 나의 읽기는 극히 주관적이다. 그럼에도 독자들이 공유할 만한 지점이 있으면 좋겠다.

나 역시 어느 시인처럼 "나를 환멸로 이끄는 것들" 중 하나로 주저 없이 "인용과 각주"를 꼽겠다.(심보선, 『슬픔이 없는 십오 초』) 그 무게에서 해방된 가뿐한 글쓰기를 꿈꾸었으나 책에 관한 책이라 인용이 불가피했다. 각주 역시 참고 도서 목록으로 흔적 기관처럼 남았다. 천형이라면 웃기고 자업자득이다.

*

누군가에게는 '하강'일 수 있는 문학이, 경상남도 거창군의 으슥한 산골에서 의무 교육만 간신히 받은 농부의 장녀로 태어난 나에게는 시종일관 '상승'이었다. 여섯 살이 되던 해 여름, 부산 사는 삼촌의 결혼식에 가던 길에 아빠의 손을 잡고 조만간 내가 다닐 학교를 구경 갔던 일이 지금도 눈에 선하다. 우리 집에서 5킬로미터는 족히 떨어진 그 야트막한 학교는 물론, 이제 폐교된 지 오래다. 그해 겨울 우리 가족은 거창을 떠나 부산의 산동네에 단칸방을 얻었고, 이듬해 봄, 나는 학교에 들어갔다. 한 반의 학생 수가 쉰 명도 넘던 시절, 오후반도 있던 시절이다. 그 역사적인 1981년에 읽고 쓰는 법을 배웠고 책의 세계에 진입했다. 질 나쁜 종이에 조잡한 그림이 들어간 교과서가 전부였음에도 그것은 아주 처음부터 문학의 형식을 갖추고 있었던 듯하다. 처음 손에 잡은 순간부터 너무 좋았다, 책이라는 것이.

나의 책 읽기는 중학교 시절 값싼 문고판으로 시작되어, 장학금과 과외비 덕분에 현금을 손에 넣을 수 있었던 대학 시절 절정에 달했다. 1993년 3월부터 박사 학위를 받은 2004년 2월까지 촘촘히, 빼곡히 들어찬 11년의 세월 동안 단 하루도 빠짐없이 꿰차고 있던 학생증을 버리기가 얼마나 아까웠던가!

이후, 또 한 번의 시간 덩어리를 여전히 비정규직 신분이지만 러시아 문학을 가르치는 선생으로, 또 그것을 연구하고 번역하는 학자로 살고 있다. 러시아 문학에 한정된 '좁은' 책 읽기에 환멸을 느끼던 30대 중반쯤, 다시 '넓은' 책 읽기를 넘보았다. 2009년 '문지 문화원 사이'에서 세 학기 동안 진행한 세계 문학 읽기 강좌가 시발점이었다. 그와 얼추 맞물려 2010년 가을부터 2011년 상반기까지 네이버 문학 캐스트에 세계 문학을 소개했다. 맨 처음 다룬 책은 사르트르의 『말』이다. 2012년부터는 《책앤》(한국출판문화산업진흥원)에 귀한 지면을 얻어 2015년까지 썼다. 2016년부터는 소설 창작 강의를 맡아 세계 문학의 전범과 전위의 소설을 두루 읽고 있다.

　2010년 12월 1일, 정녕 마지못해, 하루 두 갑의 진정한 골초에서 비흡연자가 되었다. 나쓰메 소세키의 『그 후』에 관한 글은 담배 없이 쓴 첫 번째 글이다. 2011년 한여름에 아이가 태어났다. 출산 이후에는 흡연 따위가 문제가 아니었다. 담배를 안 피워도 나는 사람이지만 책을 읽지 않으면 사람이 아니었다. 그저 새끼를 낳아 젖을 먹이는 포유류의 일종, 한 마리의 암컷일 뿐이었다. 물론 그 역시 숭고한 실존이지만(동물-인간으로 회귀!) 그것을 배면으로 '책의 삶'이 얼마나 숭고한 실존인지(사람-인간으로 회귀!) 새삼 깨달았다. 사람은 무릇, 책을 읽어야 사람이다. 이 책의 거의 모든 글을 몸 안에서, 그리고 몸 밖에서 아이를 키우며 썼다. 아직도 걸음걸이가 불안정한 아이가, 물론 건강하길, 덧붙여 책을 사랑하고 아끼는 사람으로 자라 주길 바라는 마음, 간절하다.
　끝으로 사족 한마디. 내가 가끔 아이보다 책을 더 사랑한다고 해서 엄마가 아닌 건 아니다. 밤낮을 잊고 몇 날 며칠을 담배와 단둘이 골방에 틀어박혀 있던, 아이 이전의 황금시대가 너무 그립다. 조금의 시건방과 비아냥도 없이 말하거니와, 공부는 내 인생의 거의 전부였고 앞으로도 그럴 것이다. "우리가 언제까지 모범생이어야 하니……." 러시아 유학 시절 이런 따사로운 답장을 보내 준 절친했던 라이벌이 작년에 암 수술을 받았다. 이 나이에 뭘 어쩌겠는가. 우리는 언제까지나, 여전히 모범생일 필요가 있다.

— 여름, 김연경

차례

1

"이제부터 파리와 나와의 대결이야!"

근대, 야망, 소설

『돈키호테』

― 책과 삶의 경계를 넘어서

1권 1605년·2권 1615년, 미겔 데 세르반테스(1547~1616)

라 만차 지방에 알론소 키하노(성(姓)은 정확하지 않다.)라는 사람이 살고 있는데, 골격은 튼튼하지만 몸과 얼굴은 비썩 마른, 쉰 살쯤된 노인이다. 아침 일찍 일어나 농사를 짓고 사냥을 즐기던 그가 별안간 기사 소설에 빠진다. 농지까지 팔아 가며 소설책을 사들이고 밤낮을 가리지 않고 책만 읽더니 급기야는 머릿속 골수가 다 말라버려 정신이 나간다. 방랑 기사(편력 기사)가 된 것, 아니, 그러기로 결심한 것이다. 몸소 투구를 장만하고 '골 지방의 아마디스'를 본떠 자신을 '라 만차의 돈키호테'로, 자신의 늙고 비루한 말을 '로시난테'로 명명한다. 잘 알지도 못하는 이웃 마을의 농사꾼 처녀는 졸지에 그가 연모하는 '엘 토보소의 둘시네아'로 바뀐다. 객줏집에서 기사 서품식을 치른 다음에는 두 번째 출정에 앞서 '불쌍한 촌사람' 하나(산초 판사)를 꼬드겨 종자로 삼는다. 그러나 모든 것을 기사 소설에 맞추어 새롭게 창조하려는 그의 옹골찬 몽상에 현실은 다부지게 맞선다. 중세 기사의 역을 자처한 배우는 문자 그대로 이가 빠진 노인, 기껏해야 "불쌍한 몰골의 기사"일 뿐이고 그가 구원하려는 세상은 더 이상 고답적인 영웅 서사시를 허용하지 않는다. 그는 자신이 위대한 모험의 주체가 됐다고 생각하지만 실은 민폐만 끼치는 말썽꾸러기에 골치 아픈 늙은이일 뿐이다. 풍차를 거인으로, 여관집의 적포도주 가죽 부대를 미코미코나 공주의 적으로 착각하여 공격하는 일화는 누구나 기억할 법하다.

그런데 돈키호테는 자신이 무엇을 하고 있는지 정녕 몰랐을까. 그의 광기는 자기 최면의 산물, 즉 일종의 연기가 아니었을까. 무모한 행동가의 저변에 노회한 독서광이 도사리고 있는 것은 아닐까. 시골 이발사의 세숫대야를 보고 맘브리노의 투구라고 주장하며 돈키호테는 산초 판사를 앞에 두고 마법을 운운한다.

산초에게는 세숫대야로 보이는 물건이 돈키호테에게는 맘브리노 투구로 보이기도 하고 다른 누구에게는 또 다른 것으로 보일 수도 있다는 것이다. 이 대목을 어떻게 읽든 돈키호테의 시대착오적인 작태와 노회한 자기기만, 혹은 순진한 광기는 쉽사리 설명되지 않는다. 마냥 감동하기에는 너무 웃기고 마냥 웃기에는 너무 처량하다. 이 소설이 숭고하면서도 그로테스크한 희비극이 될 수밖에 없는 것은 그 세계 자체가 분열된 탓이다.

『돈키호테』는 신 중심의 세계(중세)에서 인간 중심의 세계(르네상스)를 거쳐 근대의 문턱에 이른 순간에 태어났다. 영웅적이고 낭만적인 열광의 시대가 끝나고 권태와 환멸의 시대, 심지어 범속과 일상의 시대가 찾아온 것이다. 가령 그가 읽은 어떤 기사 소설에도 기사가 밥을 먹고 다녔다는 이야기는 없었다. 심지어 한 달 동안 아무것도 먹지 않아도 괜찮아야 정상이지만, 그는 기사를 자처함에도 배가 고프다. 이렇게 돈키호테는 기사 소설에는 나오지 않는 정황과 마주하여 당혹감을 느끼고 수시로 낭패를 맛본다. 그러나 그가 패배하는 횟수(스무 번)만큼 승리한다는 사실을 인지하는 독자는 드물다. 『돈키호테』에서 패배와 승리는 등가이다. 기사로서 돈키호테의 형상이 망가질수록 그 미학적 가치는 높아진다. 숙박료 지불을 거부한 기사 때문에 종자가 여관집 주인한테 얻어맞고, 한뎃잠을 자던 기사가 종자의 배설물 냄새를 맡으며 인상을 쓸 때 문학사의 새 페이지가 쓰이는 것이다. 돈키호테가 길을 떠나는 한 이야기는 계속된다. 하지만 그의 존재와 편력은 광기를 통해서만 가능하다. 그가 명징한 정신을 찾으면 소설은 끝날 수밖에 없다.

"내 좋은 이들이여, 축하해 주시오. 나는 이제 돈키호테 데 라만차가 아니라 알론소 키하노라오. 나의 생활 방식이 그 이름에다 '착한 자'라는 별명을 달아 주었지. 이제 나는 아마디스 데 가울라와 그와 같은 가문이 만들어 낸 숱한 잡동사니들의 운수요. 이미 편력 기사도에 관한 불경스러운 이야기들은 모두 나에게 증오스러운 존재가 되었소. 그런 책들을 읽음으로써 내가 빠졌던 아둔함과 위험을 이제야 나는 알게 되었다오. 하느님의 자비로 내 머리가 교훈을 얻어 그러한 책들을 혐오하게 되었소이다."

'기사병'을 앓던 노망든 영감에서 선량한 시골 귀족으로 돌아간 그는 기사 소설을 모방했던 자신의 지난 삶을 반성한다. 그러고서 제일 먼저 하는 일이 유산 분배다. 주인이 우울증으로 죽어 간다며 원통해했으면서도 자기 몫으로 유산(비록 애초 약속받은 섬은 얻지 못했으나!)이 떨어지자 기쁨을 감추지 않는 산초 판사의 모습은 또 얼마나 근대적인가.

세르반테스는 『돈키호테』의 마지막 장에 이렇게 썼다. "오직 나만을 위해 돈키호테는 태어났고 나는 그를 위해 태어났다. 그는 행동할 줄 알았고 나는 그것을 적을 줄 알았다." 흥미롭게도, '행동'의 대명사인 돈키호테는 독서의 쾌감을 만끽하는 여유로운 촌부였던 반면 이 두툼한 책의 저자는 정규 교육도 거의 못 받았을뿐더러 상이군인, 풀려난 포로, 누명 쓴 세금 징수관 등 여느 모험 소설의 주인공 못지않게 파란만장한 삶을 살았다. 돈키호테의 장황한 설교대로 문(文)과 무(武)는 이토록 상보적이다. 그래서인지 돈키호테의 가족과 친구가 '분서(焚書),' 이른바 책 화형식에 앞서 진행하는 검열과 심판은 무척 엄격하다. 대부분의 책이 불쏘시개 신세로 전락하지만 그 와중에도 『돈키호테』가 패러디하는 원조 기사 소설(『골 지방의 아마디스』)과 세르반테스의 첫 소설(『라 갈라테아』)은 살아남는다. 특히 후자에 대해 신부는 따뜻한 위로와 격려의 말을 보탠다.

"세르반테스도 내 오랜 친구지. 내가 알기로, 그 친구는 시 쓰는 일보다 세상 고생에 더 이력이 나 있는 사람이라네. 그 책은 무언가 기발한 구석이 있지만, 제시만 할 뿐 결론은 아무것도 없단 말이야. 속편을 약속했으니 기다릴 수밖에. 약간 손질만 하면 지금은 못 받고 있는 자비를 완벽하게 얻을지도 모르지. 그때까지 자네 집에다 간수해 놓도록 하게."

실제로 세르반테스는, 『돈키호테』 2권에서 삼손 카르라스코가 전해 주듯, 쉰 살을 훌쩍 넘겨 발표한 『돈키호테』로 대단한 인기를 얻었다. 뿐만 아니라, 에스파냐 문학의 대부분이 번역물이던 당시 상황에서 "에스파냐어로 소설을 쓴 첫 번째 작가"(미겔 데 세르반테스, 『모범 소설』 서문)라는 사실에 대단한 자부심을 느꼈다. 문학사는 그를 1616년 4월 23일 같은 날 사망한 셰익스피어와 함께 근대 문학의 맨 윗자리에 올려놓았다.

미겔 데 세르반테스, 안영옥 옮김, 『돈키호테』, 열린책들, 2014.

『고리오 영감』

— 근대, 욕망, 소설 (1)

1835년, 오노레 드 발자크(1799~1850)

세계 문학사는 발자크를 소설의 교과서로 정의했다. 근대, 자본주의, 대도시, 속물들, 야망에 찬 청년, 전혀 미화되지 않은 날것의 삶 등 『고리오 영감』에는 말하자면 모든 것이 들어 있다. 소설의 초입, 장황하게 묘사되는 보케르 부인의 '고급 하숙집' 풍경은 마냥 비루한, 그렇기에 진실한 우리 삶의 축소판 같다.

> 끝으로, 그곳에는 시적인 데라곤 전혀 없는 가난이 있다. 더이를 데 없이 궁핍하고 넝마 같은 가난이 도사리고 있다. 그 가난은 진흙이 묻지 않았다 해도 얼룩이 지고, 구멍이나 누더기가 없더라도 곧 썩어 넘어질 지경이었다.

이 하숙집에 고리오 영감, 보트랭(자크 콜랭), 빅토린 타페이유, '할멈' 노처녀 미쇼노 양, 으젠느 드 라스티냐크 등 일곱 명의 하숙인이 산다. 이들 중 라스티냐크는 청운의 꿈을 안고 이제 막 파리로 상경한 법대생인데, 가진 밑천이라고는 머리와 야망밖에 없다. 하지만 당장 그를 끌어당기는 것은 두툼한 법전이 가득 찬 도서관이 아니라 현란한 세속의 불빛이 번득이는 파리의 사교계다. 그곳을 드나들던 그는 고리오 영감의 작은딸(델핀 드 뉘싱겐)의 연인이 된다. 19세기 프랑스 소설에서 흔히 볼 수 있는 이 도식적 틀에서 부각되는 것은, 그러나 낭만적이고 열정적인 연애가 아니다. 『고리오 영감』의 관심사는 첫째, 라스티냐크의 눈을 통해 포착한 인간 본연의 속물스러움, 둘째, 그 속물스러운 세계와 마주한 그가 보여 주는 내적인 운동성이다.

고리오 영감은 두 딸의 행복을 위해 제분업으로 모은 재산을 거의 다 써 버리고 마지막 남은 은그릇마저 부수어서 내다 판다. 작가의 비유를 빌자면 "개의 성격에서 볼 수 있는 숭고한 경지에까지 도달"한 부성애가 곧 그의 실존이다. 하지만 두 딸은 아비를 자기 집에 들이지도 않고 돈이 필요할 때만(가령 무도회에 필요한 드레스를 마련하기 위해) 찾는다. 아비가 졸도하여 생사를 헤매고 있는데도 코빼기도 보이지 않는다. 심지어 장례식에도 참석하지 않을뿐더러 장례비도 대지 않는다. 고리오 부녀의 얘기는 라스티냐크의 눈에 비친 파리 '풍속'의 가장 핵심적인 대목이기도 하다.

세상은 시적인 데라곤 하나도 없이 시종일관 속되고 치사하다. 여기서 라스티냐크의 목표는 단 하나, 아무리 열심히 읽어도 알쏭달쏭한 "세상이라는 책"을 정복하고 출세하는 것뿐이다. 보트랭은 그 나름의 처세술을 설파하며 청년을 길들인다.

"자네는 보세앙 사촌 집에 가서 사치에서 풍겨 나오는 냄새를 이미 맡았네. 자네는 고리오 영감 딸인 레스토 부인 집에 가서 파리 여성의 냄새를 맡았어. 그날 자네는 이마에 내가 알아볼 수 있는 단어를 적어서 돌아왔네. 그 단어란 '출세'야! 무슨 일이 있더라도 출세해야 한다는 것이었네. 브라보! (중략) 출세하기 위해서 자네가 해야 할 노력과 필사적 싸움이 어떤가를 판단해 보게. 항아리 속에 들어 있는 거미들처럼 자네들은 서로를 잡아먹어야 하네. 왜냐하면 좋은 자리가 오만 개밖에 없기 때문이야."

약육강식의 논리가 판치는 이 현실 앞에서 청년은 고민한다. 그의 분류법에 따라 복종(귀찮다), 투쟁(불확실하다), 반항(불가능하다) 중 무엇을 택할 것인가, 이것이 문제이다. "청춘 시절에 흘려야 할 마지막 눈물을" 고리오 영감의 무덤에 묻은 뒤 등불이 빛나는 파리를 내려다보며 그는 이렇게 외친다.

"이제부터 파리와 나와의 대결이야!"

그 대결의 첫 행동은 아비의 죽음을 나 몰라라 했던 뉘싱겐 부인 댁에 저녁 식사를 하러 가는 것이다. 그렇다면 라스티냐크는 체포되는 순간까지 도도함을 잃지 않았던 도형수 보트랭의 방식(반항)

살다, 읽다, 쓰다

대신에 복종이나 투쟁의 길을 선택한 것일까. 어떻든 이로써 '순수의 시대'는 종말을 고한다. 과연, 이 소설의 결말은 언제 봐도 불편한 구석이 있는데, 초점을 라스티냐크에 맞춘 탓이다. 실상 『고리오 영감』의 주인공은 고리오 영감이나 라스티냐크 같은 어떤 영웅적인 개인도, 파리라는 근대적인 공간도 아니다. 고리오 영감의 죽음에 대해 한 교사가 하는 말을 보자.

> "파리라는 좋은 도시에서 누릴 수 있는 특권의 하나는, 누구의 눈에도 띄지 않게 태어나서 살다가 죽을 수 있다는 것이오. 그러니 이러한 문명의 혜택을 누립시다. 오늘도 죽은 사람이 육십 명이나 되는데, 파리에서 죽은 그 많은 사람들에게 일일이 애도의 뜻을 표하겠다는 말이오? 고리오 영감이 뻗었다면, 본인으로서는 차라리 다행한 일이지!"

요컨대 발자크 소설의 주인공은 특정한 개인이 아니라, 훗날 그가 자신의 소설을 모조리 아우르는 제목으로 생각한 '인간 희극'이 시사하듯, 이 웃기는 인간 세상 전체이다. 그 세상의 가장 충실한 일원이 작가 자신이기도 했다. 일찌감치 아버지의 바람인 법조인의 길 대신 전업 작가를 선택한 그는 실로 짐승 같은 필력을 뿜내며 어마어마한 양의 소설을 써 댔다. 생계 때문이기도 했지만 그보다 본질적인 것은 자신의 천재성을 문학을 통해 실현하려는 의지, 즉 왕성한 창작욕이었다. "노동, 끝없는 노동은 마지막 순간까지 발자크의 진짜 존재 방식이었다. 그리고 그는 이 노동을 사랑했다. 아니, 이런 노동을 하는 자신을 사랑했다. 창작의 고통 한가운데서 그는 비밀스러운 기쁨으로 자신의 악마적인 에너지, 창작의 잠재력, 의지력 등을 즐겼다."(슈테판 츠바이크, 『발자크 평전』)

그러나 소설을 쓰지 않을 때의 발자크는 몸에 맞지도 않는, 지나치게 화려해서 오히려 촌스러운 치장을 하고 귀족인 척 허풍과 주접을 떠는 촌놈, 실패만 거듭하며 빚에 쫓기는 사업가(출판업, 인쇄업, 심지어 광산업까지 손댔다.), 30대 유부녀들을 상대로 연애 행각을 벌이는 허랑방탕한 한량일 뿐이었다. 요컨대 인간으로서 누구보다도 속물이었던 그가 소설가로서는 로댕의 유명한 조각이 보여 주듯 정녕 뚝심과 맷집이 있는 대가였다. 어떤 속물도 자기 안의 속물스러움과 세상의 속물스러움을 이토록 깊이 꿰뚫어 보지 못했고 또 이토록 적나라하게 표현하지 못했다. 덧붙여 그는 세상이 더럽고 비루할수록 그 세상과 한판 붙어 볼 자유가 소중하다는 사실 또한 우리에게 일깨워 주었다. 라스티냐크의 경우처럼 속물스러운 타협의 형태가 될지라도 그것 없이는 우리의 인생은 결코 어떤 진정성도 확보할 수 없다.

오노레 드 발자크, 박영근 옮김, 『고리오 영감』, 민음사, 1992.

살다, 읽다, 쓰다

『나귀 가죽』
─ 삶, 어떻게 살 것인가

1831년, 오노레 드 발자크

사실주의 소설의 대가인 발자크가 서른두 살에 쓴 장편 소설 『나귀 가죽』의 1부('부적')는 극히 낭만적이고 환상적인 분위기로 시작한다. 시끌벅적한 도박장, 자살을 결심한 청년이 돈을 잃고 미련 없이 밖으로 나선다. 센강 주변을 거닐다가 마침내 골동품 가게에 들어선 그는 어딘가 마법사 같은 분위기를 풍기는 늙은 골동품상을 만난다. 놀라운 것은, 이러한 환상과 '마법이란 것이 불가능한 시간과 장소'인 19세기 파리의 결합, 그리고 그것이 야기하는 미학적 충격이다. 일찌감치 청년의 내면을 간파한 노인은 독특한 언어(아랍어)로 '나를 가지면 모든 것을 갖게 될 것이지만 너의 목숨은 나의 것'이라는 요지의 글이 쓰인 나귀 가죽을 보여 준다. "자네의 자살은 다만 연기되었을 뿐이네." 소위 악마와 계약을 맺은 청년에게 노인이 던지는 의미심장한 한마디는 이후 소설의 복선 구실을 한다.

소원을 들어주는 대신 목숨을 조금씩 앗아 가는 나귀 가죽의 이야기는 동화, 적어도 환상적인 고딕 소설을 예고한다. 하지만 골동품 가게를 나온 청년이 친구들에게 "아니, 라파엘이잖아." 하고 불리는 순간부터 19세기 파리 청년들의 일상을 담은 세태 소설이 펼쳐진다. 2부('무정한 여인')에서 라파엘이 친구(에밀)를 상대로 늘어놓는 과거 이야기도 마찬가지다. 아버지의 뜻에 따른 법학 공부, 사춘기의 방황(도박), 아버지의 파산과 사망 이후 1826년 현재, 22세의 라파엘은 파리에 홀로 남겨졌다. 자신의 불행에 도취된 라파엘은 자신의 진가를 몰라주는 세상과 여자들에게 복수하기 위해 지식을 쌓기로 결심한다. 그리고 마담 고댕의 하숙집에서 3년 동안 '디오게네스'처럼 금욕적인 생활을 하며 희곡 작품과 해부학, 생리학 관련 책(『의지론』)을 쓴다. 한편으론 하숙집 여주인의 딸(폴린)과 오누이 같은 우정-사랑을 나눈다. 이런 라파엘 앞에 인생의 선배 라스티냐크(『고리오 영감』의 주인공이기도 하다.)가 등장한다. 이 능수능란한 청년은 라파엘을 '천재인 동시에 얼간이' 취급하며 각종 처세술을 전수해 주고 사교계의 여왕인 페도라 백작 부인에게 데리고 간다. 라파엘은 '한 명의 여인 이상', '한 편의 소설'인 그녀에게 반하지만 이내 배신당한다. 극적인 데라곤 전혀 없는 연애 이야기를 에밀은 이렇게 비꼰다. "페도라가 아니면 죽음을 달라, 그게 자네 이야기의 요점 아냐?" 그 다음 이야기가 바로 1부의 도입부, 즉 자살을 생각하던 중 나귀 가죽을 손에 넣게 되는 것이다. 에밀과 함께 가죽의 저력을(실제로 유산이 떨어지고 대신 나귀 가죽이 줄어든다.) 확인하면서 라파엘의 운명은 새로운 전기를 맞는다.

『나귀 가죽』은 낭만주의자 발자크(청년)와 사실주의자 발자크(중장년)가 격렬하게 충돌하는 소설, 그래서 당혹스럽고 놀라운 소설이다. 이 소설의 핵심어인 욕망은 출세(성공)와 연애(사랑)로 구체화된다. 어느 경우든 문제는 돈이다. 모두가 졸지에 부자 또는 가난뱅이가 되고 돈이 없으면 사랑도 할 수 없다. 페도라와의 다분히 낭만적인 연애에도 끊임없이 돈이 개입하고(마차를 빌릴 돈이 없어 집까지 걸어간다.) 그녀와 대조되는 폴린과의 관계에서도 마찬가지다. 라파엘은 "여인이 왕비의 풍모를 갖추려면 모름지기 부자여야만" 하고 가난한 상태에서는 숫제 사랑이 불가능하다고 생각한다. 3부의 극장 장면, 파리의 사교계를 흥분시킨 미지의 아름다운 여인이 과거의 그 폴린으로 밝혀지는 대목은 정녕 동화적이다. 남편이 백만장자가 되어 돌아올 것이라는 고댕 부인의 예감이 실현되자(돈의 마법!), 라파엘은 오랫동안 그를 흠모하며 그림을 그려 팔면서까지 그의 우윳값을 대온 폴린과 열렬한 연애에 돌입한다. 그들의 사랑이 깊어지는 것도 두 인물이 공히 소유한 부 덕분인 양 묘사된다. 3부의 도입부에서는 손님을 맞이한 라파엘의 충복(조나타)의 입을 빌어 그가 식비로 하루에 1000프랑을 쓸 만큼 부자라는 점을 강조한다. 초기 자본주의의 물질 만능주의를 대변하는 이토록 거친 직접 화법에 속이 시원해지는 것은 왜일까. 아무튼 발자크가 묘파한 속물성은 『나귀 가죽』의 일부일 뿐이다.

3부('죽음의 고뇌')의 라파엘은 부유한 '발랑탱 후작'이 된 대가로 그만큼의 목숨을 내놓았다. 폴린과 재회한 후부터 나귀 가죽은 급

속도로 줄어든다. 두려워진 라파엘은 그것을 몰래 우물 속에 버리지만 정원사가 발견하여 다시 가져온다. 이어 그는 가죽을 처리하기 위해 과학(박물학, 생리학, 기계 역학, 화학 등)에, 그다음에는 자신의 건강을 회복하기 위해 의학(유기체론, 생기론, 외과 수술론)에 의존한다. 그 과정에서 장황하게 전개되는 각종 '론'은 1부의 '도박론'과 '골동품론'을 비롯하여 발자크의 지식욕이 얼마나 대단했는지를 보여 준다. 자신이 만들어 낸 주인공의 입을 빌어 돈과 명예를 멀리하고 오로지 학적인 즐거움에만 탐닉하는 학자(플랑셰트)를 찬미하는 것도 그 예이다. 하지만 문학에 대한 숭고한 헌신만큼은 발자크 역시 모자라지 않다.

　1804년생인 라파엘은 물론 욕망의 화신이었던 못생긴 청년 발자크의 미화이다. 라파엘의 자살-욕망(타나토스)은 삶-욕망(에로스)과 등치되고 '그로써 어떻게 살 것인가'라는 문제가 제기된다. 요양차 찾은 온천장에서 사소한 일로 결투(살인)까지 한 다음 라파엘이 택한 최후의 길은 그야말로 자연으로 돌아가는 것이다. 그러나 그조차 여의치 않자 다시 파리로 돌아와 일종의 수면 마취제를 꾸준히 복용하며(그래도 살기 위해 중간에 밥은 먹는다!) 거의 하루 종일 잔다. 하지만 눈앞에 다시 폴린이 나타나자 억눌렸던 욕망이 불타오르면서 명줄이 탁, 끊기고 만다. 죽음의 순간은 극적이지만, 나귀 가죽을 손에 넣은 순간부터 시작된 삶-죽음의 과정(추정컨대 폐병에 걸린 듯하다.)은 속도가 느리다. 많이 욕망하면 빨리 죽는다. 하지만 욕망을 죽인 채 조심조심 영위되는 삶은 또 무슨 의미가 있는지 의문스럽다.

우리 모두에게 거의 똑같이 주어지는 '삶(시간-욕망)'을 어떻게 꾸려 갈 것인가. 이런 물음을 던졌다는 점에서 『나귀 가죽』은 과연 부제 대로 '철학 소설'이며 발자크의 거대한 문학 기획인 '인간 희극'의 첫 고리가 될 만하다. 아래의 인용문에서 '힘'은 '삶'으로 바꿔 읽어도 무방하겠다.

> 그(라파엘)는 문득 힘을 소유하는 것 자체가, 아무리 그 힘이 막대하다 하더라도, 그 힘을 사용할 수 있는 기술을 가져다주지 는 않는다는 생각이 들었다. 왕홀(王笏)은 어린아이에게는 한갓 장 난감일 뿐이지만 리슐리외에게는 도끼요, 나폴레옹에게는 세상을 들어 올릴 수 있는 지렛대인 것이다. 힘은 꼭 우리만큼의 크기를 가지며 그래서 큰 사람만을 더 키우는 법이다.

오노레 드 발자크, 이철의 옮김, 『나귀 가죽』, 문학동네, 2008.

『적과 흑』
― 근대, 욕망, 소설 (2)

1830년, 스탕달(1783~1842)

　스탕달의 『적과 흑』은 한 청년의 야망의 추이를 다룬 성장 소설이자 모험 소설, 섬세한 심리 묘사가 돋보이는 비극적인 연애 소설, 그리고 왕정복고 시대의 프랑스 현실을 기록한 '1830년대 연대기,' 즉 일종의 정치 소설이다. 어떻게 읽든 이 소설의 핵심은 주인공 쥘리엥 소렐이다. 거칠고 교활한 목수의 아들로 태어난 그는 뽀얗고 곱상한 얼굴과 야리야리한 몸매에 예민한 감수성과 뛰어난 지력을 소유한 인물인데, 하라는 일은 않고 책만 읽는다 하여 기생충 취급을 받는다. 1부 10장의 제목처럼 "드높은 마음, 비천한 신세"의 청년이 인생의 전범으로 삼은 것은 이미 몰락했으나 여전히 영웅으로 여겨지는 나폴레옹으로, 그의 초상화를 성물처럼 간직할 정도이다. 쥘리엥이 예비 사제로서 입고 다니는 검정색 옷, 즉 '흑(黑)(왕정복고, 반동, 현실)'의 저변에 깔린 것은 나폴레옹적인 야망과 열정, 즉 '적(赤)(혁명, 이상)'인 것이다. 더욱이 늙은 군의관에게 라틴어와 역사도 배웠고

(신약 성경을 다 외우고 라틴 고전 문학까지 섭렵했다.) 지식을 충분히 갖추었다는 자신감도 있다. 그럼에도 지방 귀족 사회(베리에르의 시장 레날 씨의 가정교사)를 시작으로 브장송의 신학교를 거쳐 수도의 귀족 사회(파리, 라 몰 후작의 비서)에 이르기까지 소위 대처(大處)로 나간 청년의 인생은 환멸과 좌절의 연속이다. 그것이 사랑과 연애로 표현된다.

먼저 시장의 아내인 드 레날 부인은 쥘리엥에게 다분히 모성애에 가까운 사랑을 베푼다. 현모양처의 역할이든, 10세 연하의 정부를 둔 서른 살짜리 유부녀 연인의 역할이든 모두 '……처럼'의 유혹이 아니라 심리적이고 육체적인 욕구에 따라 자연스레 주어진 것이다. 그녀의 사랑은 촌스럽고, 그래서 더욱 숭고하다. 한편, 드 라몰 후작의 딸 마틸드는 재색을 겸비한 부유한 명문가의 딸답게 선민의식이 강하다.

"나와 같은 여자의 운명에는 모든 것이 특이해야만 해."

타고난 지식욕과 왕성한 독서, 여기에 귀족적 권태까지 가세하여 그녀는 열정을 향한 모방 욕망을 불태운다. 앙리 4세의 아내 마그리트, 아벨라르의 연인 엘로이즈, 루소의 『신(新)엘로이즈』의 여주인공 등 그녀가 전범으로 삼은 대상의 목록은 끝이 없다. 실제 사랑에 앞서 사랑이라는 관념을 먼저 알게 된 그녀는 대상을 있는 그대로 사랑하기보다는 자신의 이상에 맞게 창조하려고 한다. 과연 "파리에서는 사랑이란 소설의 소산"이다. 마틸드는 아주 당차게 연애에 돌입하고 임신을 한 후에도 아버지에게 떳떳이 자신의 권리를 요구한다. 소설의 마지막, 그녀는 정쟁에 희생된 연인(보니파스 드 라몰)의 참수된 머리를 품에 안았던 마그리트 왕비처럼 쥘리엥의 참수된 머리에 입을 맞춘다. 그녀의 모방 욕망이 극에 달하는 순간이다. 드 레날 부인은 쥘리엥이 처형당한 다음 곧 사망하지만, 사형수의 사생아를 낳을지라도 귀족 신분과 재산과 미모를 갖춘 마틸드는 앞으로도 자기 삶의 당당한 주체로 살 것이다.

쥘리엥은 두 여성의 중간쯤에 있는 셈인데, 마틸드와의 연애에서는 스스로를 아벨라르에, 생 프뢰(『신(新)엘로이즈』의 남자 주인공)에 비유하는 그의 모방 욕망이 유난히 도드라진다. "사실 그들의 환희에는 약간 의도적인 기색이 스며 있었다. 정열적인 사랑이 그들에게는 아직 현실이기보다는 모방의 대상이었던 것이다." 사랑을 얻기 위해 그가 열심히 들고 날랐고 실제로 그를 '높은 곳'까지 올려 주었던 사다리는 결국 추락을 위한 발판이 되고 만다. 두 여성을 향한 복잡한 사랑과 우여곡절 끝에 살인 미수 혐의로 수감된 쥘리엥이 재판에서 남긴 말이 유명하다.

"나는 여러분에게 용서를 청하는 것이 결코 아닙니다. 본인은 조금도 환상을 품고 있지 않습니다. (중략) 드 레날 부인은 내게 어머니와 같은 분이었습니다. 내 범죄는 잔혹한 것이며 또한 계획적인 것입니다. 배심원 여러분, 그러므로 본인은 사형을 당해 마땅합니다. 그러나 내 죄가 좀 더 가벼운 것이었다 해도 사람들은 내 젊

살다, 읽다, 쓰다

은 나이가 동정을 살 만하다는 사실은 전혀 고려하지 않고, 나를 통해 나와 같은 부류의 젊은이들을 징벌하고 그들을 영원히 의기소침하게 하려 한다는 것을 본인은 잘 알고 있습니다. 즉 하층 계급에서 태어나 가난에 시달리면서도 다행히 좋은 교육을 받았고 부유한 사람들의 오만이 사교계라고 부르는 것에 대담하게 끼어들려 한 젊은이들 말입니다. 여러분, 그 점이 바로 본인의 범죄입니다. 그리고 사실상 나는 나와 같은 계급의 동료들에게 판결받지 못하는 만큼, 내 범죄는 더욱더 준엄한 징벌을 당할 것입니다. 본인의 눈에는 배심원석에 부유한 농민 하나 보이지 않고 오직 분개한 부르주아들만이 있을 뿐입니다……."

쥘리엥의 주장을 '자신의 비천한 운명에 반항한 일개 농부'의 계급 의식과 열패감의 산물로만 볼 수는 없다. 그가 사형을 선고받기까지는 정치적 정황을 포함한 여러 요소(드 라몰 후작과 프릴레르 부주교의 해묵은 반목, 시장이 된 발르노 남작의 복수심, 마틸드의 '영웅주의'가 빚어 낸 역효과 등)가 개입되어 있다.

하지만 보다 본질적인 문제는 그토록 상류 사회에 편입하고 싶어 하면서도 동시에 그것을 경멸하고 그러면서도 또 야망을 버리지 못한 그의 자기기만이 아닐까 싶다. '높은 곳'을 향한 모방 욕망, 즉 '낭만적 거짓'이 현실과 대면하여 참패하는 순간 역설적으로 '소설적 진실'이 구축되고 쥘리엥은 파멸의 순간에 오히려 근대 소설의 주인공으로, 진정한 영웅으로 거듭난다. 당시의 시대상을 고려할 때

극히 개연적인 이런 흐름 속에는 소설을 '큰길가를 돌아다니는 거울'로 생각한 스탕달 특유의 냉혹한 리얼리즘의 정수가 들어 있기도 하다.

스탕달의 생몰 연도는 프랑스 혁명 및 격동기와 거의 일치하지만 정작 그의 전기는 따분한 편이다. 젊은 날에는 군인과 관리로서 출세를 꿈꾸었으나(1812년에는 나폴레옹 군대와 함께 러시아까지 갔다.) 별다른 성취를 이루지 못했고 이후에는 주로 이탈리아에 머물며 딜레탕트적인 삶을 살았다. 연애에 관심이 많았으나 실연을 당하기 일쑤였다.(대신 『연애론』을 썼다.) 문학 인생 역시, '펜의 도형수'를 자처하며 어마어마한 양의 소설을 써낸 '열혈남' 발자크와도, '일물 일어설'의 원칙에 따라 뼈를 깎는 고통을 맛보며 문학에 임한 '냉혈한' 플로베르와도 달랐다. 한편 그는 "나는 더러운 것을 혐오하는데, 민중이란 내 눈에 항상 더러워 보인다."라거나 "가게 방의 사람들과 더불어 살기보다는 매달 보름씩을 감옥에서 보내는 편이 좋을 것이다."라는 말을 서슴지 않았다.

이렇듯 귀족과 민중을 모두 경멸하며 허랑방탕한 부르주아 한량처럼 살아온 늦깎이 무명작가가 쉰 살을 목전에 두고 『적과 흑』을 썼다. 실화를 소재로 했음에도 별로 주목받지 못한 이 소설은 작가의 오만한 믿음대로 훗날 명실상부한 걸작으로 평가되었다. 그리고 그가 창조한 민중 출신의 청년은 세계 문학사에서 가장 매력적인 인물이 되었다.

나폴레옹이 검으로 세계를 정복했다면 스탕달은 『적과 흑』으로 비슷한 위업을 이룬 것이다. 그가 '스탕달'을 비롯한 여러 필명과 함께 수시로 바꿔 썼던 가면(낭만적인 댄디, 1812년의 군인, 예술애호가 등) 밑에 가려져 있던 진짜 얼굴은 그의 유언이자 묘비명이 얘기해 주는 그대로이다.

밀라노인 아리고 베일레, 살았고 썼고 사랑했다.

스탕달, 이동렬 옮김, 『적과 흑』, 민음사, 2004.

『마담 보바리』

─ 근대, 욕망, 소설 (3): '소설처럼'의 비극

1857년, 귀스타브 플로베르(1821~1880)

　『마담 보바리』는 시골 의사의 아내인 엠마 보바리의 불륜과 파
멸을 그린 소설이지만 소설에 관한 소설이기도 하다. 끊임없이 욕망
을 생산해 내는 책(소설)과 그 욕망-책을 끊임없이 배반하는 삶의
충돌, 그것을 엠마의 인생이 보여 준다.

　수도원에서 성장기를 보내며 소설을 많이 읽은 탓에 항상 '소설
처럼!'을 꿈꾸는 그녀에게 현실은 따분하기만 하다. 결혼 전에는 사
랑을 느낀다고 생각했지만 막상 결혼을 하고 나니 전혀 행복하지 않
다. 오히려 "소리 없는 거미와도 같은 권태가 그녀의 마음 구석구석
의 그늘 속에 거미줄을 치고 있었다."

　이런 그녀 앞에 레옹이 나타나, 지금껏 비어 있던 욕망의 괄호
안을 채워 준다. 그를 직접 만나는 것보다는 고독 속에서 그의 모습
을 마음껏 그려 보는 것이 더 즐겁다. 로돌프의 경우도 비슷하다. 명
실상부한 애인이 생기자 그녀는 옛날에 읽었던 소설 속의 여주인공

들을 떠올리며 그녀 자신이 그토록 선망하던 사랑에 빠진 여자의 전형이 되었다고 생각한다.

그때 그녀는 옛날에 읽었던 책 속의 여주인공들을 상기했다. 불륜의 사랑에 빠진 서정적인 여자들의 무리가 그녀의 기억 속에서 공감 어린 목소리로 노래하기 시작하며 그녀의 마음을 사로잡았다. 그녀 자신이 이런 상상 세계의 진정한 일부로 변하면서 그녀는 예전에 자신이 그토록 선망했던 사랑에 빠진 여자의 전형이 바로 자기 자신이라고 여기게 되었다. 이리하여 젊은 시절의 긴 몽상이 현실로 변하고 있는 것이었다. 게다가 그녀는 설욕의 만족감도 느끼고 있었다. 그녀도 그만하면 어지간히 고통받지 않았는가! 그러나 이제 바야흐로 승리를 거둔 것이다. 오랫동안 억눌려 있던 사랑이 환희로 끓어올라 한 방울 남김없이 분출된 것이다. 그녀는 뉘우침도 불안도 고민도 없이 그 사랑을 음미하는 것이었다.

낭만적 사랑에 탐닉하면서 그녀는 점점 더 소설의 여주인공 같은 포즈를 취한다. 로돌프에게 버림받았을 때는 기만과 배반으로 점철된 사랑의 비극 때문에 파멸한 여주인공 역을 맡는다. 성녀를 꿈꾸며 종부 성사까지 준비하고 신앙심을 불태우기도 한다. 3년 뒤, '파리 물'을 먹고 돌아온 레옹이 "파리에서는 흔히 있는 일인걸요!"라는 천연덕스러운 말로 그녀를 유혹하자 기꺼이 그에 응한다.

하지만 소설과 몽상 속에서는 낭만적 사랑의 정점이었던 불륜도 현실 속에서 반복과 지속을 거듭하자 이내 실체를 드러낸다. "레옹이 그녀에게 싫증이 난 것만큼 그녀 역시 상대에게 물려 버렸다. 엠마는 간통 속에서 결혼 생활의 모든 진부함을 그대로 발견하고 있었다." 권태와 환멸은 불가피하다.

그러나 엠마의 파국에 직접적인 원인을 제공한 것은 굳이 말하자면 연애가 아니다. '소설처럼' 살기 위해 그녀는 몸치장에 지나치게 신경을 쓰는 반면 살림살이와 금전 문제에는 무관심하다. 돈키호테의 경우와 비슷하게, 책과 몽상 속의 세계는 너무나 시적인데 실제 현실은 너무나 속되다. 이런 현실을 계속 외면하던 엠마는 요즘 식으로 말해 카드 빚 때문에 파산하고 만다. 사태를 수습하고자 로돌프를 찾아가 때아닌 사랑 타령을 늘어놓고 돈을 구걸하는 모습은 거의 참담하다. "실은 저 파산했어요, 로돌프! 제게 3000프랑만 꿔 주세요!" 음독자살과 그 과정, 특히 수의를 입힐 때 시체가 된 상태에서 구토하는 장면을 묘사하는 작가의 붓은 냉혹하기 그지없다. 한마디로 모든 것이 엠마의 욕망과 몽상을 모독하고 조롱한다. 혹시 그녀가 다른 남자와 결혼했거나 다른 처지에 놓였더라면 사정이 좀 달랐을까? 물론 아니다. 욕망은 그 본질상 만족을 모르기 때문이다.

『마담 보바리』는 잡지에 연재될 당시부터 물의를 일으켰으며 미풍양속을 해친다는 이유로 작가와 출판업자, 편집자가 모두 법정에 섰다. 자연스레 보바리 부인의 모델이 누구냐는 질문이 제기되었다. 그때 플로베르가 내놓은 답이 그 유명한 "마담 보바리, 그것은 바로 나다!"라는 말이다. 플로베르와 엠마 사이에 어떤 유사성이 있느냐하는 문제는 차치하더라도 어떻든 그는 속되고 보편적인 모방 욕망의 근원과 그 추이를 속속들이 해부하는 데 성공했다. 의사의 아들로서 메스 대신 펜을 잡은 외과의-소설가였던 셈이다.

『마담 보바리』를 쓸 때는 스스로를 "손등에 납덩어리를 얹어 놓고 피아노를 치는 사람"(1852년 7월 26일 루이즈 콜레에게 보낸 편지)에 비유했는데 그 살인적인 고통을 5년 동안 감내했다. 대체로 플로베르는 동굴 속에 칩거한 고독한 '곰', 크루아세의 은둔자를 자처하며 고행하는 수도승과 같은 자세로 문학에 임했다. '일물 일어설'의 창시자답게 비단 '무엇'이 아니라 무엇을 '어떻게' 쓰느냐, 즉 '문체'의 문제에 최초로 골몰한 작가이기도 하다.

지로가 그린 초상화 속의 플로베르는 머리가 훌러덩 벗겨지고 눈은 반쯤 풀려 있으며 전반적인 생김새는 불도그와 비슷하다. 덧붙여 183센티의 거구였던 그는 뇌전증을 앓았거나 적어도 그만큼 심각한 신경 발작에 시달렸다. 말년에 두툼한 플로베르 전기 『집안의 백치』를 썼던 사르트르는 이런 말을 남겼다. "나는 『마담 보바리』를 좋아하지 않는다. 플로베르도 좋아하지 않는다. 하지만 『마담 보바리』는 정말 대단한 책이라고 생각한다. (중략) 그는 내 마음에 들지도 않고 우스꽝스럽지만, 그러나 『마담 보바리』를 썼다. 내 관심을 끈 것은 뚱뚱하고 키가 큰 그 둔한 인간과 그 걸작의 대조였다."(장폴 사르트르, 「대담」)

과연 남성 우월주의에 빠진, 오만하고 방탕한(혹은 그런 척한) 독신자를 좋아하기란 쉽지 않다. '마담 보바리'라는 제목이 붙었음에도 소설은 샤를르의 어린 시절로 시작해서 약제사 오메의 승승장구를 알리는 문장으로 끝난다. "그는 이제 막 레지옹 도뇌르 훈장을 받았다." 결국 몽상가 유형의 '바보들'은 다 죽고 현실 감각을 지닌 민첩한 '속물들'은 승승장구한다. 이렇게 바보와 속물만 나오는 소설을 좋아하기는 더 쉽지 않다. 그러나 '낭만적 거짓'의 허울을 벗겨내고 그 밑에 감춰진 '소설적 진실'을 폭로한 그의 문학 앞에서 모골이 송연해지는 것은 어쩔 수 없다.

귀스타브 플로베르, 김화영 옮김, 『보바리 부인』, 민음사, 2000.

살다, 읽다, 쓰다

『파리의 우울』
― 근대의 내면

1862년, 샤를 피에르 보들레르(1821~1867)

 『파리의 우울』은 작가 자신의 말마따나 '이상한' 책이다. 에필로그를 포함하여 총 51편에 이르는 이 '소(小)산문시'는 니체의 아포리즘이나 카프카의 장편(掌篇) 소설을 미리 읽는 것 같은 느낌을 준다. 제목은 어떠한가. '파리의 우울'이라지만 이 책 속의 파리는 상당히 모호하고 추상적이다. 이 도시를 향해 시인은 외친다. "나는 그대를 사랑한다. 오, 더러운 수도여!/ 창녀들, 그리고 강도들, 그대들은 내게 자주 가져다준다./ 무지한 속물들은 알지 못하는 갖가지 쾌락을!" 말하자면 그의 시선이 머무는 곳은 파리의 외면이 아니라 내면이고 그것에 작가는 '우울'이라는 이름을 붙였다. 우울과 권태는 모더니티의 수도, 즉 19세기의 파리를 몸으로 살아 냈던 보들레르의 발명품이다. 이 독특하고 새로운 정서의 진앙은 시간, 혹은 시간에 대한 의식이 아닐까 한다.

오! 그렇다! '시간'이 다시 나타났다. 시간은 이제 지배자로 군림한다. 그리고 이 혐오스러운 늙은이 시간과 함께 추억, 회한, 경련, 공포, 고통, 악몽, 분노, 신경증 등 시간의 악마 같은 수행원들이 모두 되돌아왔다.

맹세코 초침 소리가 이제 더욱 힘차고 엄숙하게, 일 초 일 초 시계추에서 튀어나와 말한다. "나는 '삶'이다. 견디기 힘든, 냉혹한 삶!"

(중략)

인간의 삶에서 어떤 희소식을 알려 주는 임무를 띤 것은 다만 일 '초'에 지나지 않는다. 그 희소식이라는 것도 결국 우리에게 설명할 수 없는 공포를 불러일으킬 뿐이지만./ 그렇다! 시간이 군림한다. 시간이 그의 난폭한 독재권을 되찾았다. 그리고 시간은 마치 황소를 부리듯 그의 두 개의 바늘로 나를 몰아세운다. "이러! 짐승 놈아! 땀을 흘려 일해. 노예 녀석! 살아라, 망할 녀석아!"

—「이중의 방」

무지막지한 시간 앞에서 시인은 정녕 나태의 화신에 지나지 않는다. 거리를 빌빌대거나(산책자!) 정반대로 방바닥을 긁는 것(몽상가!) 말고는 아무것도 하지 않는 자, '혁명의 시대'에 이어 '자본의 시대'가 도래했건만 우울과 권태에 절어 있는 자가 시간과 더불어 자유롭게 살 수 있는 방법은 무엇인지 작가는 묻는다.

살다, 읽다, 쓰다

항상 취해 있어야 한다. 모든 게 거기에 있다. 그것이 유일한 문제다. 당신의 어깨를 무너지게 하여 당신을 땅 쪽으로 꼬부라지게 하는 가증스러운 '시간'의 무게를 느끼지 않기 위해서 당신은 쉴 새 없이 취해 있어야 한다.

그러나 무엇에 취한다? 술이든, 시든, 덕이든, 그 어느 것이든 당신 마음대로다. 그러나 어쨌든 취해라.

—「취해라」

이른바 취함의 미덕은 부르주아적인 절제와 중용에 정면으로 대치된다. 대체로 보들레르는 데카당스가 하나의 미학 체계로 확립되기 전부터 이미 퇴폐의 시인으로 자리매김했다. 놀라운 것은 그것과 첨예하게 대립하며 공존하는 민감한 윤리 의식이다.

가령 「괘씸한 유리 장수」에 재미있는 얘기가 나온다. 세상에 누구보다도 악의 없는 한 몽상가가 오직 "과연 사람들이 주장하는 것처럼 쉽사리 불이 붙는지 어떤지 보기 위해서" 숲에 불을 지른다. 이어 화자는 자신의 경험담을 들려준다. 어느 날 아침 무심코 창밖을 내려다보다가 유리 장수를 발견하는데 그에게 "갑작스러운 포악한 증오"를 느낀 나머지 괜히 그를 집까지(7층에 있다!) 불러들인 다음 온갖 생트집을 잡아 그를 밀치다시피 내려보낸다. 일은 여기서 끝나지 않는다. 그가 다시 문 앞에 나타나자 화자는 발코니에서 조그만 화분 하나를 집어 그의 지게를 향해 수직으로 던진다. 유리 장수는 나뒹굴고 유리는 박살난다. 그러자 화자는 자신의 광기에 더욱

더 도취되어 "인생을 아름답게! 인생을 아름답게!"라고 외친다.

'악'을 향한 끌림은 자연스레 '선'을 향한 갈망을 동반한다. 마찬가지로 패륜적이고 패덕적인 무보상적 행위의 저변에 윤리와 도덕에 대한 강박관념이 깔려 있는 일이 왕왕 있다. 실제로 '악'으로 번역되는 프랑스어 mal에는 '고통'이라는 의미도 있다. 어떤 의미에서 보면 보들레르에게는 문학 자체가 악덕에 빠진, 온갖 소외된 자들을 향한 고통과 연민의 표현이었던 것 같다.

한데 그의 병적인 자학 속에 자기 연민은 없었던 것일까. 더 이상 웃지도, 울지도, 노래를 부르지도, 춤을 추지도 않는 늙은 광대를 보며 그는 큰 고통을 느낀다.

> 그리고 집에 돌아오면서 이 광경에 마음이 사로잡혀 나의 갑작스러운 고통을 분석해 보려고 애썼다. 그리고 이렇게 생각했다. 내가 방금 본 것은 한 늙은 문학자의 이미지다. 그는 한 세대를 즐겁게 해 준 훌륭한 광대였으나, 그 세대는 지나가 버린 것이다. 친구도 없고, 가족도 없고, 어린애도 없으며, 그의 빈곤과 몰이해한 대중으로 인해 망가진 늙은 시인의 이미지! 잊기 잘하는 세상 사람들은 그의 막사에는 들어가려 하지 않는다!
>
> —「늙은 광대」

보들레르는 '악-고통'의 꽃을 응시하며 우울과 권태에 몸부림치다 고독과 연민과 병마 속에서 죽어 갔다. 그는 시를 통해, 더 정확

살다, 읽다, 쓰다

히는 자신의 시보다도 더 시적이었던 그 삶 자체를 통해 자신의 동 갑내기인 두 소설가 플로베르, 도스토예프스키와 같은 업적을 성취했다. 바로 근대의 내적 풍경을 발견, 아니 발명하고 창조한 것이다.

샤를 피에르 보들레르, 윤영애 옮김, 『파리의 우울』, 민음사, 2008.

2

"그러나
그는
생각하는
갈대이다"

문학 이상의 문학

『오이디푸스 왕』
— '그'는 누구인가에서 '나'는 누구인가로

B.C. 425년, 소포클레스(B.C. 496~A.D. 406)

오이디푸스라는 이름은 프로이트 덕분에 '콤플렉스'라는 말과 함께 세간에 알려졌지만, 실제 소포클레스 비극의 주인공은 사뭇 다르게 정의된다. 오이디푸스는 아비를 증오하고 어미를 취하려는 욕망을 품은 자가 아니라 오히려 그런 내용의 섬뜩한 신탁을 피하기 위해 부단히 애썼음에도 결국 그 희생양이 된 자이다. 막이 오를 때 이미 상황은 종료돼 있다. 그는 테바이의 왕이며 왕비 이오카스테와의 사이에 아들 둘과 딸 둘을 두고 있다. 사건은 나라의 환란을 해결하는 과정에서 불의의 사고로 비명횡사한 선왕 라이오스에 대해 들으면서 시작된다. 즉, 그의 행동의 시발점은 "라이오스를 죽인 자는 누구인가?"라는 물음이다. "그가 전에 가졌던 왕권도, 그의 침상과 씨 뿌릴 아내도 이어받았으니 (중략) 그러니 나는 이것을 위해, 마치 내 아버지의 일인 양/ 싸워 나갈 것이고, 그 살인을 저지른 자를/ 잡고자 찾으며 모든 곳을 뒤질 것이오." 극이 진행되면서 "설마 그 살인자가 나인가?"라는 의문이 생긴다. 그리고 "나는 과연 누구인가?"라는 치명적인 물음이 나온다. 오이디푸스는 라이오스의 살인자를 밝히는 과정에서 자신의 정체와 더불어 신탁의 실현 여부를 알아간다.

> 테이레시아스 (……) 내 그대에게 이르노니, 그대가 진작부터
> 라이오스의 살해자라 선언하고 위협하며 찾는
> 그 사람이 바로 여기에 있소.
> 그는 명목상으로는 이방 출신의 거주자이지만, 나중에는
> 태생부터 테바이 사람임이 드러날 테고, 그 행운에
> 즐거워하지 않을 것이오. 그는 눈 뜬 자에서 장님이 되고,
> 부자에서 거지가 되어 이국땅을 향해
> 지팡이로 앞을 더듬으며 가게 될 것이오.
> 또 그는 자기 자식들의 형제이자
> 아버지로서 함께 살고 있으며, 자신을 낳은
> 여인의 아들이자 남편이고, 자기 아버지와
> 함께 씨 뿌린 자이자 그의 살해자임이 드러날 것이오.

오이디푸스는 예언자의 말이 너무나 두려워 그것을 처남(동시에 외숙부) 크레온의 정치적 음모로 돌린다. 하지만 이오카스테, 코린토스의 사자, 라이오스의 갓난 아들을 '처리'했던 목부(牧夫)의 입을 통해 하나하나 축적되는 말들은 모두 동일한 진실을 겨냥한다. 죄악

살다, 읽다, 쓰다

을 피하고자 행했던 일들이 역설적으로 그 죄악의 완성에 기여한 셈이다.

> 오이디푸스 아아, 아아, 모든 것이 이뤄질 수밖에 없었구나, 명백하게!
> 오, 빛이여, 이제 내가 너를 보는 게 마지막 되기를!
> 태어나서는 안 될 사람들에게서 태어나서, 어울려서는 안 될 사람들과 어울렸고, 죽여서는 안 될 사람들을 죽인 자라는 게 드러났으니!

소포클레스의 『오이디푸스 왕』은 외견상으로도 아리스토텔레스의 비극론(『시학』)에 꼭 들어맞는다. '무지'에서 '앎'으로의 이월, '발견과 급전,' 무엇보다도 그 과정에서 야기되는 '연민과 공포'의 크기는 실로 어마어마하다. 더욱이 그는 "악덕과 악행 때문이 아니라 어떤 과오 때문에 불행에 빠지는 사람," 서사시의 영웅과는 달리 "덕과 정의감이 특별히 뛰어나지는" 않으나 적어도 보통보다는 나은 "고상한 인물," 간단히 '인간'의 전형이다. 즉, 헤라클레스나 아킬레우스 같은 '신의 아들'은 아니었으나, 스핑크스를 무찌른 영웅이자 나라의 역병을 퇴치하기 위해 노력한 훌륭한 왕이며 왕비의 옷에 브로치를 꽂아 주곤 한 자상한 남편이자 파국 앞에서 자식들의 미래를 걱정하는 인자한 아버지이다. 이런 그의 운명을 '행복'에서 '불행'으로 바꿔 놓은 '과오'란 어떤 것인가. 세 갈래 길에서 마주친 행인을 말다툼 끝에 살해한 것과 미망인이 된 왕비를 그 나라와 함께 취한 것은 모두 '무지'에서 비롯됐다. 아비인 줄 모르고 살해했으며 역시 어미인 줄 모르고 동침했다. 그러니까 오이디푸스의 과오는 그가 인간인 이상 도무지 피해 갈 수 없는 성질의 것이었다. 신탁이 예언한 과오를 피하기 위해 고향과 부모를 떠나 오랜 세월 방랑의 길을 걸었으나, 결국 그 운명의 덫에 멋지게 걸려든 셈이다.

> 코로스 오, 조국 테바이의 거주자들이여, 보라, 이 사람이 오
> 이디푸스로다.
> 그는 그 유명한 수수께끼를 알았고, 가장 강한 자였으니
> 시민들 중 그의 행운을 부러움으로 바라보지 않은 자
> 누구였던가?
> 하지만 보라, 그가 무서운 재난의 얼마나 큰 파도 속으
> 로 쓸려 들어갔는지.
> 그러니 필멸의 인간은 저 마지막 날을 보려고
> 기다리는 동안에는 누구도 행복하다 할 수 없도다.
> 아무 고통도 겪지 않고서 삶의 경계를 넘어서기 전에는.

그렇다면 이 비극은 운명 혹은 신 앞에서 겸손할 것을 촉구하는 것인가. 어떻든 두 눈에 피를 줄줄 흘리며 무대 위에 나타난 그의 모습에(물론 그가 눈을 찌르는 사건은 이오카스테의 자살처럼 무대 뒤에서 일어난다.) 우리는 숭고의 절정을 맛본다. 죄악을 비껴 가려는 인간의 처

절한 몸부림, 그것을 무참히 조롱하는 야비한 운명의 테러, 그럴수록 더욱더 거세지는 앎과 자유를 향한 열망, 끝으로 크나큰 죄악 앞에서 행해진 잔혹한 자기 단죄……. 인간 삶의 이 비극적인 아이러니 앞에서 연민과 고통을, 나아가 카타르시스를 느끼지 않을 도리가 없다.

아이스킬로스, 소포클레스, 에우리피데스 등 3대 비극 작가들이 활동하던 무렵, 그리스는 페르시아 전쟁의 승리 이후에 찾아온 태평성대를 구가하고 있었다. 가장 아름다운 시절에 가장 참혹한, 나아가 숭고한 비극이 쓰이고 공연됐던 것이다. 마찬가지로, 소포클레스는 걸출한 비극 작가였지만 90년에 육박하는 그의 인생은 상당히 순탄했던 것으로 전해진다. 그 때문일까, 말년에 이르러서는 효심 깊은 딸(안티고네)과 함께 노년을 보내는 오이디푸스 왕의 후일담(「콜로누스의 오이디푸스」)을 쓴다. 저주와 파멸이 아니라 구원과 안식의 신탁을 받아 영면에 이르게 되는 그의 모습 속에 은근히 자신의 노년을 투영했는지도 모르겠다.

소포클레스, 강대진 옮김, 『오이디푸스 왕』, 민음사, 2009.

『변신 이야기』
― 무한한 생성과 순환의 세계

A.D. 8년, 오비디우스(B.C. 43~A.D. 17)

　오비디우스의 『변신 이야기』는 천지 창조에서 시작하여 신과 인간이 빚어 내는 온갖 사건, 특히 트로이 전쟁을 거쳐 트로이아의 후예인 아이네이아스의 로마 제국 건국 신화를 들려 준 다음 카이사르의 죽음과 승천으로 끝난다. 아우구스투스 황제는 유피테르(제우스)에 비유되기도 한다. "신들이 유피테르에게 보내는 사랑은, 카이사르 사후(死後), 로마의 신민(臣民)들이 아우구스투스 황제께 보낸 사랑에 못지않았다." 그러나 이런 정치적인 함의에도 『변신 이야기』는 통상적인 건국 서사시와는 사뭇 다르다. 오비디우스가 아우구스투스 황제에 의해 추방된 이유도 그 스스로 밝힌 바에 따르면 (자신의 '실수'와 더불어) '시' 때문이었다. 이 두툼한 책의 마지막을 장식하는 결사(結辭)를 보면 신-황제에 대한 은근한 도전이, 적어도 시인 특유의 오만함이 엿보이기도 한다.

살다, 읽다, 쓰다

이제 내 일은 끝났다.

유피테르 대신의 분노도, 불길도, 칼도, 탐욕스러운 세월도 소멸시킬 수 없는 나의 일은 이제 끝났다.

내 육체밖에는 앗아 가지 못할 운명의 날은 언제든 나를 찾아와, 언제 끝날지 모르는 내 이승의 삶을 앗아 갈 것이다.

그러나 육체보다 귀한 내 영혼은 죽지 않고 별 위로 날아오를 것이며 내 이름은 영원히 사라지지 않을 것이다. 로마가 정복하는 땅이면 그 땅이 어느 땅이건, 백성들은 내 시를 읽을 것이다.

시인의 예감이 그르지 않다면 단언하거니와, 명성을 통하여 불사(不死)를 얻은 나는 영원히 살 것이다.

오비디우스의 신화적 공간에서 신은 인간을 둘러싼 여러 현상, 무엇보다도 자연의 의인화이다. 자연 속 만물이 두루 평등하듯, 자연-신 사이에는 권력적 위계질서가 있으되 각자 자기만의 고유한 영역을 갖는다. 가령 제아무리 유피테르라고 할지라도 플루토(하데스)에게 납치당한 자신의 딸 프로세르피나(페르세포네)를 무작정 빼 올 수는 없다. 유피테르의 말을 빌면 "그(플루토)는 이 세상을 상속받을 때 제비를 잘못 뽑아 이 천궁을 나에게 양보하고 저승 왕이 된 것뿐"이므로 서로의 관할 영역은 존중되어야 한다. 마찬가지로 신들의 세계에서는 "한 신이 매긴 첫값을 다른 신이 벗길 수" 없다.

이런 원칙하에 신들의 활약이 가장 두드러지는 분야는 '생산'이다. 『변신 이야기』의 대부분이 사랑을 다루고 있음은 익히 알려져 있거니와 이 무수한 이야기들을 엮어 주는 요소인 '변신(둔갑)' 역시 대부분 사랑의 쟁취 혹은 회피, 그와 관련된 응징이나 복수의 과정에서 발생한다. 이 경우에도 가장 역동적인 신은 물론 유피테르이다. 그의 애정 행각은 "사랑을 성취하려는 마음과 품위를 지키려는 마음은 원래 조화도 양립도 불가능한 법"임을 여실히 보여 준다. 비단 애욕만이 아니다. 유노(헤라)의 정조 관념과 가정 수호의 의지는 때때로 지나친 질투와 잔혹함을, 베누스(아프로디테)의 아름다움과 자유분방함은 지나친 허영과 방탕을 낳는다. 디아나(아르테미스)는 목욕 중인 자신의 알몸을 보았다는 이유로 오직 길 잃은 죄밖에 없는 악타이온을 잔인하게 응징한다. 이쯤 되면 처녀성과 신성에 대한 그녀의 집착은 거의 병적인 수준이라고 할 만하다. 말하자면 오비디우스가 창조한 신들은 자연의 은유인 만큼이나 인간의 은유이다. 그들은 인간처럼 오류를 범하고 쉽사리 감정의 격동에 휩싸이고 항상 보상과 복수를 바란다. 다소 역설적이지만, 그렇기 때문에 더더욱 신에 대한 도전과 불경은 최고의 죄악으로 다스려질 수밖에 없다.

감히 신과 겨루려 했던 인간 중 단연코 눈에 뜨이는 이는 아라크네이다. 베 짜는 재주로 이름을 날리던 그녀의 오만함이 도를 넘자 미네르바가 친히 찾아와 조용히 타이른다. 그럼에도 그녀는 고개를 숙이지 않는다. 결국 신과 인간 사이에 한판 승부가 펼쳐지는데, 그들이 자신의 베에 그려 넣는 그림이 시사적이다. 미네르바는 열두 신을 중심으로 신의 권능을 강조하는 반면 아라크네는 유피테르와 여러 신들의 비행을 폭로하고 조롱한다. 하지만 여신이 분노한 진짜 이유는 다른 데 있다. 즉, 아라크네가 짠 베가 흠잡을 데 없을 만큼 완벽했던 것이다. 미네르바는 그 베를 찢는 걸로도 부족해, 그제야 자신의 '잘못'을 깨닫고 자살하려는 아라크네를 거미로 만들어 버린다. 미네르바의 행위는 분명히 몹시 옹졸한 짓이다. 그러나 신-자연과 인간이 하나의 세계 속에 공존하는 이상, 불가피한 일이다. 헤브라이즘의 세계라면 애초에 신이 인간과 솜씨를 겨루는 일 자체가 없었을 터이다. 『변신 이야기』의 저변에는 헬레니즘 특유의 자유롭고 건강한 민주주의가 깔려 있으며, '변신'이란 자연의 구성원인 온갖 생명 간의 무한한 생성과 경계 이월, 활기찬 낙관주의의 표현이다. 15장에 느닷없이 삽입된 '퓌타고라스의 가르침'을 보자.

모든 것은 변할 뿐입니다. 없어지는 것은 하나도 없습니다. 영혼은 이리저리 방황하다가 알맞은 형상이 있으면 거기에 깃들입니다. 짐승의 육체에 있다가 인간의 육체에 깃들이기도 하는 것이고, 인간의 육체에 있다가 짐승의 육체에 깃들이기도 하는 것입니다. 이렇게 돌고 돌 뿐, 사라지는 것은 절대로 아닙니다. 말랑말랑한 밀랍을 보십시오. 이 밀랍으로 새로운 형태를 만들면 거기에는 그 전의 형태가 남지 않을뿐더러, 그 전의 형태로 되돌릴 수도 없습니다. 하지만 모양만 변했을 뿐, 밀랍은 여전히 밀랍입니다. 이와 같습니다. 영혼은 어디에 가든 처음의 영혼 그대롭니다. 다만 다른 형상에 자리를 잡았을 뿐입니다.

세계는 종말론이 얘기하듯 시작에서 끝으로 가는 것이 아니라 계절의 흐름처럼 끊임없이 순환한다. 따라서 "'태어남'이라는 말은, 하나의 물상이 원래의 형상을 버리고 새 형상을 취한다는 뜻"이고 "'죽음'이라는 말은, 그 형상대로 있기를 그만둔다는 말"일 뿐, 즉 "이 것이 변하여 저것이 되고 저것이 변하여 이것이 될지언정 그 합(合) 은 변하지 않"는다. 이런 믿음은 무자비한 자연에 대한 경외감과 공 포, 인간 개개인의 생로병사에 대한 허무감에서 비롯됐을 터이다. 과 학이 이토록 발전했음에도 자연의 힘, 탄생과 죽음의 신비 앞에서 우리는 여전히 전율한다. 때문에 자연-신과 인간이 한데 어우러져 생명의 기운을 한껏 뽐내는『변신 이야기』역시 여전히 재미있게 읽 힌다.

오비디우스, 이윤기 옮김,『변신 이야기』, 민음사, 1988.

살다, 읽다, 쓰다

『신곡』
― 신의 정의와 자비를 찬미함

1321년, 단테 알리기에리(1265~1321)

『신곡(神曲)』의 첫 곡, 첫 세 행은 우리에게도 꽤 익숙하다. "우리 인생길 반 고비에/ 올바른 길을 잃고서 난/ 어두운 숲에 처했었네." 서른다섯 살(당시 인간의 이상적인 수명은 70세였다고 한다.)의 단테 앞에 표범(음욕), 사자(오만), 늑대(탐욕)가 나타난다. 이 짐승들을 물리치며 등장한 베르길리우스의 안내를 받아 그는 저승 순례에 나선다. 지옥의 문에 새겨진 도발적인 글귀 역시 익숙하다.

> 나를 거쳐서 길은 황량의 도시로
> 나를 거쳐서 길은 영원한 슬픔으로
> 나를 거쳐서 길은 버림받은 자들 사이로.

> (중략)

나 이전에 창조된 것은 영원한 것뿐이니,

나도 영원히 남으리라.

여기 들어오는 너희는 모든 희망을 버려라.

지옥은 총 아홉 개의 감옥(원)으로 이루어져 있다. 제1원, 소위 림보(Limbo)는 딱히 지은 죄는 없으나 기독교 신앙을 갖지 못한 자를 위한 곳이다. 이들이 받는 벌은, 말하자면, 구원의 희망이 없는 절망이다. 그리스도가 탄생하기 전, 고대 그리스와 로마에서 활동한 시인과 현인들("시인들의 왕" 호메로스, 소크라테스, 플라톤, 히포크라테스, 세네카 등)이 갇혀 있다. 제2원에는 시동생과 형수지간인 파울로와 프란체스카처럼 애욕의 죄를 범한 자들이 있다. 아래로 내려갈수록 죄는 더 무거워지면서 세분화된다. 가벼운 죄는 주로 자연 현상에 의해, 무거운 죄는 악마에 의해 기술적으로 응징된다. 흥미로운 것은 '눈에는 눈, 이에는 이,' 즉 동해보복(同害報復)의 원칙에 따른 죄와 벌의 상응 관계, 심지어 인과 관계이다. 예수 책형을 주도한 유대인의 대사제 가야바는 땅바닥에 붙은 세 개의 말뚝에 못 박히는 독특한 책형을 당한다. '불화와 분열'을 조장한 이슬람교의 창시자 무함마드는 "턱부터 방귀 뀌는 곳까지 찢어"졌고 두 다리 사이로 내장이 드러나 있다. 제일 밑바닥인 제9원에서는 배반의 죄를 범한 자들(유다, 브루투스와 카시우스)이 악마의 수장 루키페르(루시퍼)의 입에 물린 채 참혹한 고문을 당한다.

이렇듯 「지옥편」에서 가장 부각되는 것은 기독교 신앙의 절대성이다. 죄의 유무에 앞서 신앙의 유무를 문제 삼는 림보의 존재가 단적인 예다. 벌 받는 죄인에 대한 연민에 사로잡혀 울음을 터뜨리는 단테를 베르길리우스는 멍청하다며 꾸짖기도 한다. "이곳에서는 죽어야 좋을 연민을 살리고 있으니!/ 하느님의 심판에 인정을 느끼는 것보다 더 큰 죄가 무엇이겠느냐!" 나중에는 단테도 '복수를 위하여' 각종 벌을 주시는 '하느님의 전능'을 찬양하기에 이른다. 요컨대 『신곡』은 그 무엇에 앞서 유일신을 찬양하는 중세 기독교 문학의 백미이다. 「지옥편」과 그것을 잇는 「연옥편」, 「천국편」은 공히 삼위일체의 이념을 구현한다. 각 편은 33곡이고 각 곡의 한 연은 3행으로 되어 있으며 여기에 전체의 서문격인 1편이 더해져 총 100곡의 시가 완성된다.

　「지옥편」의 서사적 긴장에 비할 바는 아니지만 「연옥편」 역시 흥미롭다. 연옥은 지옥과 반대로 무거운 죄(밑바닥)에서 가벼운 죄(산허리)를 거쳐 위로 올라가는 모양새이고 각각의 고비는 저 유명한 일곱 개의 죄(교만, 질투, 분노, 나태, 탐욕, 탐식, 음욕)를 형상화한다. 연옥도 죗값을 치르는 공간이지만 '정죄'의 성격을 지닌 유한의 공간이라는 점에서 무한의 지옥과 구별된다. 시간의 존재, 즉 성장과 희망의 가능성이 전제된다는 점에서 무한의 공간인 천국과도 다르다. 지옥과 천국의 엄정한 이분법 사이에 상정된 일종의 중간계를 이토록 생생하게 그려 냈다는 사실이 의미심장하다.

　'이성과 기술'의 힘으로 여기까지 단테를 데려온 베르길리우스는 연옥의 끝에서 그를 베아트리체에게 넘겨준다. 흥미롭게도, 오직 신앙(영성)으로만 접근할 수 있는 천국도 지상의 세계처럼 엄격한 위계질서(열 등급의 하늘과 천사)를 갖추고 있다. 어떻든 이 「천국편」은 하늘과 땅이 서로 손잡는 '이 거룩한 책'의 절정이 아닐 수 없다. 마지막 33곡, 정화천(엠피레오)에 다다른 단테는 이런 감탄을 내지른다.

> 그때부터 나의 봄〔見〕은 말함이 보여 주는 것보다
> 더 컸다. 말함은 그런 시각 앞에서는 실패한다.
> 기억은 그러한 한없음 앞에서 굴복한다.
>
> (중략)
>
> 내가 지금 그러하다. 비록 나의 눈은 흐릿하고
> 아무것도 보이지 않지만, 내 눈으로 본
> 그 달콤함은 가슴속에 아직도 방울진다.
>
> (중략)
>
> 아, 인간의 지성이 다다르지 못할
> 지고의 빛이시여!

궁극의 밝음에 이르러 끝나는 이 기나긴 곡을 작가는 '희극(Comedia)'이라고 명명했다. 그리하여 행복에서 시작하여 불행으로

살다, 읽다, 쓰다

끝나는 비극과 달리 불행에서 시작해 행복으로 간다는 점을 지적했다. 신의 관점에서 보면 인간사의 모든 희로애락이 희극이라는 함의도 없지 않겠다. 이는 또한 단테가 림보에 안치한 거장들, 가령 호메로스나 베르길리우스의 근엄한 서사시-비극(『일리아스』, 『아이네이스』)에 비할 때 자신의 서사시는 한낱 희극에 불과하다는 겸사이기도 할 것이다. 실제로 탐관오리를 응징하는 부분(악마가 방귀를 뀐다.)처럼 문자 그대로 웃긴 장면도 적지 않다. 대체로 중세 문학의 단골 소재였던 저승 여행을 다룸에 있어 단테는 인간의 본래 속성과 현세의 체제를 보존한다. 내세가 현세의 연장임을 문학적으로 보여 준다는 점에서 이 작품은 정녕 '미메시스'의 최고봉이다. 이러한 '희극'에 '신성한(divina)'이라는 말을 붙인 사람은 『데카메론』의 저자로서 단테의 전기를 쓴 보카치오이다. 경위야 어떻든 후대의 독자들은 '단테 알리기에리의 희극'보다 '신곡'을 선호해 왔다. 그렇다면 더더욱 『신곡』이 당시 고급 문학(종교 문학)의 언어이자 유럽 공통어였던 라틴어가 아니라 '여자도' 읽을 수 있는 피렌체 속어, 즉 현지어(지역어)로 쓰였다는 사실을 강조해야겠다. 신의 준엄한 정의와 무한한 자비의 세계로 입문함에 있어 그 문턱을 최대한 낮추어야 한다는 생각은 혁명적일 뿐더러 갸륵하기 그지없다. 과연 시성(詩聖)답다.

이탈리아의 피렌체에서 태어난 단테의 일생에서 통상 주목할 만한 사건으로는 다음 두 가지가 꼽힌다. 첫째, 『신곡』에서 신의 섭리의 현현이자 천상의 연인으로 신비화된 베아트리체와의 만남이다. 단테가 아홉 살 때 처음 만나 반해 버린 그녀는 다른 남자와 결혼하고 스물네 살에 요절하고 만다. 단테는 『새로운 인생』에서 "그녀에 관해 여태껏 어느 여인에 관해서도 쓰인 적이 없는 바를 쓰는 것이 나의 희망이다. 그런 후에 은총의 주인이신 주님의 선하심으로 (중략) 그 복된 베아트리체를 바라볼 수 있기를 기원한다."라고 썼다. 둘째, 경건한 시인인 동시에 정의를 추구한 정치가로서 단테가 겪은 수모이다. 종교 권력(겔프당-교황파)과 세속 권력(기벨린당-황제파)의 대립 속에서 정쟁의 희생양이 된 단테는 1302년 사형 선고를 받고 사실상 피렌체에서 영구 추방된다. "인생길의 반 고비"부터 이탈리아 전역을 떠돌게 된 유배자의 정황과 『신곡』 속 순례자의 정황이 유비를 이룬다.

『신곡』의 단테는 지옥은 저녁에, 연옥은 새벽에, 천국은 정오에 오른다. 우리의 인생은 지금 어느 지점에 와 있는가? 20여 년 전 관악산의 기숙사에서 처음 읽은 『신곡』은 지금도 여전히 '공부'의 대상이지만 그때는 실패한 '천국' 진입에 성공한 감회가 새롭다.

단테 알리기에리, 박상진 옮김, 『신곡』, 민음사, 2007.

살다, 읽다, 쓰다

『팡세』
― 사유하는 존재의 위대함

1670년, 블레즈 파스칼(1623~1662)

파스칼의 명상록에 관한 한 우리는 오랫동안 '팡세'라는 제목을 고집해 왔다. 그가 남긴 생각들인 팡세(pensées) 중 가장 유명한 것은 아무래도 '갈대'가 아닌가 싶다.

> 391-(347) H. 3. 인간은 자연에서 가장 연약한 한 줄기 갈대일 뿐이다. 그러나 그는 생각하는 갈대이다. 그를 박살 내기 위해 전 우주가 무장할 필요가 없다. 한 번 뿜은 증기, 한 방울의 물이면 그를 죽이기에 충분하다. 그러나 우주가 그를 박살 낸다 해도 인간은 그를 죽이는 것보다 더 고귀할 것이다. 인간은 자기가 죽는다는 것을, 그리고 우주가 자기보다 우월하다는 것을 알기 때문이다. 우주는 아무것도 모른다.
>
> 그러므로 우리의 모든 존엄성은 사유(思惟)로 이루어져 있다. 우리가 스스로를 높여야 하는 것은 여기서부터이지, 우리가 채울

수 없는 공간과 시간에서가 아니다. 그러니 올바르게 사유하도록 힘쓰자. 이것이 곧 도덕의 원리이다.

인간이 유의미하고 존엄한 존재인 것은 사유라는 행위 때문이다. 위대함의 단초도 여기에 있다. "218-(397) 인간의 위대는 자신이 비참하다는 것을 아는 점에서 위대하다. 나무는 자기가 비참하다는 것을 모른다. 그러므로 자신의 비참을 아는 것은 비참하다. 그러나 자신이 비참하다는 것을 아는 것이 곧 위대함이다." 하지만 파스칼은 단순히 사유와 인식만을 촉구하는 것이 아니다. 그가 강조하는 바는 '올바르게 사유하도록 힘쓰자.'는 것이다. 즉, 도덕과 윤리가 중요하다. 그 궁극의 지점에 신의 존재를 상정하는 것은 당연한 일이다.

『팡세』는 인간과 신에 대한 탐구를 담고 있으되 '신 없는 인간의 비참'(1부)을 '신 있는 인간의 행복'(2부)으로 이끌려는 의도를 담고 있다. 그리고 그의 호교론은 가히 확률론의 창시자답게 내기(도박)의 논리를 따른다.

325-(230) 신이 있다는 것도 불가해하고, 신이 없다는 것도 불가해하다. 영혼이 육체와 함께 있다는 것도, 우리에게 영혼이 없다는 것도 불가해하다. 세계가 창조된 것도, 창조되지 않은 것 등등도. 원죄가 있다는 것도, 없다는 것도.

그렇기에 일단 믿고 보는 편이 유리하다. 다소 거칠게 말해, 믿으면 밑져야 본전이지만 믿지 않으면 최악의 경우 무(無)의 나락으로 떨어질 수 있다. 당장 현실에서도 세 부류의 사람들, 즉 "신을 발견한 다음 신을 섬기는 사람들, 신을 발견하지 못하였기에 온 힘을 다하여 신을 찾는 사람들, 신을 찾지도 발견하지도 않은 채 살아가는 사람들" 중 첫 번째 부류만이 합리성(이성)과 행복을 동시에 획득한다.

파스칼은 철학자이기에 앞서 수학자이자 과학자였으며 발명가이기도 했다. 이성과 논리의 대변자인 그가 본질상 초이성적 존재이거나 반대로 아예 존재도 뭣도 아닐 수 있는 신을 옹호하고 나아가 신앙의 당위성을 역설하는 것은 제법 아이러니처럼 보인다. 해답은 파스칼이 지적하는 인간 본연의 '모순'에 있는 것 같다. '생각하는 갈대'로서의 인간이 자신의 사유를 극단까지 몰아가도 절대 도달할 수 없는 어떤 지점이 있다. 이성이 더 이상 그 기능을 수행할 수 없는 순간, 때문에 인간의 '비참'과 그것에의 인식이 극에 달하는 순간, 비로소 신의 존재가 요청된다. "225-(278) 신을 느끼는 것은 심정이지 이성이 아니다. 이것이 곧 신앙이다. 이성이 아니라 심정에 느껴지는 하느님." 이렇듯, 신과 신앙에 대한 파스칼의 사유는 기본적으로 그의 인간학의 산물이다. 유한성과 우연성에 종속된, 그래서 항상 아슬아슬한 인간!

파스칼은 인간의 실존을 쇠사슬에 묶인 한 무리의 사형수들에 비유한다. 그중 몇몇이 매일 교살당하고 그것을 지켜보는 자들은 고뇌와 절망에 사로잡힌 채 그 동료들의 운명에서 자기의 운명을 읽으며 차례를 기다린다. 이 비참한 '인간 조건'을 어떻게 할 것인가. 저

'숨은 신,' 무한성과 필연성의 존재를 믿음으로써 과연 '비참'에서 '행복'으로 갈 수 있을 것인가. 굳이 신앙의 문제를 떠나서라도 온유한 어조로 '올바른' 사유를 촉구한 파스칼의 통찰에는 귀를 기울여 볼 만하다.

> 749-(505) 모든 것이 우리의 목숨을 앗아 갈 수 있다. 우리에게 유익하게 만들어진 사물까지도. 가령, 자연 속에서 담도 우리를 죽일 수 있고 계단도 정확히 발을 딛지 않으면 우리를 죽일 수 있다.
>
> 아무리 작은 운동도 전 자연에 영향을 준다. 돌 하나로 온 바다가 변한다. 이렇듯 은총에 있어서도 극히 작은 행동이 그 결과로써 모든 것에 영향을 미친다. 따라서 모든 것이 중요하다.
>
> 하나하나의 행동에 있어서도 그 행동 외에 우리의 현재, 과거, 미래의 상태와, 그 행동의 영향을 받는 다른 행동들의 상태들을 관찰하고 또 이 모든 것의 관련성을 보는 것이 중요하다. 이때 사람은 매우 신중해질 것이다.

블레즈 파스칼, 이환 옮김, 『팡세』, 민음사, 2003.

『파우스트』
— 인간은 신이 될 수 있는가

1831년, 요한 볼프강 폰 괴테(1749~1832)

아! 나는 철학도,

법학도, 의학도, 심지어 신학까지도

온갖 노력을 다 기울여 철저히 공부하였다.

그러나, 지금 여기 서 있는 나는 가련한 바보.

전보다 똑똑해진 것은 하나도 없구나!

아치형 천장의 고딕식 방, 이런 고뇌로 인해 자살 직전에 이른 노학자(파우스트 박사)와, 의뭉스럽고 능청맞은 악마(메피스토펠레스) 사이에 계약이 체결된다. 다소 거칠게 요약하면, 악마가 파우스트의 종이 되어 원하는 것을 모두 할 수 있도록 도와주되 파우스트가 어느 순간을 향해 "멈추어라! 너 정말 아름답구나!"라고 말하면 그 순간 그의 영혼은 악마의 것이 된다는 것이다. 맨 먼저 파우스트는 지금껏 그가 천착해 온 '말,' 즉 학문의 세계 대신 '삶'을 선사받는다.

이른바 '그레트헨 비극'('초고 파우스트'라고 불린다.)은 젊음을 되찾은 파우스트가 순박한 처녀 그레트헨(마르가레테)을 유혹하여 파멸시키는 이야기이다. 그의 사랑에 화답하는 과정에서 그레트헨은 본의 아니게 어머니와 오빠(발렌틴)를 죽음에 이르게 하고 파우스트와의 사이에서 낳은 아이마저 죽인 다음 반쯤 실성한 상태로 감옥에 갇힌다. 이 '시민 비극'은 메피스토펠레스의 기획에 따르면 죄악과 타락의 유혹이지만, 귀족도 아닐뿐더러 별로 미인도 아닌 그레트헨과의 사랑을 통해 파우스트는 육체적인 쾌락 이상의 것, 즉 지고지순한 사랑을 체험한다. 한편, I부의 마지막, 발푸르기스의 밤 이후 그는 감옥에 갇힌 그레트헨을 찾아가 탈옥을 권하지만 그녀는 속죄와 죽음의 길을 택함으로써 오히려 구원받는다.

『파우스트』의 2부는 파우스트의 중장년과 노년을 포착한다. 역사적 과거(중세의 궁정)와 신화적 과거(트로이 전쟁)가 뒤섞인 가운데 장년의 파우스트는 메피스토펠레스(그리고 조수 바그너가 만든 플라스크 속 소인 호문쿨루스)의 도움을 받아 헬레나와 결혼하여 아들까지 두고 있다. 그러나 모험심 강한 아들(오이포리온)은 이카루스처럼 비상을 꿈꾸다 불길에 휩싸여 사망하고 상심한 헬레나 역시 따라 죽는다. 궁정 사회의 관료이자 한 집안의 가장인 파우스트의 삶을 담은 '헬레나 비극'은 신화와 알레고리로 가득 찬 『파우스트』에서 가장 난해한 부분이기도 하다. 2부의 4막과 5막에서는 전승의 대가로 왕에게서 하사받은 해안 지대를 개발하는 시험이 전개된다. 이 '위정자-개발자 비극'에서 파우스트는 자신의 권력욕을 은연중에 숭고

살다, 읽다, 쓰다

한 인류애로 포장하지만, 그로 인해 원래 이곳에 살던 신화 속의 필레몬 부부가 터전을 잃고 사망한다. 근대 세계의 확립이 신화 세계의 와해를 전제로 한다는 점도 암시된다. 마지막에 파우스트는 '근심' 때문에 눈이 멀어 버린 채 수로 만드는 소리를 들으며 "멈추어라, 너 정말 아름답구나!"라고 외친다. 그를 지상 낙원 건설의 꿈에 젖게 한 이 소리가 실은 그의 무덤을 파는 소리였던 것이다. 과연 100살의 파우스트가 죽음 직전에 맛본 저 황홀경은 자기기만이자 자기 환상이 아니었을까. 아무튼 득의만만한 메피스토펠레스가 계약에 따라 그의 영혼을 접수하려는 찰나, 천사들이 악마의 노획물을 낚아채 천국으로 인도한다.

> 영들의 세계에서 고귀한 한 사람이
> 악으로부터 구원되었도다.
> 언제나 갈망하며 애쓰는 자,
> 그를 우리는 구원할 수 있다.
> 그에겐 천상으로부터
> 사랑의 은총이 내려졌으니,
> 축복받은 무리가 그를
> 진심으로 환영하게 하라.

이토록 도저한 기독교적 결말은 『파우스트』의 시작부터 암시된 것이다. 메피스토펠레스는 처음 등장할 때 자신을 "항상 악을 원하면서도 항상 선을 창조해 내는 힘의 일부분", "항상 부정(否定)을 일삼는 정령", "당신들이 죄라느니, 파괴라느니, 요컨대 악이라고 부르는 모든 것"이라고 소개한다. 문제는 이러한 악조차도 신에게로 수렴된다는 것이다. 즉, 『파우스트』는 악의 심연을 엿보고 싶은 우리의 은밀한 기대와 달리 악(악마)마저도 지배하고 포용하는 절대 선(신)의 존재를 역설한다. 구약의 「욥기」(1장 6~12절)를 다시 풀어 쓴 「천상의 서곡」이 노골적으로 강조하는 것도 이 점이다. 한데 파우스트의 몽상의 궁극은 신이 되는 것이며 그의 절망은 그것이 불가능하다는 깨달음에서 비롯된다. "나는 신을 닮지 않았다! 그것을 뼈저리게 느낀다." 이는 파우스트가 바그너에게 토로하는 대로 인간의 본질적인 이중성에서 기인한다.

> 내 가슴속엔 아아! 두 개의 영혼이 깃들어서
> 하나가 다른 하나와 떨어지려고 하네.
> 하나는 음탕한 애욕에 빠져
> 현세에 매달려 관능적 쾌락을 추구하고,
> 다른 하나는 과감히 세속의 티끌을 떠나
> 숭고한 선인들의 영역에 오르려고 하네.

이것이 인간의 끊임없는 방황과 갈구의 진앙을 이루는바, 명실상부한 독일의 대문호 괴테의 인생 자체가 그 표본이다. 그는 광물학, 식물학, 색채론 등을 연구한 과학자이자 바이마르 공국의 재상을 지낸 행정 관료이다. 당시의 평균 수명을 생각하면 두 사람 몫에 가까울 만큼 장구한 그의 83년 인생은 청춘의 '질풍노도(Sturm und Drang)' 혹은 '낭만적인 것(병적인 것)'과 그것마저 포용하는 귀족스러움('고전적인 것')을 아우른다. 그런데 사실 그는 유서 깊은 귀족 가문의 후예가 아니었다. 증조부는 자수성가한 대장장이였고 조부는 성공한 재단 기술자, 이어 아버지는 대학에서 법학을 공부한 당대의 전형적인 상류 교양 시민 계급이었다. 아버지의 교육열과 문화적 열망을 그대로 이어받은 괴테는 근면 성실, 목표 지향적인 생활, 노동과 휴식의 구분 등 시쳇말로 중산층의 윤리를 체화한다. 그런 그에게는 문학도 일종의 "포부"(프랑코 모레티, 『세상의 이치』)와 무관하지 않았을 법하다. 괴테의 상승 욕망은 당시 비교적 후진국이었던 독일의 민족적 열등감과도 어느 정도 궤를 같이한다. 그의 성공은 곧 독일의 성공이다. 괴테 덕분에 독일 문학은 비로소 영국 문학의 셰익스피어와 같은 존재를 갖게 됐다.

『젊은 베르테르의 슬픔』과 함께 괴테의 대표작으로 손꼽히는 『파우스트』는 그가 24세(1773)에 쓰기 시작하여 죽기 1년 전(1831)에 완성한 방대한 극작품이다. 중세 말의 실존 인물로 알려진 파우스트를 다룬 문학 작품이 적지 않으나 사실상 괴테의 『파우스트』만 문학사의 냉정한 심판을 통과했다. 파우스트가 구원받은 것은 어쨌거나 그가 '하느님의 종'이길 거부하지 않았기 때문이다. 괴테의 세계에서는 "신을 제외하고는 신에 맞설 자가 없다."(요한 볼프강 폰 괴테, 『시와 진실』) 그러나 조만간 이러저러한 이유로 신의 존재를 거부하는 반항아들이 등장할 것이다. 더욱이 그들이 속한 세계는 고답적인 상징과 알레고리가 아니라 적나라한 속악이 판치는 날것의 현실이다. 과연, 모든 모순과 갈등을 신에게로 환원시킬 것인가, 아니면 또 다른 출구를 찾아야 할 것인가. 어떤 경우든 분명한 것은, 인간은 '두 개의 영혼'을 지닌 존재이며 모종의 해법이, 적어도 생존 전략이 필요하다는 사실이다. 이것이 우리가 이 난해한 작품을 읽고 또 읽는 이유, 아무리 읽어도 좀처럼 정복의 쾌감을 얻지 못하는 '원한'을 풀어 보려고 노력하는 이유이기도 하다.

요한 볼프강 폰 괴테, 정서웅 옮김, 『파우스트』, 민음사, 1999.

『햄릿』
— 말과 행동, 삶과 죽음 사이

1601년, 윌리엄 셰익스피어(1564~1616)

셰익스피어의 「햄릿」이 초연된 것은 1601년으로 추정된다. 그로 부터 400여 년이 거뜬히 지났음에도 이 작품은 여전히 살아 있는 고전으로 추앙받고 있다. 작품의 골조를 이루는 중세 덴마크 왕정의 비극(물론 셰익스피어의 순수 창작물은 아니다.) 속에는 유령, 복수, 정쟁, 연애, 광기, 살인, 자살, 결투 등 각종 서사의 단골 메뉴가 총동원된다. 인물들도 주인공뿐만 아니라 부차적 인물과 단역에 이르기까지 또렷한 형상과 성격을 자랑하고 대사 하나하나가 어지간한 시구나 철학적 아포리즘에 맞먹을 만큼 도발적이고도 함축적이다. 아버지의 복수를 미루는 햄릿의 우유부단함, 즉 '행동'이 아닌 '행동 없음'이 희곡의 플롯을 이끄는 것도 흥미롭다. 부왕-유령이 즉각적인 복수를 명령했음에도, 이어 그 스스로 올린 연극을 통해 숙부(클로어디스)의 죄를 확인했음에도 햄릿은 쉽사리 그를 죽이지 못한다. "살인에는 정말 성역이 있어선 안 되고, 복수에 한계는 없어야지." 이렇게 유혈 복수가 장려, 심지어 요구되는 시대였고 햄릿이 어머니의 방, 커튼 뒤에 숨은 폴로니어스를 단칼에 찔러 죽일 만큼 다혈질의 용맹한 전사였음을 상기한다면 더더욱 놀라운 대목이다. 5막 내내 복수-행동은 없고 그것에 대한 '말, 말, 말'뿐인데, 과연 이것은 햄릿이 스스로 반문하듯 '짐승 같은 망각'인가, 아니면 '결과를 너무 꼼꼼하게 생각하는 비겁한 망설임'인가.

햄릿에 대해 괴테는 "지극히 도덕적인 한 인물이 자기가 도저히 감당할 수도 없고 그렇다고 내던져 버릴 수도 없는 무거운 짐에 짓눌려 파멸"(요한 볼프강 폰 괴테, 『빌헬름 마이스터의 수업시대』)한다고 말했다. 영웅이 되는 데 필요한 '억센 감각'을 갖추지 못했다는 것이다. 훗날 프로이트가 내놓은 해석은 주지하다시피 무척 당돌하고 발칙하다. 모든 것을 다 할 수 있는 햄릿이지만 "자신의 아버지를 제거하고 아버지 대신 어머니를 차지한 남자," 즉 억압돼 있던 자신의 무의식적인 욕망을 실현한 남자에게 복수하는 일만은 양심상(!) 할 수 없었다(지그문트 프로이트, 『꿈의 해석』)는 것이다. 햄릿을 근친상간과 친부 살해의 틀로 읽어 내려는 유혹은 여전하지만 그렇다고 수수께끼가 온전히 해결되는 것은 아니다. 때문에 『햄릿』을 『맥베스』와는 달리 인물의 내적 정황을 담아 낼 수단, 즉 '객관적 상관물'을 제대로 갖추지 못한 실패작이라고 보는 견해도 있다. 투르게네프는 햄릿을 행동의 대명사인 돈키호테와 비교하여 자의식과 사유에 얽매인 인텔리겐치아의 전형, 즉 '잉여 인간'으로 정의하기도 했다.

실상 햄릿의 가장 큰 매력은, 작품 자체도 그렇거니와, 그 성격상의 모호함과 흐릿함에 있는 것 같다. 가령, 유령의 출현은 객관적인 사실이지만 햄릿과 그의 대화는 호레이쇼와 마셀러스가 도착하기 직전까지, 즉 단둘만 있는 상황에서 이루어진다. 어머니의 내실에서도 그는 유령을 보고 심지어 말도 주고받는데, 거트루드의 눈에는 아무것도 보이지 않는다. 부왕-유령은 곧 햄릿('말-지식인')의 내면에 깃든 또 다른 자아('행동-전사')의 극대화된 표상이 아닐까. 다른 인물들도 애매한 측면이 있다. 시동생과 결혼한 거트루드는 아들의 날선 비난에 시달리지만, 당시 여성의 입지를 생각하면 별다른 선택지가 없었을 것이다. 그녀를 향한 클로어디스의 감정도 단순히 정치적 야욕과 육욕의 발로만으로 보이지는 않는다. "아, 내 죄 썩은 내가 하늘까지 나는구나. 난 인류 최초의-형제를 죽인 저주를 받고 있다." 회한에 사로잡힌 이 카인의 후예에게는 분명 복잡한 전사(前事)가 있을 법하다. 오필리어의 광기와 자살을 비롯, 모두 상서롭지 못한 결말을 맞는 폴로니어스 집안도 그 나름의 얘깃거리를 제공한다. 결국 문제는 삶과 죽음 사이의 길항이다.

> 있음이냐 없음이냐, 그것이 문제로다.
> 어느 게 더 고귀한가. 난폭한 운명의
> 돌팔매와 화살을 맞는 건가, 아니면
> 무기 들고 고해와 대항하여 싸우다가
> 끝장을 내는 건가.

3막 I장은 「햄릿」이라는 작품보다 더 유명한 햄릿의 독백 부분이다. 그 첫 문장("To be, or not to be: that is the question")은 "살 것인가, 아니면 죽을 것인가"(김정환 번역)로 번역되기도 했다. 이 말과 관련하여 주목을 요하는 인물은 묘지 인부이다. 그는 오랜 세월 시신을 다루어 온, 말하자면 진정한 전문가다. 오필리어의 시신을 묻을 무덤을 파다가 나온 해골 중 하나가 선왕의 어릿광대 '요릭'의 것임도 금방 알아본다. 그의 무심함에 비하면, 해골을 손에 든 햄릿이 호레이쇼 앞에서 늘어놓는 말은 유치해 보이기까지 한다.

> 안됐다, 불쌍한 요릭. 그를 안다네, 호레이쇼.
> 재담은 끝이 없고, 상상력이 아주 탁월한 친구였지.
> 자기 등에 나를 수도 없이 업었는데, 지금은
> (중략)
> 좌중을 웃음바다로 만들던
> 당신의 그 야유, 그 익살, 그 노래, 그 신명나는 여흥은
> 지금 어딨는가?

셰익스피어라는 작가에 대해서는 어떤 표상을 갖기가 힘들다. 그는 너무 많이, 그리고 너무 잘 썼고, 솔직히, 우리가 상상할 수 있는 모든 주제와 모든 인간형을 두루 섭렵한 작가였다. 엄연히 영국 작가임에도 불구하고 특정한 민족(지역) 문학이 아니라 보편적인 세계 문학의 대명사처럼 여겨지는 것도 이 때문이다. 극작가였던 그는

연출가이자 극장 소유주이기도 했다. 작품 창작에 많은 사람들이 관여했을 텐데 이 역시 오늘날의 영화 작업처럼 그의 인화력과 리더십을 방증하는 대목이다. "뒤틀린 세월. 아, 저주스러운 낭패로다, 그걸 바로잡으려고 내가 태어나다니." I막 5장에서 이렇게 한탄하는 햄릿과 달리, 셰익스피어는 엘리자베스 I세 치하 '황금시대'의 주역으로서 그 시대 대중의 요구에 화답한 작가였다. 그리고 시대를, 국경을 뛰어넘었다. 생활인으로서도 물질적인 풍요를 누리며 여덟 살 연상의 부인과 백년해로했다.

윌리엄 셰익스피어, 최종철 옮김, 『햄릿』, 민음사, 2001.

『맥베스』
― 인간적인, 너무나 인간적인 모순

1606년, 윌리엄 셰익스피어

> 고운 것은 더럽고 더러운 것은 고웁다.
> 탁한 대기, 안개 뚫고 날아가자.

『맥베스』의 I막 I장, 세 마녀들이 퇴장하며 내뱉는 말이다. 날씨의 맑음과 흐림을 가리키는 첫 문장은 보다 심층적으로 세계와 인간의 본질을 파고든다. 아름다움과 추함, 깨끗함과 더러움, 선함과 악함, 강함과 약함 등 우리가 모순이라 부르는 온갖 가치가 충돌하는 장이 곧 세계이며 인간의 내면이다. 실제로 『맥베스』에는 엄밀한 의미에서의 절대 악이나 절대 선은 존재하지 않는다. 덩컨은 자타가 공인하는 선왕이지만 그 자신의 고백대로 사람의 얼굴을 보고 그 내면과 실체를 알아보는 기술이 없으니 어리석다고 할 수 있다. 맥더프는 훌륭한 장군이지만 무책임하게 가족을 버림으로써 죽음으로 내몬다. 뱅코 역시 의로운 인물이지만 은연중에 맥베스의 행운을 질투하며 어두운 욕망을 키운다. 『맥베스』의 상황 역시 인간의 이러한 이중적인 본성이 잘 발현될 수 있도록 설정돼 있다.(중세 스코틀랜드의 왕권 다툼) 물론, 이것이 맥베스의 거듭된 악행을 정당화하지는 않는다. 이 인물이 극악한 죄인이면서 동시에 고귀한 인간일 수 있는 이유는 다른 데 있다.

맥베스는 그 자체가 모순의 극단이다. 덩컨 왕의 충신이자 명장으로서 반역자를 성공리에 진압했던 그가 갑자기 반역자로 변한 이유는 무엇일까? 마녀들의 선동도 직접적인 자극에 가깝지, 근본적인 이유는 아니다. 코더의 영주가 된 그가 국왕의 자리를 노리는 것은 자연스러운 흐름이다. 욕망이란, 특히 '검고 깊은 욕망'이란 그 속성상 모순덩어리에 염치없는 대식가이기 때문이다.

> (방백) 컴벌랜드 왕자라! ─ 내 길을 막았으니
> 이건 내가 걸려 넘어지든지 아니면
> 넘어야 할 계단이다. 별들이여 숨어라!
> 빛이여, 검고 깊은 내 욕망을 보지 마라.
> 눈은 손을 못 본 척하지만 끝났을 때
> 눈이 보기 두려워할 그 일은 일어나라.

하지만 욕망이 넘어야 할 현실의 벽은 두껍다. 맥베스에게 그 벽이란 자신의 내면에 도사리고 있는 '별들,' 즉 도덕률이다. 맥베스 부인이 그에게 살인을 부추길 때 사용하는 무기도 바로 그것이다. 그녀는 남편의 우유부단함을 질책하며 남성의 최고 가치인 용기를 들먹인다. '욕망'은 있으되 '행동력과 용맹심'이 없는 자는 '비겁자'에 지나지 않는다고 윽박지른다. 결국 맥베스로 하여금 처음 칼을 들게 만드는 것은 왕위 찬탈의 야망이라기보다는 비겁자가 되고 싶지 않은 자존심이다. 이로써 아비와 다름없는 왕을 죽이는, 이 크나큰 죄악이 용기라는 최고의 덕목에 의해 장려되는, 적어도 양해되는 아이러니가 발생한다.

3막에 이르면 맥베스는 이른바 '피의 권좌'에 앉아, 피가 피를 부른다는 공식을 그대로 실천한다. 그런데 셰익스피어는 맥베스가 악행을 저지르는 장면을 무대 위에서 직접 보여 주지 않는다. 관객이 보는 맥베스는 잔혹한 살인마가 아니라 타인의 피로 인해, 동시에 제멋대로 뻗어 가는 욕망으로 인해 고통받는 숭고한 인물이다. 그의 고뇌는 실상, 단순한 도덕과 윤리 이상의 것을 말해 준다. 즉, 죄의식은 절대 죄의 크기에 비례하는 것이 아니라 죄를 느낄 수 있는 마음의 크기에, 윤리 의식의 크기에 비례한다. "아멘"을 외치고 싶은 마음과 피 묻은 손을 씻고 싶은 마음이 역설적으로 죄를 만드는 셈이다. 여기서 이미 실현된 욕망(죄)과 새로 생성된 욕망(속죄) 간의 긴장이 발생한다. 최후의 심판은 맥베스의 내부에 자리 잡은 법정, 말하자면 '내 안의 법정'에서 행해진다. 죄의 주체가 벌의 주체이자 객체로 바뀌는 순간이기도 하다. 맥베스가 정녕 비극의 주인공이자 명실상부한 영웅일 수 있는 근거도 바로 여기에 있다. 스스로 운명에 도전장을 던진 만큼, 몰락을 코앞에 두고 자살을 하는 것도 비겁한 행위일 수밖에 없다.

> 내가 왜 얼간이 로마인 행세를 하면서
> 내 칼로 죽어야 해? 산 놈들이 보이는 한
> 멋지게 베어 주자.

이렇게 맥베스는 불면과 환영의 고통을 고스란히 껴안은 채 끝까지 자기 자신과 맞선다. 그의 목숨을 앗아 간 것은 맥더프의 칼이었으나, 이러한 최후야말로 맥베스 스스로 선택한 자기 응징의 방식이었으리라. 그렇다면 그의 죄는 대체 무엇인가? 어두운 욕망에 생명을 불어넣으려 한 무모함? 마녀들의 예언을, 즉 자기 안의 속삭임을 맹목적으로 믿은 어리석음? 실현된 욕망을 견뎌 내지 못한 나약함? 혹은 세속 권력의 쟁취에 덧붙여 도덕적인 완성까지 거머쥐려 했던 탐욕? 아마 전부 다일 것이다. 다만, 그것은 각각 정반대되는 긍정적인 가치를 동시에 내포하고 있다. 실로 아름다운 것은 추악하고 깨끗한 것은 더럽다. 물론, 그 역도 참이다. 그러나 이 보편적인 모순이 곧 인간의 본질이며 그 흐름이 곧 인생이다. 말하자면, 5막 맥베스의 대사처럼 드넓은 연극 무대에서 한껏 설치다가 덧없이 꺼져 가는 촛불!

> 꺼져라, 짧은 촛불!
> 인생이란 그림자가 걷는 것. 배우처럼

무대에서 한동안 활개치고 안달하다
사라져 버리는 것, 백치가 지껄이는
이야기와 같은 건데 소음, 광기 가득하나
의미는 전혀 없다.

윌리엄 셰익스피어, 최종철 옮김, 『맥베스』, 민음사, 2004.

살다, 읽다, 쓰다

『리어 왕』
― 인간 본연의 어리석음에 대한 단죄

1606년, 윌리엄 셰익스피어

　셰익스피어의 『리어 왕』은 노년에 이른 브리튼의 왕 리어가 자식들에게 효성의 등급에 근거하여 영토를 미리 물려준 다음 겪는 불행을 다룬 비극이다. 교훈인즉, 프로이트의 명쾌한 정리대로 첫째, 살아 있는 동안에는 재산을 주지 말 것, 둘째, 감언이설을 곧이곧대로 믿지 말 것이다. 달리 말해 이토록 명백하고 진부한 의미를 전하기 위해 『리어 왕』이 쓰였을 리 없다. 프로이트조차 '충격'이라고 한 이 작품의 "격렬한 정신적 흥분"(지그문트 프로이트, 『예술, 문학, 정신분석』)을 어떻게 이해해야 할까? 『리어 왕』의 I막 I장, 사후의 유산 분쟁을 우려한 리어 왕이 생전에 이 문제를 매듭짓고자 하는 것은 충분히 상식적이다. 당혹스러운 것은 분배의 근거이다. 리어 왕은 세 딸들에게 아비인 자신을 얼마나 사랑하는지 말로 표현해 보라고 한다. 화려한 수사를 동원한 첫째 딸(고너릴)과 둘째 딸(리간)에 이어 셋째이자 막내딸 코딜리아는 "(할 말이) 없습니다." 하고 운을 뗀 다음 "낳아 기르시고 사랑해" 주신 것에 대한 "합당한 의무"로 "복종하고 사랑하며 가장 존경"한다고 말한다. 곧바로 리어 왕의 분노를 산 이 대답은 정녕 "어리"고 "무정"함에도 "진실"하다. 본능에 기초한 부모의 자식 사랑과, 반대로 윤리('도리-효')에 기초한 자식의 부모 사랑이 갖는 본질적인 모순을 환기하기도 한다. 치사랑은 없고 내리사랑만 있을 뿐이라는 것이 엄연한 진리인데, 애정 결핍에 시달리는 어린아이처럼 발악하는 늙은 아비의 투정과 분노가 쉽게 납득되지 않는다.

우리에겐 알려지지 않은 리어 왕의 과거를 상상해 보자. 현재의 막대한 부와 광활한 영토가 암시하는바, 그는 분명 용맹함과 현명함을 두루 갖춘 중세의 왕-전사였을 것이다. 자기 자신 외에는 아무도 믿지 않았을 그가(세 딸을 낳아 준 아내는 아예 언급되지 않는다.) 지금껏 가장 사랑해 온 막내딸을 겨우 몇 마디 말 때문에 땡전 한 푼 주지 않고 내쳤다. 이 황당무계한 '간택'을 동기화할 수 있는 근거는 하나뿐이다. 즉, 리어 왕은 극이 시작될 때 이미 '노망'이 들었거나 그정도로 인지 기능이 마비된 상태이다. 요컨대 그는 한 시절 위대했을 수는 있으나 본질적으로 어리석고 편협한 인간의 상징이며, 그의 시련과 파멸은 그것에 대한 단죄가 아닐까 싶다. 문자 그대로 머리에 꽃을 꽂고 다닐 정도로 미친 리어가 글로스터에게 하는 말대로 우리는 모두 "바보들"이다.

우리는 울면서 여기 왔어.
알다시피 공기 냄새 처음으로 맡았을 때

앙앙대며 울었어. 내 설교 잘 들어봐.

(중략)

넓고 넓은 바보들의 무대로 나왔다고

태어날 때 우는 거야.

비극의 교과서인 소포클레스의 「오이디푸스 왕」에서 주인공의 비극은 운명의 아이러니(신탁을 피하려다 오히려 아버지인 줄 모르고 살해하고 어머니인 줄 모르고 동침함)에 의해 발생했다. 리어 왕의 경우에는 오셀로의 오해, 맥베스의 야망, 햄릿의 우유부단함처럼 그 자신의 어리석음과 판단 착오가 문제이다. 그럼에도 큰딸을 무자비한 언어로 저주하는 아비의 모습은 추하기 짝이 없다.

이 여자의 자궁에 불임증을 옮기고

생식 기관 다 말려 썩어 빠진 그 몸에서

그녀를 존중해 줄 아이는 절대 아니

태어나게 하소서.

리어 왕의 비극과 나란히 전개되는 글로스터 백작의 비극도 흥미롭다. 그는 서자(에드먼드)의 계략에 말려 적자(에드거)를 쫓아내고 콘월 공작(리간의 남편)에게 두 눈마저 잃는다. 두 눈이 뽑히는 순간 비로소 진실을 보게(알게) 되는 역설, 또 선량하되 어리석은 성격에 있어 글로스터는 리어 왕('눈 뜬 장님')의 변주이다. 자식들의 경우에도 리어 왕의 첫째 딸과 둘째 딸이 악의 전형인 것과 비슷하게 에드먼드는 서자로서의 열등감을 악행으로 풀어낸다. 그의 형제 살해와 아비 살해 욕망은 『리어 왕』의 사건을 이끌어 가는 동력이기도 하다. 미남인 그는 두 왕비(고너릴과 리간)를 동시에 유혹하면서 이간질하고(결국 언니가 동생을 독살하고 자살한다.) 코딜리아를 사형에 처한다. 반면, 그의 형 에드거는 억울한 누명을 쓰고 쫓겨나 불쌍한 톰(거지 톰) 행세를 하다가 부녀간의 정쟁에 휘말려 불운을 겪은 아버지를 거두고 반란자가 된 동생을 처단함으로써 효와 충을 실천한다. 아무래도 인물이라기보다는 하나의 상징(선)에 가깝다. 그리고 "최악을 말할 수 있는 한 최악은 아니다."와 같은 경구를 많이 남길뿐더러 올바니 공작(고너릴의 남편), 켄트 백작과 함께 최후까지 살아남는다. 『리어 왕』의 마지막 대사도 그의 몫이다.

> "최고의 노인이 최고로 견디셨소. 젊은 우린
> 그만큼 보지도 살지도 절대 못할 겁니다."

저 말이 암시하듯, 리어 왕의 비극이 의미심장한 것은 그가 감내해야 했던 크나큰 고통 때문이다. 『리어 왕』을 '리어 왕의 속죄(The Redemption of King Lear)'로 정의한 고전적인 독법은 그래서 여전히 설득력이 있다. 리어 왕의 방랑(특히 3막 폭풍우 장면)과 광기보다 무서운 것은 그가 자신의 잘못 때문에 가장 소중한 딸의 죽음을 목도해야 했다는 것이다. 한편, 코딜리아는 I막에서는 그의 죄(어리석음과 판단 착오)를 완성하기 위해, 5막에서는 그의 벌(딸의 죽음)을 완성하기 위해 등장한다. 두 언니의 악덕이 아무런 근거가 없는 것처럼 그녀 역시 아무런 근거 없이 선의 상징이 되어 민담 속의 착하고 예쁜 셋째 딸 역을 맡는다. 아비를 구하기 위해 프랑스 군대를 이끌고 귀국했다가 패배, 체포된 그녀의 말이 그녀의 존재 이유를 확증해 준다. "최선의 의도로/ 최악을 부른 건 우리가 처음은 아니에요." 그녀의 죽음(선의 패배)을 통해 권선징악을 향한 독자와 관객의 소박한 열망은 배반당하고, 신 없는 세계의 삭막함이 다시 한번 강조된다.

『리어 왕』은 셰익스피어의 4대 비극 중 제일 홀대받아 온 작품이라고 한다. 다소 역설이지만, 좀처럼 매력적인 인물이 없기 때문에 오히려 작품 자체와 주제가 빛나는 듯하다. 스탈린 치하의 러시아에서 그리고리 코진체프 감독은 작곡가 쇼스타코비치와 함께 대륙적 기상이 두드러지는 영화 「리어 왕」(1971)을 탄생시켰다. 일본의 명감독 구로사와 아키라 역시 자신의 후기 페르소나인 나카다이 다쓰야를 내세워 셰익스피어의 『리어 왕』 못지않게 훌륭한 「란」(1985)을 선보였다. 장 뤽 고다르의 「리어 왕」(1987)도 넓은 의미에서 이 작품과 셰익스피어에 대한 오마주이다. 국내의 독자 사이에서 살짝 오역이 되어 더 멋스러워진 문장("내가 누구인지 말할 수 있는 자는 누구인가?")도 리어 왕의 절규에서 나온 것이다.

"여기 날 아는 사람?
이건 리어 아니다.

리어가 이리 걷고 말하나?

두 눈은 어디 갔어?

지능이 줄었거나 분별력이 마비됐어. —

하! 자는 거야? 깬 거야? 분명코 그건 아냐.

내가 누구인지를 말해 줄 수 있는 사람?"

윌리엄 셰익스피어, 최종철 옮김, 『리어 왕』, 민음사, 2005.

살다, 읽다, 쓰다

『차라투스트라는 이렇게 말했다』
― 긍정과 생성과 기쁨의 철학

1885년, 프리드리히 니체(1844~1900)

『차라투스트라는 이렇게 말했다』는 물론 철학자 니체가 쓴 철학책이다. 하지만 동시에 몹시 독특한 정신의 소유자였던 한 천재 작가가 우리에게 남긴 아름다운 문학책이기도 하다. 실제로 기존의 엄정한 철학서와 달리 모종의 문학적 설정도 있다. 서른 살에 고향을 떠나 산으로 들어간 차라투스트라는 10년 동안 고독 속에서 정진을 거듭한 끝에 드디어 아침의 태양을 맞으며 세상에 나온다. 이후 그는 적잖은 시련을 겪는 와중에도 도시와 산속을 오가며 자신의 말을 설파하기 위해 노력한다. "그대들에게 초인(超人)을 가르치려 하노라. 인간은 극복되어야 할 그 무엇이다." 그가 말하는 '초인(Übermensch)'이란 대체 무엇인가.

인간은 짐승과 초인 사이에 놓인 밧줄이다. 심연 위에 걸쳐진 밧줄이다.

(중략)

인간의 위대함은 그가 다리(橋)일 뿐 목적이 아니라는 데 있다. 인간이 사랑스러울 수 있는 것은 그가 건너가는 존재이며 몰락하는 존재라는 데 있다.

나는 사랑한다. 몰락하는 자로서 살 뿐 그 밖의 삶은 모르는 자를. 왜냐하면 그는 건너가는 자이기 때문이다.

건너감과 몰락의 의미는 또한 무엇인가. 『차라투스트라는 이렇게 말했다』를 여는 아포리즘은 정신이 '낙타'에서 '사자'로, 또 '사자'에서 마침내 '아이'가 되는 과정을 다룬다. 낙타는 끊임없이 무거운 짐을 요구하는 인내의 정신으로서 그 짐을 지고 사막을 달린다. 저 고독한 사막에서 정신의 두 번째 변화가 일어난다. 이제 정신은 사자가 된다. 당위와 의무('너는 해야 한다')에 맞서 사자는 의지와 자유('나는 원한다')를 주장한다. 그 순간 정신은 또 한 번의 변화를 앞두고 있다.

그러나 말하라, 형제들이여, 사자도 하지 못한 일을 어떻게 아이가 할 수 있단 말인가? 강탈하는 사자가 이제는 왜 아이가 되어야만 하는가?

아이는 순진무구함이며 망각이고, 새로운 출발, 놀이, 스스로 도는 수레바퀴, 최초의 움직임이며, 성스러운 긍정이 아닌가.

그렇다. 창조라는 유희를 위해서는, 형제들이여, 성스러운 긍

살다, 읽다, 쓰다

정이 필요하다. 이제 정신은 자신의 의지를 원하고 세계를 상실한 자는 이제 자신의 세계를 되찾는다.

이 책에 만연한 여러 비유 중 아이는 인간의 정신이 도달해야 할 최고의 단계를 상징한다. 아이는 끊임없이 '건너가고' '몰락하고' 그로써 끊임없는 긍정과 창조를 실천한다. 아이는 '(과거에) 그러했다'라는 '원한(ressentiment)'을 모른다. 2부의 한 아포리즘은 바로 그런 내용을 담고 있다.

그러했다. 이것이 분노하며 이를 부드득거리는 의지와 고독하기 그지없는 슬픔의 이름이다. 이미 이루어진 일 앞에서는 무력하기만 한 의지는 모든 과거의 일에 대해 악의적인 방관자일 뿐이다.

의지는 과거로 되돌아가 의욕할 수가 없다. 의지가 시간을 부수지 못하고 시간의 욕망을 이기지 못한다는 것. 이것이 의지의 가장 외로운 슬픔이다.

이 맥락에서 보자면 니체의 영원 회귀 사상은 결코 얄팍한 니힐리즘이 아니다. 동일한 것의 끊임없는 반복과 권태를 말함도 아니며 단 한 번뿐인 삶이나 존재의 비극을 말함도 아니다. 그것은 오히려 무수히 쌓였다가 무수히 허물어지되 그러면서도 설움과 분함을 모르는 아이의 모래성 같은 것이다. 차라투스트라를 에워싼 동물들의 말대로, 춤이며 웃음이며 영원한 시작이며 영원한 움직임이다.

우리처럼 생각하는 자들에게 있어서는 모든 사물 자체가 춤춘다. 만물은 다가와서 손을 내밀고 웃다가는 달아난다. 그리고 다시 되돌아온다.

모든 것은 가고, 모든 것은 되돌아온다. 존재의 수레바퀴는 영원히 굴러간다. 모든 것은 죽고, 모든 것은 다시 꽃피어난다. 존재의 세월은 영원히 흘러간다.

"만일 신들이 존재한다면, 어떻게 내가 신이 아니라는 사실을 참고 견딜 수 있을 것인가? 그러므로 신들은 존재하지 않는 것이다." 그리하여 당당히 신을 죽여 버리고 독수리와 뱀을 거느린 채 악동처럼 웃는 자. "선과 악이라고 불리는 낡아 빠진 망상이 있다." 그 망상을 뒤엎고 '선악의 저편'을 꿈꾼, 아침놀과 한낮의 태양을 사랑한 자. 그는 부정과 어둠과 비극에 맞서 끊임없이 긍정과 생성과 기쁨을 역설했다. 뒤집어 생각해 보면, 그에게는 신의 존재, 선악의 무게, 정신과 육체의 이분법 등이 참을 수 없을 만큼 무거웠던 것이 아닐까. 그 무게를 거부하며 자유를 쟁취한 후 '아이'의 정신으로 영원히 회귀하기 위해 포효했던 '사자'는 곧 니체가 아니었을까.

프리드리히 니체, 장희창 옮김, 『차라투스트라는 이렇게 말했다』, 민음사, 2004.

3

"절망이
허망한 것은
희망과
마찬가지이다"

소설 이상의 소설

『프랑켄슈타인』
― 신과 인간, 아비와 아들

1818년, 메리 셸리(1797~1851)

유복한 집안의 장남인 빅토르 프랑켄슈타인은 가족을 고향(제네바)에 남겨 두고 독일로 유학을 떠난다. 그곳에서 2년 동안 연구에 몰입한 그는 시체 안치소를 드나들며 조합한 '수용체'에 '존재의 불꽃'을 주입하여 생명체를 만들어 내는 데 성공한다. 하지만 그 즉시 이 '괴물-악마'로 인해 불행을 겪기 시작한다. 소설은 빙하 속을 헤매는 프랑켄슈타인과 조우한 영국의 탐험가 월턴이 누나에게 자기 이야기를 편지로 써 보내는, 전형적인 액자식 구성이다. 그리고 자연-신의 영역을 침범한 '현대의 프로메테우스'(이 소설의 원제는 '프랑켄슈타인: 혹은, 현대의 프로메테우스'이다.)를 단죄하는 식의 결말을 취한다. 흥미로운 것은 이름조차 부여받지 못한 그의 피조물에게 자기만의 '말'이 있다는 점이다.

태어난 순간 이미 그는 성인의 몸과 운동 기능, 어지간한 인지 수준에 덧붙여 자신이 불쌍한 '흉물'이라는 자의식을 갖고 있다. 타자와의 접촉을 통해 자신이 공포와 혐오를 불러일으키는 존재라는 사실도 깨닫는다. 일종의 야생 생활에서 시골 오두막의 축사 생활로, 즉 '야만(자연)'에서 '문명(문화)'으로 옮겨 가고 오두막 사람들(드라세 노인과 그의 아들딸(펠릭스, 아가타), 며느리 사피)을 모델로 모방과 학습, 성장을 거치는 것은 진화의 축소판처럼 읽힌다. 마침내 언어도 익힌 피조물은 프랑켄슈타인의 실험 일지를 읽게 되고 그동안의 소외와 고독을 증오와 원망으로 바꾼다.

> 저주받을 창조자여! 어찌하여 본인도 역겨워 고개를 돌릴 만큼 흉측한 괴물을 만들었는가? 하느님은 측은지심으로 자신의 형상을 본떠 인간을 아름답고 매혹적으로 만들었다. 하지만 내 모습은 당신의 형상을 따라 추잡하게 만들어졌다. 아니, 표본이 된 당신의 형상보다 훨씬 더 끔찍하게 만들어졌다.

사람 속으로 들어가려던 시도가 실패하자 그는 복수에 돌입, 반쯤 실수로 프랑켄슈타인의 어린 동생(윌리엄)을 죽인다. 배우자를 갖고 싶은 꿈마저 좌절된 후에는 그의 친구(앙리 클레르발)에 이어 신부(엘리자베스)를 죽이고 심지어 창조주-아비까지 파멸로 이끈다. 소설의 마지막에서 뼈아픈 회한과 자기연민에 빠진 채 얼음 뗏목을 타고 어둠 속으로 사라지는 그는 아무런 인과율도 없이 '괴물-악마'로 태어나 부조리한 삶을 살아 내지 않으면 안 되는 인간의 유비처럼 읽힌다.

『프랑켄슈타인』은 퍼시 셸리의 아내로 유명한 메리 셸리가 스무 살도 되기 전에 쓴 소설이다. 유명한 정치사상가(윌리엄 골드윈)와 여성 운동가(메리 울스턴크래프트)의 딸답게 뛰어난 문재(文才)를 자랑하던 그녀가 웬만한 고딕 소설에 버금가는 괴기스러운 공포 소설을 썼다는 것이 인상적이다. 하지만 실상 소설은 낭만적이고 추상적인 데다가 음습한 괴기스러움의 분위기만 풍길 뿐, 대체로 건전한 합리주의와 계몽의 정신으로 충만하다. 선원들의 반대를 무릅쓰고 북극 항해를 감행하던 월턴이 영국 쪽으로 배를 돌림으로써 명예 대신 목숨을 택하는 바깥 얘기도 그렇다. 요컨대 이 소설이 작가의 이름을 묻어 버릴 만큼 유명세를 타며 거의 200년째 읽히는 것은 우리가 여전히 '현대의 프로메테우스'를 꿈꾸기 때문이다. 이 주제를 다룬 고딕풍의 환상 소설이 공상 과학물로 진화하는 과정에서 『거장과 마르가리타』의 작가로 잘 알려진 미하일 불가코프(1891~1940)의 초기 소설 『개의 심장』도 주의를 끈다.

볼셰비키의 사회주의 혁명이 성공한 직후 1920년대의 소련, 프레오브라젠스키 박사는 화상을 입고 굶주림과 추위에 떠는 개 한 마리를 데려와, 막 사망한 남성의 생식기와 뇌하수체를 이식한다. 실패할 줄 알았던 수술이 성공을 거두면서 개('샤릭')는 인간('샤리코프')으로 거듭난다. 작가가 의사였던 만큼 수술 장면과 그 이후의 경과에 대한 묘사가 치밀하다. '개-인간'이 음주와 흡연, 폭행과 절도, 동물 학대를 일삼는 모습에서 당시 '세계의 주인'인 양 설치던 프롤레타리아 계급을 향한 부르주아 작가의 빈정대는 시선과 날선 풍자도 부각된다. 결국 수술을 통해 샤리코프를 다시 개로 되돌림으로써 과학(지식)이든 정치(혁명)든 절대자의 지위를 누리려는 인간의 오만한 욕망에 철퇴를 가한다. 평범한 여자도 스피노자와 같은 천재를 낳을 수 있는데 파우스트의 증류기나 외과 의사의 메스가 무슨 소용이냐는 식이다. 이런 논리를 피력함에도 프레오브라젠스키 자신은 온전히 신적인 지위를 누리는 것 또한 아이러니다.

한편, 개였을 때부터 자기만의 말을 갖고 있다가 느닷없이 사람 노릇을 하게 된 샤릭-샤리코프는 자신을 꾸짖는 '아빠'를 거칠게 몰아세운다. "동물을 잡아다가 칼로 머리를 길게 썰어 줄무늬를 만들어 놓고서, 이제 와서는 싫어하고 경멸하신다 이거지. 나는 나를 수술하라고 허락하지도 않았어." 『프랑켄슈타인』의 제사로 쓰인 『실낙원』의 일절인 아담의 절규가 상기되는 대목이다.

> 창조주여, 제가 간청했나이까,
> 저를 진흙으로 빚어 사람으로 만들어 달라고?
> 제가 애원했나이까, 어둠에서 저를 끌어 올려 달라고?

우리는 모두 마지못해, 적어도 엉겁결에 태어난다. 이것도 억울한데, 태어나는 순간을 알지 못하는 것처럼 죽는 순간도 알지 못한다. 때문에 생명 창조의 비밀을 손에 넣으려는 시도는, 그것이 지적 호기심의 산물이든 이타주의와 공리주의의 발로든 정치권력과 시장 논리의 결탁이든, 불가피하고 또 필수적인 윤리 논쟁과 더불어 더 가속화될 것이다. 고전들이 경고하듯 문제는 단순히 창조가 아니라 창조 이후, 즉 조물주(신/아비)와 피조물(인간/아들)의 관계이다. 자연-신의 개입이 적어질수록 우리가 감당해야 할 몫도 커질 것임을 명심해야겠다.

메리 셸리, 황소연 옮김, 『프랑켄슈타인』, 비룡소, 2014.

『파리의 노트르담』
— 그로테스크 미학과 숭고미

1831년, 빅토르 위고(1802~1885)

　빅토르 위고의 『파리의 노트르담』은 루이 11세 치하, 15세기 프랑스 파리를 그린 역사 소설이다. 실제로 시테섬과 이른바 뒷골목, 노트르담 대성당을 비롯한 건축물 묘사도 생생하고 소설 속 인물로 등장하는 루이 11세의 형상도 또렷한 편이다. 마녀재판이나 공개 처형을 매개로 한, 당시의 재판과 형벌 제도에 대한 작가의 비판도 맹렬하다. 여러모로 29세의 위고가 품었던 작가적 야망이 얼마나 컸는지를 보여 주는 작품이다. 그러나 정작 소설은 산만한 구성, 지루한 장광설, 지나치게 '환상적인' 인물과 사건 등 19세기의 여느 프랑스 고전 소설과는 사뭇 다르다. 이런 소설을 독자는 거의 200년 동안 사랑해 왔다. 그 이유는 무엇일까.

　『파리의 노트르담』은 낭만주의 미학이 십분 발현된 소설이다. 인물들의 성격은 물론 갈등과 사건의 양상 역시 대단히 극적이다. 작품의 중심에 서 있는 라 에스메랄다는 그 자체로 동적인 인물은 아니지만 충격적일 만큼 뛰어난 아름다움 탓에 끊임없이 움직임을 만들어 낸다. 금욕과 의지의 화신인 클로드 프롤로 부주교마저 그녀에게 눈이 멀어 상식적으론 납득되지 않는 행동을 보여 준다. 대체로 이 인물 자체가 종교와 학문의 빛에 가려진 중세의 암흑을 상징하는 것 같다. 라 에스메랄다를 향한 그의 열정 역시 어딘가 진정성이 결여된, 열정이라기보다는 열정에 관한 수사(修辭)처럼, 억눌린 관능적 욕망의 병리적 분출처럼 보인다.

그에 비하면 카지모도는 추(醜)의 극치를 이루는 외모 덕분에 오히려 더 생기롭다. 등뼈가 활처럼 휘고 가슴뼈가 앞으로 툭 불거지고 머리는 양어깨 속에 푹 파묻힌 심각한 곱사등이다. 두 다리는 제멋대로 뒤틀린 절름발이이고 눈은 애꾸로 왼쪽 눈에는 무사마귀가 있다. 게다가 열네 살 때부터 종지기로 살아서 귀마저 멀었다. 이 흉한 존재가 '성모 마리아(Notre Dame)'의 수호를 받는 '성역'의 닮은 꼴, 심지어 그것과 한 몸이다.

그리고 확실히 이 피조물과 이 건물 사이에는 미리부터 존재하던 신비로운 조화 같은 것이 있었다. (중략) 그리하여 늘 대성당의 방향으로 자라나고, 거기서 살고, 거기서 자고, 거의 한 번도 거기서 나가지 않고, 줄곧 그 신비로운 압력을 받으면서, 시나브로 그는 그것과 닮아 가고, 말하자면 그 속에 들어박혀, 마침내 그것의 일부를 이루기에 이르렀다.

그는 처형 직전의 라 에스메랄다를 구출하는데, 그로써 성역 안에서 절대적인 미와 절대적인 추가 충돌, 결합한다. 미추의 대립은 선악의 대립으로 이어진다. 아름다운 것은 선하고 추한 것은 악하다. 라 에스메랄다는 동정심도 많고 마음씨도 착하지만 카지모도는 심술궂고 사납고 거칠다. 그러나 작가가 추구한 미학은 이렇게 경직된 미추의 변증법을 넘어선다.

젊은 위고가 숭상한 낭만주의, 소위 그로테스크 미학의 핵심은 세계의 이원성과 인간의 이중성에 대한 통찰에 있다. 세계와 인간은 본질적으로 아름다움과 추함, 선함과 악함, 빛과 어둠 등 서로 모순된 가치로 구성돼 있다. 그 날카로운 대조는 대단히 불편하고 자주 비현실적이지만 대신 단순한 아름다움이 결코 줄 수 없는 숭고한 카타르시스를 선사한다. '팜므 파탈'과 '야수-괴물'의 사랑은 그로테스크하지만 바로 그 때문에 숭고하다.

그녀가 채광창으로 가서 보니, 가련한 꼽추는 벽 모퉁이에, 고통스럽고 체념한 듯한 태도로 웅크리고 있었다. 그녀는 그가 자기에게 자아내는 불쾌감을 억제하려고 애를 썼다. "이리 와요." 하고 그녀는 그에게 조용히 말했다. 이집트 아가씨의 입술이 움직이는 것을 보고, 카지모도는 그녀가 자기를 쫓아내는 줄 알았다. 그러자 그는 일어나서 물러갔다, 절뚝거리면서, 천천히, 고개를 수그리고, 절망으로 가득 찬 눈을 처녀를 향해 감히 쳐들지도 못하고. "이리 오라니깐." 하고 그녀는 외쳤다. 그러나 그는 계속 떠나갔다.

살다, 읽다, 쓰다

그러자 그녀는 독방에서 뛰어나가, 그에게로 달려가 그의 팔을 잡았다. 그녀의 손이 자기 몸에 닿는 것을 느끼고, 카지모도는 사지를 떨었다. 그는 애원하는 듯한 눈을 들어, 그녀가 자기를 그녀 곁으로 도로 데리고 가는 것을 보고, 그의 얼굴은 기쁨과 애정으로 온통 반짝였다. 그녀는 그를 자기의 독방 안으로 들어오게 하려 했으나 그는 끝내 문턱 위에 서 있었다. "안 돼요, 안 돼요." 그는 말했다. "부엉이는 종달새의 보금자리에 들어가지 않는 법이에요."

이 숭고한 열정의 연원은 꽤 깊다. 18년 전, 집시들이 태어난 지 얼마 안 된 천사 같은 계집애를 훔쳐 가면서 그 자리에 괴물 같은 사내애를 놓아두었다. 노트르담의 안을 구석구석 누비던 사내애와 노트르담 밖의 거리를 누비던 계집애는 먼 훗날 죽음을 통해 완전히 결합한다. 노트르담 벽 어디에 그리스어로 새겨진 글자 '숙명'은 이렇게 실현된다. 이 단어는 실상 『파리의 노트르담』 속 인물을 모두 아우른다. 양자의 손에 목숨을 잃은 프롤로, 파리를 배회하는 거리의 시인 그랭구아르, 경박한 바람둥이의 전형 페뷔스, 잃어버린 딸을 되찾는 순간 다시, 그것도 영원히 잃어야 했던 '자루 수녀' 귀딜, 노트르담을 공격하는 부랑자와 거지 무리들……. 이들은 모두 자기 삶의 주인공이지만 동시에 숙명이라는 거대한 이름에 종속된 자들이다.

숭고한 괴물처럼(카지모도!) 묵묵히 서 있는 노트르담 대성당은 결국 그 힘의 상징이다. 이후 위고가 쓰게 될 대작 『레 미제라블』

(1862)의 주인공이 저 유명한 장 발장이 아니라 그의 장구한 일생과 역사의 격동을 아우르는 숙명인 것처럼 말이다.

빅토르 위고, 정기수 옮김, 『파리의 노트르담』, 민음사, 2005.

살다, 읽다, 쓰다

「검은 고양이」
— 내면의 어둠에 대한 탐구: 불안과 공포

1843년, 에드거 앨런 포(1809~1849)

흔히 중고생이 꼭 읽어야 할 세계 문학 목록에서 빠지지 않는 에드거 앨런 포의 「검은 고양이」는 성인 독자의 눈에도 충격적이다. 현재 교수형을 앞두고 감방에 갇혀 있는 '나'가 들려주는 "너무나도 괴이하면서 동시에 너무나도 평범한 이야기"의 내용은 이렇다. 어릴 때부터 온순한 성격에 동물을 좋아했던 그는 역시나 동물 애호가인 아내와 함께 애완 동물을 여럿 키운다. 그중 몸집이 큼직하고 검은 고양이 플루토와 유난히 사이가 좋다. 그러나 그가 '악마 같은 폭음'에 빠져 폭력을 행사하게 되자 가뜩이나 나이가 들어 예민해진 플루토는 점점 그를 피하게 된다. 그러던 어느 날, 만취 상태로 귀가한 그는 자신을 꺼리는 플루토의 한쪽 눈을 주머니칼로 도려내고 얼마 뒤에는 녀석을 나뭇가지에 목매달아 버린다. 이 사건을 둘러싼 그의 도착적인 심리가 전율스럽다.

그렇게 매달 때 내 눈에서는 하염없는 눈물이 흘러나왔고, 마음은 회한으로 가득 차서 비통하기가 그지없었다. 그 짐승이 나를 끔찍이 사랑해 왔음을 알기 때문에, 그 짐승이 내게 아무 잘못도 저지르지 않았기 때문에 녀석을 목매달았던 것이다. 그런 행위를 함으로써 내가 범죄를 저지르고 있음을, 가장 자비롭고도 가장 무서운 신의 가없는 자비심이 도달할 수 없는 곳으로 내 불멸의 영혼을 쫓아낼— 만일 그런 일이 가능하다면 말이다— 치명적인 범죄 행위를 저지르고 있음을 알았기 때문에 그 녀석의 목을 매단 것이다.

그 직후 발생한 화재를 잇는 사건은 더 기괴하다. 단골 술집에서 만난 고양이 한 마리가 그를 따라온다. 가슴팍에 하얗고 큰 반점이 있는 것만 빼면 눈이 하나 없는 것까지 플루토를 빼닮은 녀석에게 그는 증오를 느낀다. 결국 지하실까지 따라온 고양이를 죽이려고 도끼를 휘두르다가 그것을 저지하는 아내를 죽이고 만다. 아내의 사체 처리를 두고 고민하던 그는 중세 수도사들의 희생자 처리 방식을 모방한다. 나흘 뒤에 나타난 경찰관들이 지하실의 벽을 허물자 놀라운 반전이 전개된다.

「검은 고양이」를 비롯한 일련의 중단편 소설에서 포는 자기만의 정조와 문체를 확립한다. 국내에서 출간된 포 소설 전집을 조망하자니 거의 모든 소설이 일인칭 주인공 시점을 취하고 있다.

묘사 대상의 음습함과는 별개로 건조하고 압축적인 문체도 인

살다, 읽다, 쓰다

상적이다. 무엇보다도, 비단 추리 소설뿐만 아니라 그의 소설 전반이 대단히 이론적이고 학구적이다. 열기구 여행(「한스 팔의 전대미문의 모험」, 「열기구 보고서」), 최면술(「최면의 계시」, 「누더기 산 이야기」), 탐험과 항해(「병 속에서 발견된 원고」, 「소용돌이 속으로의 추락」), 갈바니의 전기 실험(「미라와의 대담」, 「때 이른 매장」) 등이 다각도로 활용된다. 이런 부분적인 요소와 더불어 부각되는 것은, 죽음(사신)에 대한 짧고도 강렬한 기록(「그림자」, 「침묵」)이 보여 주듯, 생명의 있음과 없음 사이의 경계, 그리고 삶과 존재의 이면을 이루는 '어둠'에 대한 그의 문학적 탐구이다.

요컨대 「검은 고양이」는 이성과 과학이 가닿지 못하는 어두운 영역(플루토, 즉 저세상)에 대한 탐구라 할 수 있다. '나'의 뒤틀린 심리와 잔혹한 행동이 알코올로 완전히 해명되는 것 같지는 않다. 특히 마지막 장면, 수사를 끝내고 돌아가려는 경찰관들 앞에서 괜히 허세를 부리며 벽을 탕탕 두드리는 심리를, 그 스스로 "배반의 심장"으로 돌변하는 심리를 어떻게 이해해야 할까.

작가가 이런 요령부득의 내적 흐름을 동기화하는 방식이란, 동어 반복인데, 실제 우리의 내면에 도사린 실존적, 아니, 동물적 공포와 불안을 비논리적인 양상 그대로 드러내는 것이다. 밑도 끝도 없는 깊은 '나락'과 섬뜩한 운동을 반복하는 '진자,' 아무리 따라잡으려 해도 좀처럼 잡히지 않는 '군중 속의 남자,' 우리의 은신처까지 잠입한 '붉은 죽음의 가면,' 사실상 동시에 '몰락'하는 둘이 한 몸 같은 어셔가의 남매와 그들의 저택은 모두 그 상징처럼 읽힌다. 만약 오랫동안 나를 괴롭혀 온 존재(혹은 그런 감각)가 나의 손에 붙잡혀 처리된다면 그건 나의 일부이거나 분열된 자아, 결국 나 자신일 뿐이다.

> 네가 이겼고, 내가 졌다는 것을 인정한다. 하지만 지금부터는 너 또한 죽은 거나 마찬가지다. 넌 세상과 천국과 희망에 대해 죽은 존재니까! 넌 여태까지 내 안에서 존재해 왔으니까. 너의 모습과 똑같은 내 모습을 보면서, 나를 죽임으로써 네가 얼마나 철저하게 너 스스로를 살해한 것인지 똑똑히 보라고.

이처럼 '그로테스크와 아라베스크 이야기'(그의 첫 소설집 제목이다.)의 대가답게 포의 전기는 암울한 사실(조실부모, 양부와의 갈등, 아내의 병사, 작가의 횡사 등)로 가득 차 있다. 그렇다고 그의 인성과 일생을 부정적인 쪽으로 신비화하는 것은 온당치 않다.

40년의 인생 동안 적지 않은 시와 소설, 평론을 남긴 작가가 그 세월을 모두 정신병자에 알코올-마약 중독자로 살았다는 것은, 문학이 요구하는 최소치의 시간과 노동량만 생각해도, 상식적으로 납득이 되지 않는다. 그에게도 분명히 어둠과 빛이 공존했을 것이다. 비련의 아름다운 사랑(「애너벨 리」)도, 공포의 현현인 까마귀(「더 레이븐」)도 한 존재, 한 세계의 다른 얼굴일 뿐이다. 어둠은, 굳이 그로 인해 빛이 더 빛난다는 이유 때문이 아니라 그 자체로 우리의 한 부분, 그것도 큰 부분이라는 이유 때문에, 소중하다.

포의 문학이 역시나 어둠의 대가였던 보들레르나 도스토예프스키에 이어 지금까지 열렬한 독자층을 갖는 것도 그 덕분이리라.

에드거 앨런 포, 전승희 옮김, 『에드거 앨런 포 단편선』, 민음사, 2013.

『모비딕』
— "불의 얼굴을 너무 오래 들여다보지 마라"

1851년, 허먼 멜빌(1819~1891)

『모비딕』이 자신의 다리를 빼앗아 간 고래에게 복수를 하다가 파멸하는 한 인간의 이야기임을 모르는 사람은 거의 없다. 고래 뼈로 만든 의족에 몸을 의지한 채 두려움을 모르는 시선으로 앞만 바라보며 서 있는 노인, 신을 믿기는커녕 그 스스로 신이고자 하는 존재, '대학물'까지 먹었으면서도 식인종과 어울린 적도 있는 거친 뱃사람……. 에이해브 선장은 시종일관 신비스러운 존재로 그려지는데, 고래를 향한 집요한 복수심과 비장한 투지 때문이다.

하지만 이것이 스타벅의 눈에는 광기로, 불경스러운 반역으로 보인다. 근육질의 건강한 몸에 청교도적인 윤리와 합리적 실용주의를 겸비한 30세의 일등 항해사는 당차게 말한다. "우리는 고래를 잡으러 여기 왔지, 선장님의 복수를 위해 온 게 아닙니다." 복수 따위는 돈벌이도 되지 않거니와 그저 맹목적인 본능으로 공격했을 뿐인 짐승에게 원한을 품었다가는 천벌을 받으리라는 것이다.

그런데 이런 짐승에게서 에이해브는 가시적인 '판지 가면'으로 가려진 뭔가 거대한 힘의 원천을 본다. "일격을 가하려면 가면을 뚫어야 해! 죄수가 벽을 뚫지 않고 밖으로 나갈 수 있나? 나한테는 이 흰고래가 나를 바싹 에워싸는 벽이라네." 개인적인 복수심뿐만 아니라 인간의 이성과 의지로는 어찌할 수 없는 운명(신 혹은 자연)을 향한 분노를 모조리 고래에게 쏟아붓는 격이다. 어떻든 열여덟 살의 어느 아름다운 날 처음 고래를 잡은 이래 40년을 바다의 고래와 함께 살아온 노선장의 한탄은 교향곡처럼 깊고 묵직한 울림을 낸다.

> "아, 스타벅! 이 얼마나 잔잔하기 그지없는 바람과 잔잔해 보이는 하늘인가. 나는 이런 날, 이만큼이나 청명하던 날, 태어나서 처음으로 고래를 잡았다네. 어릴 때였지. 열여덟 살짜리 작살잡이였으니! 40, 40, 40년 전 일이야! 오래전 일이지! 40년 동안 쉬지 않고 고래를 잡으러 다녔네! 40년 동안 궁핍과 위험과 폭풍을 견디며, 이 가혹한 바다에서 40년을 보냈어! 40년 동안 에이해브는 평화로운 땅을 저버리고 40년 동안 심해의 공포와 맞서 싸운 거야! 그래, 맞아, 스타벅. 그 40년 동안 내가 육지에서 보낸 시간은 3년도 되지 않는다네. (중략) 쉰 넘어 결혼한 꽃다운 어린 아내는 저 바다 건너 멀리에 있고, 이튿날 케이프곳으로 떠나기 전에 딱 한 번 금침을 베어 봤을 뿐이지. 아내? 아내라고? 차라리 생과부라고 해야 옳을 거야! 그래, 나는 괜히 결혼해서 그 불쌍한 여자를 과부로 만들었네, 스타벅."

그는 당장 진로를 바꾸어 돌아가자는 스타벅의 바람직한 충고를 따를 수 없다. 고래, 특히 모비딕이야말로 그의 유일한 존재 이유인 까닭이다. "모든 것을 파괴할 뿐 정복하지 않는 고래여, 나는 너를 향해 돌진하고 끝까지 너와 맞붙어 싸우리라. 지옥 한복판에서라도 너를 향해 작살을 던지고, 가눌 수 없는 증오를 담아 내 마지막 숨을 너에게 뱉어 주마." 그러고서 에이해브는 고답적인 비극의 주인공답게 고래와 함께 바다 깊숙이 침몰함으로써 자신의 삶을 마감한다. 하지만 이 비장한 운명극은 이 소설의 일부를 이룰 뿐이다.

『모비딕』은 '모비딕 혹은 고래(Moby-Dick or, The Whale)'라는 원제가 말해 주듯 고래의 생김새와 생태와 종류, 고래를 잡고 해체하고 보관하고 활용하는 법, 고래 요리의 종류와 역사 등 정녕 고래학과 포경(捕鯨)에 관한 책이다. 모비딕은 고래 일반을 대표하는 '짐승'임과 동시에 피쿼드호의 여느 선원들보다 더 또렷한 형상과 성격을 가진 '인물'이기도 하다. 어마어마하게 거대한 몸집, 이마에는 주름이 잡혀 있고 등에는 하얀 혹이 피라미드처럼 높이 솟아 있는, 인간처럼 교활한 지성과 영원한 악의를 뿜어내는 독특한 향유고래! 무엇보다도 "본질적으로 색이라기보다 가시적인 색의 부재인 동시에 모든 색이 응집된 상태"와 같은 저 흰색이 압도적이다. 검푸른 바다를 뚫고 용트림하는 하얗고 거대한 힘 앞에서 어떻게 움츠러들지 않을 수 있겠는가.

한데 최후의 접전에서 살아남은 자는 비장함과도, 합리적 실용주의와도 무관한 인물이다. "내 이름은 이슈마엘." 이렇게 운을 떼는 청년은 지갑도 거의 바닥나고 뭍에는 딱히 흥미로운 것도 없어 기분 전환 삼아 배를 타게 되었다. 하필 포경선이었던 것은 거대한 고래, 그 경이롭고 신비로운 괴물에 대한 호기심 때문이었다. 이 출사표에 대해 때론 비장한 말을 늘어놓기도 하지만 그의 어조는 대체로 덤덤하다. 자신이 속한 연극판과 자신의 역할에 대한 인식도 명징하다. "다른 이들은 처절한 비극에서 근사한 역할을 맡거나 세련된 코미디의 짧게 가벼운 역할 아니면 풍자극의 유쾌한 역할을 맡는데, 대체무슨 연유로 운명이라는 무대 감독이 내게 포경선 항해의 허접스러운 배역을 안겨 주었는지는 알 길이 없다." 그가 구사일생으로 목숨을 건진 것도 그렇다. 퀴퀘그의 관과 레이첼호 덕분인데, 이런 흐름을 관장하는 원리는 과연 무엇인가. 이 물음에 대한 이슈마엘 나름의 답은 이렇다.

"인간들이여, 불의 얼굴을 너무 오래 들여다보지 마라!"

"포경선은 나의 예일 대학이며 하버드 대학"이라는 이슈마엘의 고백은 작가에게도 적용된다. 멜빌 문학의 자양분 중 하나는 포경선과 남태평양의 섬에서 쌓은 경험이다. 그 토대 위에서 형상화된 '자연'의 이면에는 물론 '문명'이 도사리고 있다.(멜빌의 후기 역작인 「필경사 바틀비」는 문명의 한가운데 놓인 인간의 본질을 절묘하게 포착한다.) 인종박물관처럼 보이는, 총 서른 명의 선원을 실은 피쿼드호는 19세기 중엽 미합중국의 축소판이기도 하다. 주인공들의 이름에서부터 여실히 드러나는 성경 텍스트는 이 작품에 보편성과 영구성을 부여한다. 요컨대 『모비딕』은 30대 초반의 작가가 자신의 모든 경험과 지식을 모조리 쏟아부운 절치부심의 야심작이다. 이 소설의 실패로 인해 멜빌 자신이 망각과 침묵의 바닷속에 침몰한 형국이었다. 그렇다면 20세기 초, 『모비딕』의 부활은 눈 덮인 산 같은 모비딕이 바다 위로 웅비하는 모습을 반복하는 것이 아니겠는가.

허먼 멜빌, 강수정 옮김, 『모비딕』, 열린책들, 2013.

살다, 읽다, 쓰다

『죄와 벌』
― 라스콜니코프의 몽상과 환멸

1866년, 표도르 도스토예프스키(1821~1881)

1860년대 후반, 7월 초의 페테르부르크, 저녁 7시가 지난 시각, 한 청년이 도끼로 전당포 노파를 살해하고 마침 귀가한 노파의 이복 여동생마저 살해한다. 무사히 현장을 탈출한 그는 하숙방으로 돌아와 거의 기절하다시피 쓰러진다.

이렇게 소설의 I부에서 핵심적인 사건, 즉 누가 누구를 언제 어떻게 죽였는지는 모두 알려졌고, 소설적 흥미는 오직 범행의 동기와 그 귀추에 의해 유발된다. 왜 죽였는가? 명문대 법학부에 재학 중인 라스콜니코프는 경제적인 형편 때문에 학업을 중단했을뿐더러 하숙비가 밀려 끼니조차 때우지 못하고 있다. 어머니와 함께 지방에 남겨진 누이동생은 오빠를 위해 중년의 법률가(루쥔)와 소위 정략결혼을 할 생각이다. 장자(長子) 의식과 계급 의식이 치미는 것은 당연하다. 그럼에도 그의 범행을 생계형으로 보는 경우는 드물다.

문제는 이 흉악 범죄에 메시아 콤플렉스가 개입되어 있다는 것이다. 이 점에서 그의 첫 번째 꿈이 상징적이다. 술 취한 남자들에게 폭행을 당하는 암말(약자)을 구원하려는 소년 로쟈와 '그 일'을 감행하려는 청년 로디온 사이에 묘한 유비 관계가 형성된다. 전자는 간절한 열망에도 불구하고 말을 구하지 못하고 후자는 구원이라는 명분(목적이 수단을 정당화한다는 식의 공리주의)을 내세워 살인을 정당화한다. 이런 모순을 명민한 라스콜니코프가 몰랐을까. 이 꿈을 꾼 직후, 그는 예수 그리스도의 겟세마네 기도를 연상시키는 말을 읊조린다. "주여!…… 저에게 저의 길을 보여 주십시오, 그러면 저는 저 빌어먹을…… 저의 몽상을 단념하겠습니다!" 그러나 단념은커녕 이튿날 일종의 환시(사막의 오아시스)를 보자마자 곧장 방을 뛰쳐나가 '몽상'을 실행에 옮긴다.

라스콜니코프에게 가장 어려운, 더 정확히는 가장 하기 싫은 일은 자기기만을 인정하는 것이었으리라. 핍박받는 민중을 구원하는 것이 아니라 자신이 그만한 능력을 갖춘 존재인지 확인하는 것이 문제였고 결국 '그 일'은 오만한 자기중심주의와 자폐적인 선민의식의 산물이었음이 소냐 앞에서의 고백으로 드러난다.

> "나는 그냥 죽였어. 나 자신을 위해, 나 하나만을 위해 죽인 거야. (중략) 나는 그때 내가 다른 사람들처럼 이에 불과한지, 아니면 인간인지를 알아야만 했어, 그것도 어서 빨리 알아야만 했지. 즉, 내가 넘어설 수 있는지, 아니면 그럴 수 없는지를!"

과연 그는, 그 자신의 분류법(「범죄론」)을 참조하건대, 자기와 비

살다, 읽다, 쓰다

숫한 존재를 생산하는 것 외에는 아무 일도 하지 않는 '평범한 사람' ('재료')인가, 아니면 새로운 말을 하고 그 과정에서 방해가 되는 장애물을 과감하게 처리할 수 있는 권리를, 심지어 그럴 의무를 지닌 '비범한 사람'인가. 나폴레옹인가, 그냥 이(蝨)인가. 결국 그는 스스로를 조롱조로 "미학적 이(蝨)"라고 부르기에 이른다. 자신의 범행이 재현되는 무시무시한 꿈을 통해 살인이 진행되는 순간부터 그를 괴롭혀 온 '미학적 수치'도 상기된다. 여기서 미학은 윤리의 동의어인 바, 그의 도끼질에 죽기는커녕 키득키득 웃어 대는 불멸의 노파와 웅성대는 타자들은 자기 단죄로 읽히기도 한다.

『죄와 벌』은 라스콜니코프의 몽상과 환멸의 기록으로서 그를 중심으로 여러 인물이 포진해 있다. 가령, 그 자체로 극히 완성도가 높은 인물인 스비드리가일로프는, 음습한 냉소가 담긴 특유의 어조로 그의 '비범인' 사상과 나폴레옹 숭배를 속화한다. 이 인물, 즉 주인공의 분신을 죽임으로써(자살) 작가는 라스콜니코프를 살린다. '어둠-죽음(스비드리가일로프)'의 맞은편에서 포르피리와 소냐가 '빛-삶'의 축을 대변한다. 먼저 예심 판사 포르피리는 '양날의 칼(심리전)'을 휘두르며 쥐를 갖고 노는 고양이처럼 라스콜니코프를 괴롭히지만 실상 그에게 가장 필요한 조치를 취해 준다. 소냐에 관한 한, 라스콜니코프는 그녀에 관한 얘기를 처음 들었을 때부터 막연한 끌림을 느끼고 그녀와 대면했을 때는 이렇게 말한다. "결국 당신도 똑같은 짓을 한 셈이잖아? 당신도 역시 넘어섰으니까…… 넘어설 수 있었으니까."

세계의 부조리에 맞서는 방식은 달랐지만(겸허한 수용과 이타주의

대 오만한 반역과 이기주의) 그들은 어쨌거나 '넘어섬'(이 단어는 러시아어에서 '범죄'와 어근이 같다.)을 공유한다. 죄의 체험과 그 인식이 두 청춘을 엮어 주는 절망의 친화력으로 작용하고 '고결한 살인자'와 '성스러운 매춘부'는 종교적인 차원의 합일을 향해 나아간다.

「에필로그」에서 작가는 자신의 젊은 분신을 한여름의 페테르부르크에서 한겨울의 시베리아로 옮겨 놓음으로써 연옥의 시공간을 선사한다. 인류가 대략 '오만'이라는 이름의 선모충(旋毛蟲)에 감염되어 자멸의 길을 걷는다는 내용의 꿈은 라스콜니코프의 반성과 부활을 이끌어 내려는 작가의 의지를 보여 준다. 병에서 회복된 그가 소냐와 만난 다음의 심리 상태를 묘사하며 덧붙인 문장도 그렇다.

> 변증법 대신에 삶이 도래했고, 의식 속에서는 뭔가 완전히 다른 것이 생겨나야 했다.

변증법, 즉 이념은 뒤로 물러섰을 뿐, 삶에 의해 지양되거나 기각된 것이 아니다. 「에필로그」에서 부정되는 것은 과거에 일어났던 사건일 뿐, 이론은 희화되고 속화된 채 주인공의 삶의 저편으로 넘겨진다.

그렇다면 "변증법 대신에 삶"은 결과라기보다는 두 인물 앞에 놓인 과제에 가깝다. 작가의 의도를 좇자면 지금까지 『죄와 벌』을 지탱해 온 '이념의 변증법'이 '삶의 변증법'으로 치환되고 나아가 진정으로 '죄를 통한 구원'이 이루어져야 한다. 소냐가 가져다준 복음서는 그 상징이다. 그럼에도 라스콜니코프가 성경책을 펼치는 모습은 끝

살다, 읽다, 쓰다

끝내 묘사되지 못하고 또 주인공의 갱생을 담은 새로운 이야기 역시 소설의 바깥으로 넘겨진다. 결국 인물은 물론이거니와 작가적 차원에서도 '넘어섬'은 완료되지 못했다. 하지만 이 소설이 매력적인 것은 인물이든 작가든 그들 스스로 설정한 특정한 '선(혹은 벽)'과 그것을 넘어서려는 의지 사이의 긴장과 결렬 때문이다.

도스토예프스키가 마흔다섯 살에 쓴 『죄와 벌』은 대가의 탄생을 알리는 소설이다. 20대의 그는 사회성과 심리성이 잘 결합된 첫 작품(『가난한 사람들』)으로 문단의 총아가 되었다. 사상적 이유로 사형 선고를 받고 감형되어 8년 동안 복역한 다음에는 약간의 준비 이후에 1864년 『지하로부터의 수기』라는 문제작을 들고 제법 화려하게 문단에 복귀했다. 그 직후에 쓴 『죄와 벌』은 정신의 '지하(이론)'에 스스로를 감금한 청년이 '지상(실제)'으로 나와 벌이는 사건을 기록한 글이기도 하다. 이 정도만 해도 충분히 세계 문학사에 남을 걸작이지만, 자신의 기록을 갱신하는 도스토예프스키의 고공 행진은 1880년 『카라마조프가의 형제들』을 발표할 때까지 계속된다.

생활인으로서 그는 가난과 간질병, 유형살이, 도박벽, 비교적 파란만장한 사생활 등 불행 내지는 결함이 많은 인간이었지만 소설가로서는, 물론, 천재였다. 과연 인간은 천재로 태어나는 것인가, 아니면 천재로 자라나는 것인가. 30여 년째 『죄와 벌』을 읽어 오며 새삼스레 부질없는 질문을 던져 본다.

도스토예프스키, 김연경 옮김, 『죄와 벌』, 민음사, 2012.

『카라마조프가의 형제들』
—— 과연 모든 것이 허용되는가

1880년, 표도르 도스토예프스키

I9세기 후반 러시아의 한 지방 도시. 중년의 지주 표도르 카라마조프는 두 번의 결혼을 통해 세 아들(드미트리, 이반, 알료샤)을 낳았으며 자신의 사생아(스메르댜코프)를 하인 겸 요리사로 두고 있다. 성년이 되도록 타인의 품을 전전하며 자란 세 아들이 갑자기 고향집의 아버지를 찾아온다. 드미트리는 오래전에 고인이 된 어머니의 유산을 받아 내기 위해 아버지와 각축을 벌이던 중 아버지가 눈독을 들여 온 여성 사업가(그루셴카)에게 반하고 만다. 이반의 귀향은 사실상 소설이 시작되기 전부터 사랑하게 된 형의 약혼녀(카테리나) 때문이다. 부자(父子)가, 또한 배다른 두 형제가 돈과 여자 때문에 다투는 일촉즉발의 위기 상황에서 수도사를 꿈꾸는 막내아들 알료샤가 집안의 불화를 잠재우기 위해 동분서주한다.

이렇게 고대 그리스 비극을 연상시키는 도발적인 소재, 표도르 피살 사건과 추리 소설적인 장치, 각각 '감성'과 '이성'과 '영성'의 축을 형성하는 매력적인 청년들의 활약 덕분에 『카라마조프가의 형제들』은 묵직한 중량감에도 불구하고 대단히 높은 가독성을 자랑한다. 친부 살해의 테마(아들들이 패륜적 아비를 죽이다)는 정치적 차원(왕-차르를 죽이다: 혁명)과 형이상학적이고 종교적인 차원(신을 죽이다: 무신론)을 두루 아우르면서 행동뿐만 아니라 욕망 차원의 죄와 벌, 나아가 구원을 문제 삼는다.

이 소설의 사상을 대변하는 이반은 '신이 없다면 모든 것이 허용된다'라는 입장에서 출발, 만약 신이 인간을 자신의 닮은꼴로 창조했다면 왜 이 세계에 악이 존재하는가, 하는 식의 물음을 던진다. '3차원(유클리드)'의 지성으로는 도무지 이해할 수 없는 이 모순 앞에서 그는 '조화'의 왕국을 만들기 위해 요구되는 아이들의 고통과 희생을 근거로 '반역'을 선언한다. "신을 받아들이지 않는 것이 아니라 신이 창조한 세계를 받아들이지 않는다."

그의 무신론은 「대심문관」에서 보다 거시적으로 표현된다. 에스파냐, 종교 재판이 한창이던 중세 말, 15세기 전에 자신이 구원한 자들을 보기 위해 '그'가 조용히 세상에 내려오고, '그'를 상대로 대심문관이 기나긴 고백을 시작한다. 핵심인즉, 복음서의 변용인바, 그리스도가 거절한 악마의 세 가지 제안(돌을 빵으로 바꿔라, 절벽에서 뛰어내려라, 내 앞에 경배하라)을 받아들여 자기만의 유토피아를 건설했다는 것이다. 인간이란 본디 그리스도의 믿음과는 달리 너무 나약하게 창조되었기 때문에 자유를 감당할 능력이 없다. 따라서 자유의 짐을 덜어 주는 대신 빵을 제공함으로써 인간을 행복하게 해 주었다는 것이 그의 논리이다. 빵과 자유의 역학 관계('기적'과 '신비')를 해결한 다음의 과제는 '권위'이다.

> '빵'을 받아들였다면, 너는 개개의 인간뿐만 아니라 인류 전체의 총체적이고 영구적인 우수에 대한 해답을 함께 줄 수 있었을 것이니— 그건 다름 아니라 '누구 앞에 경배할 것인가?'의 문제이다. (중략) 하지만 인간이 찾는 그 대상이란 (중략) 너무도 확실하기 때문에 모든 사람이 일시에 만장일치로 그 앞에 함께 경배할 수 있어야만 되는 것이다. 이는 이 가련한 피조물들은 나나 다른 사람이 경배할 수 있는 대상을 찾을 뿐만 아니라, 모든 사람들이 그를 믿고 그 앞에 경배할 수 있는, 반드시 '모든 사람이 함께' 경배할 수 있는 그런 존재를 찾기 위해 노심초사하고 있기 때문이지. 자, 바로, 경배를 하긴 하되 '공동으로' 해야 한다는 요구야말로 인간 개개인이 개별적으로건 인류 전체로건 태초부터 골머리를 앓아 온 주된 문제인 것이다.

그 자체로도 완결도가 높은 텍스트인 『카라마조프가의 형제들』 전체 속에서 조망할 때 더욱 의미심장하다. 카리스마를 뿜내는 아흔 살 노인의 사상이 이반의 '이론'이라면 그 '실제'는 살부(殺父)로 나타난다. 작가가 '모든 것이 허용된다'라는 사상과 함께 이반에게 선사한 자유의 극단이 곧, 나를 낳아 준 아비를 죽일 수도 있는 자유이다. 이론 차원에서는 거침없이 신을 죽이고 '신 없는 유토피아'를 건

살다, 읽다, 쓰다

설한 이반이지만, 정작 아비가 살해되자 극도로 당황하고 자신이 보유했던 '기대의 권리'를 단죄한다. "한 마리의 독사가 다른 한 마리의 독사를 잡아먹을 거야, 두 놈 다 그 길밖에 없어!" 즉, 아버지와 형 사이에 모종의 참극이 발생할 것임을 예감(기대!)했음에도 적극적인 수단을 취하기는커녕 무책임하게 집을 떠나 버린 것, 사건의 전말이 밝혀졌을 때 모종의 행동을 취할 수 있는 마지막 기회(당장 관련자를 찾아가 증거물(3000루블)을 내놓고 스메르댜코프와 자신을 고발하는 것)가 찾아왔음에도 유예한 것, 그날 밤 스메르댜코프가 자살할 것임을 예감(다시금, 기대!)했음에도 방치한 것 등, 결국 이반은 정신 분열 상태에 이르고 만다. 그가 '위대한 죄인'인 것은 엄밀히 말해 죄의 크기 때문이 아니라 죄를 느낄 줄 아는 양심의 크기 때문이다. 이 죄의식이 그를 윤리와 도덕의 정점으로 이끈다. 그의 이론이 와해되는 지점에서 신의 존재가 요청된다.

이반의 '이성'에 대해 알료샤는 삶 그 자체, 그리고 '영성'으로 맞선다. 가까이 있는 사람을 사랑하기 힘들다는 이반과 달리 그는 항상 발로 뛰어다니며 주변 사람을 돕고, 무엇보다도 세계의 부조리와 모순을 있는 그대로 받아들인다. 그런 그에게 작가는 조시마 장로의 '시체 썩는 냄새'를 통해 '기적을 보지 않고도 신을 믿을 수 있는가'라는 과제를 던진다. 알료샤는 '기적'에의 유혹을 이겨 내고('갈릴래아의 카나') 소설 속 그리스도로 거듭난다. 한편 허랑방탕하지만 심성이 고운 청년 드미트리('감성')는 친부 살해의 누명을 쓰는 수난을 겪는 과정에서 '죄에 있어서의 연대 의식'('모든 사람은 모든 것에 대해 모든 사람 앞에서 죄인이다')을 깨닫고 그 나름으로 죄와 벌, 구원의 주제를 형상화한다. 또 다른 카라마조프인 간질병 환자 스메르댜코프는 일련의 음울한 범행과 자살을 통해 러시아 식 허무주의의 심연을 드러낸다. 결국 한 집안의 참극을 통해 작가는 "모든 것이 허용"되지 않음을 증명하며 우리를 구원(신)으로 이끌고자 한다.

총체적인 화해와 사랑을 역설하는 『카라마조프가의 형제들』은 환갑을 코앞에 둔 도스토예프스키가 스물네 살 연하의 아내, 어린 아들딸과 더불어 인생의 황금시대를 구가하며 쓴 소설이다. 가난한 군의관의 둘째 아들로 태어나 페테르부르크 공병 학교를 졸업하고 공무원(무관)의 길로 들어섰으나 이내 전업 작가('프롤레타리아-문학가')를 선언하면서 그는 '가난'을 자처했다. 평생 간질병으로 고생했으며 주기적으로 찾아드는 도박벽도 버리지 못했다. 20대 때 사회주의 사상에 탐닉하여 사형 선고를 받은 이력까지 있는 사상범, 소위 '죽은 자들 사이에서 부활한' 자이기도 하다. 『카라마조프가의 형제들』로 성공을 거둔 후 그는 알료샤를 주인공으로 하는 2부를 구상했으나 이듬해 1월 폐동맥 파열로 세상을 떠난다. 대문호가 아니라 인간 도스토예프스키가 임종의 침상에서 죽음을 겸허히 받아들이며 가장 애달파한 것은 두 아이와의 영원한 이별이었을 것이다. 젊은 카라마조프들과 소설 속 소년들은 작가 자신의 아이들인바, 이 걸작은 정녕 그들이 살아갈 미래에 바쳐진 '위대한 유산'이다.

도스토예프스키, 김연경 옮김, 『카라마조프가의 형제들』, 민음사, 2007.

　　　　　　　　　　　　　　　　　　　살다, 읽다, 쓰다

「라쇼몬」, 「덤불 속」
― 무엇이 진실인가

1915년·1922년, 아쿠타가와 류노스케(1892~1927)

어느 해 질 무렵, 일자리를 잃은 사내가 비를 피해 라쇼몬(羅生門)의 누각 밑에 서 있다. 도둑질이라도 해야 하나 고민하다가 일단은 밤을 보내야겠다는 생각에 누각의 사다리를 오른다. 소문대로 시체들이 아무렇게나 널브러져 있는 가운데 앙상한 백발의 노파가 시체의 머리카락을 뽑고 있다. 사내는 악을 향한 증오와 분노에 사로잡혀 노파에게 덤벼들지만 가발을 만들려고 그랬다는 '평범'한 대답에 실망한다. 흥미로운 것은 차라리 노파의 변명이다. 지금 이 시체는 토막 내 말린 뱀을 건어물이라고 속여 팔다가 역병에 걸려 죽은 여자라는 것이다.

> "나는 이 여자가 한 짓이 나쁘다고는 생각 안 혀. 안 그랬음 굶어 죽을 테니 어쩔 수 없어 한 짓이니께. 근데 지금 내가 하던 일도 나쁘다고는 못하겠구먼. 이렇게 안 하면 당장 굶어 죽겠으니

께 할 수 없이 한 거여. 할 수 없다는 게 뭔지를 이 여자도 알고 있을 테니, 아마 내가 한 짓도 눈감아 줄 거구면."

이 말에 사내 역시 아까의 고민을 가뿐히 내던지고 잽싸게 노파의 옷을 벗겨 사라진다. 목적이 수단을 정당화한다는, 생존을 위해서라면 웬만한 악행쯤은 허용된다는 논리에 따라 끊임없이 악이 양산된다. 그악하고 처절한 순환이 아닐 수 없다. 그러나 관점을 달리하면 노파는 사기꾼 여자 덕분에, 사내는 또 이 노파 덕분에 살아남는 공생 관계가 유지되는 셈이다. 윤리와 도덕이란 동병상련에 기반한 것, 그토록 상대적이고 위태로운 것인가. 「라쇼몬」은 아쿠타가와 류노스케가 스물세 살 때 쓴 사실상 첫 작품인데, 인간 본연의 이기주의와 선악의 이율배반성에 대한 서슬 퍼런 묘사가 충격적이다. 과연 무엇이 진실, 나아가 진리인가. 서른 살에 쓴 단편 「덤불 속」은 더 극적이다.

한 무사 부부가 길을 가던 중 강도의 습격을 받아, 무사의 아내는 강도에게 능욕당한 후 도망치고 무사는 사망한다. 일견 단순해 보이는 사건이지만, 연루된 인물들은 각자 자신의 논리와 기억에 따라 서로 엇갈리는 진술을 한다.

강도의 자백을 보자. 첫눈에 무사의 아내에게 반한 다조마루는 고총(古冢)을 미끼로 무사를 산속 깊숙이 유인하여 덮친 다음 밧줄로 삼나무에 묶어 놓고 여자를 데려온다. 그렇게 목적을 이룬 다음 그만 떠나려 하는데, 여자가 울면서 매달린다. 두 사내 중 하나는 죽어야 한다, 자기는 살아남은 남자를 따라가겠다는 것. 여자의 말에 따라 강도는 싸움 끝에 무사를 죽이지만 그사이에 여자는 도망쳐 버린다. 이런 흉악범에게도 자기 합리화의 근거는 얼마든지 있다.

> "다만 나는 죽일 때 허리에 찬 칼을 쓰지만, 당신들은 칼은 쓰지 않고 그저 권력으로 죽이고 돈으로 죽이고 여차하면 위해 주는 척하는 말만으로도 죽이죠."

무사를 결박에서 풀어 정정당당하게 겨룰 기회를 주었음을 강조하고 자기와 스물세 합이나 맞선 적수의 실력을 칭찬하기도 한다. 끝까지 당당하게 굴며 극형에 처해 달라고 호기를 부리는 '위대한 죄인,' 이것이야말로 다조마루가 꿈꾼 자신의 이상적인 모습이었으리라.

무사 아내의 말은 어떤가. 능욕을 당한 후 그녀는 자기를 멸시하는 것 같은 남편의 시선에 자살을 결심한다. 하지만 그에 앞서 자신의 치욕을 목격한 남편을 먼저 찔러 죽인다. 그녀 어머니의 말대로 웬만한 남자 못지않게 기가 드센 여자답다. "남편을 죽인 저는, 도둑놈에게 치욕을 당한 저는, 대체 어떻게 하면 좋단 말입니까?" 이런 흐느낌, 즉 '약함'에의 호소는 남성적 논리 속에서 살아남기 위해 그녀가 본능적으로 선택한 생존 전략일 것이다. 한편, 무사에게는 무사 나름의 이야기가 있다. 능욕 후 강도가 자신의 아내를 감언이설로 유혹했고 그녀는 그 유혹에 넘어갔다는 것이다. 이렇듯 아내를 부정하고 뻔뻔한 여자로 몰아감으로써, 또 자신은 아내의 단도로 자살했다고 말함으로써(사실일 수도 있다!) 그는 사무라이로서의 명예를 지키려 한다. 심지어 부차적인 인물인 나무꾼의 말도 그대로 믿을 수는 없다. 다들 언급하는 여자의 단도가 현장에서 발견되지 않았다는 사실은 최초의 목격자인 그가 절도를 범했음을 말해 주기 때문이다. 여기서 가장 흥미로운 존재는 '덤불 속' 너머에 있는 포청(捕廳)이다. 그것은 자신의 모습을 감춘 채 각종 말을 유도하고 이야기의 판을 짜는 자, 즉 작가의 은유이다. 이토록 흥미로운 두 소설 「라쇼몬」과 「덤불 속」을 엮어 구로사와 아키라 감독은 원작 못지않게 뛰어난 작품(「라쇼몬」, 1850)을 만들었다.

아쿠타가와 류노스케는 스스로를 "빈곤과 싸우지 않으면 안 되는 프티 부르주아"(「다이도우지 신스케의 반생(半生)」)라고 정의했다. 그러나 실은, 도쿄 대학 영문과를 졸업한 수재로서 일찍이 나쓰메 소세키의 인정을 받아 100편이 훌쩍 넘는 단편 소설을 남기기까지 비교적 무난한 삶을 살았던 것 같다. 그렇다면 그의 소설에 짙게 드리운 세기말과 황혼녘의 분위기, 묵직한 우수와 고뇌는 어디에서 비롯된 것일까.

"나의 어머니는 광인이었다."(「점귀부」) 광기의 유전자를 의식한 탓인지 생명에 대한 공포, 심지어 혐오는 거의 병적인 수준에 이른다. 진정한 예술 작품을 완성하기 위해 가장 아끼는 딸의 목숨마저 제물로 바친 다음 자살하고 마는 화가(「지옥변」)는 물론 작가의 분신처럼 읽힌다. 도저한 탐미주의와 예민한 죄의식, 현대식으로 변용된 설화(모노가타리), 새로운 서사 양식처럼 읽히는 독특한 사소설(私小說) 등 아쿠타가와의 문학은 그의 삶이 서른다섯에 자살로 마감되는 순간 비로소 완성된다.

　　　인생은 보들레르의 시 한 줄만도 못하다.

──「어느 바보의 일생」

아쿠타가와 류노스케, 서은혜 옮김, 『라쇼몬』, 민음사, 2014.

「아Q정전」외
— "절망이 허망한 것은 희망과 마찬가지이다"

1921년, 루쉰(1881~1936)

「아Q정전」은 중편 소설의 분량이지만 한 인물의 인생을 조망하는 방식에 있어서는 장편 소설을 방불케 한다. '승리의 기록'과 '연애의 비극'을 다룬 초반부에서는 이름도, 출생도, 그동안의 행장(行狀)도 모호한 아Q의 '정신상의 승리법'이 소개된다. 웨이주앙의 사당에서 밤을 보내는 깡마른 날품팔이 주제에 자존심은 또 몹시 강해 걸핏하면 얻어맞기 일쑤지만 그는 항상 의기양양하다. 노름판에서 딴 돈을 도둑맞아도, 왕 털보와 이(虱) 잡기를 하다가 다투어도, '가짜 양놈'에게 모욕을 당해도 끄떡없다.

이런 그도 굶주림만은 어쩌지 못한다. 궁여지책 끝에 성내로 들어갔다가 큰 부자가 돼서 다시 웨이주앙에 나타나는데 이 '중흥'의 비밀을 건달에게 미주알고주알 털어놓은 것도 아Q 자신이다. 그가 '더 이상 도둑질을 하지 못하게 된 도둑'이 된 순간 역사(혁명)가 개입한다. 짜오씨 댁을 턴 강도로 체포된 아Q가 심문 끝에 서명을 하

는 장면은 이 소설뿐만 아니라 세계 문학사의 명장면 중 하나로 손
꼽을 만하다.

　　그러자 장삼을 입은 사람 하나가 종이 한 장과 붓 한 자루를
아Q 앞에다 가져다 놓고 붓을 그의 손에 쥐어 주려고 했다. 그 순
간 아Q는 몹시 놀라서 거의 '혼비백산'할 지경이었다. 왜냐하면
그의 손이 붓을 잡는 것은 이번이 처음이었기 때문이었다. 그가
어떻게 잡아야 할지를 몰라 하고 있는데 그 사람은 오히려 한군데
를 가리키며 그에게 서명을 하라고 했다.
　　"저는…… 저는…… 글자를 모르는데요……." 아Q는 덥석 붓
을 움켜잡고서 황공해하면서 부끄러운 듯이 말했다.
　　"그러면, 너 좋을 대로, 동그라미나 하나 그려라!"

　　그리하여 열심히 동그라미를 그렸지만 호박씨처럼 찌그러지고
말았다. "이 세상에 살다 보면 원래 끌려 들어가고 끌려 나오고 하
는 때도 있는 법이고 또 종이 위에 동그라미를 그려야 할 때도 있는
법일 터인데 다만 동그라미를 동그랗게 그리지 못한 것만은 그의 '행
장'에서 하나의 오점으로 남는다고 그는 생각했다. 그러나 얼마 지나
지 않아 곧 개운해졌다." 모질고도 숭고한 자연의 육화 같은 아Q의
정신상의 승리법 혹은 급속 망각 능력은 처형을 코앞에 두고도 여전
히 위력을 발휘한다. "사람이 세상에 태어나서 때로는 목을 잘리게
되기도 하는 법인가 보다." 이렇게 생각하고는 끝이다. 소설이 그의

총살이 아니라 여론에 관한 언급으로 끝나는 것도 의미심장하다. 웨이주앙 사람들은 총살까지 당했으니 아Q는 유죄였을 것이라고 말하고 성내 사람들은 총살은 참수만큼 재미있지가 않아 헛걸음을 했다는 식이다.

루쉰(魯迅)은 서른일곱 살에 소설을 쓰기 시작해 겨우 세 권의 소설집(중편 1편과 단편 32편)을 남겼지만 중국 현대 문학뿐만 아니라 동아시아 문학 전반에 큰 족적을 남겼다. 그의 첫 소설 「광인 일기」는 한 광인의 피해망상증 혹은 식인 공포증을 통해 "자기는 사람을 잡아먹고 싶어 하면서도 다른 사람에게 잡아먹히는 건 두려워서 극심한 의심의 눈초리로 서로서로를 훔쳐보는" 인간의 야비한 본성과 패륜적인 사회를 묘파한다. 러시아 작가 고골의 「광인 일기」의 영향이 역력히 드러나는 작품이다. 하지만 고골이 인간의 부조리한 내면에 천착한 반면 루쉰의 시선은 그런 인간들의 총합, 즉 외부 세계로 향해 있다.

폐병에 걸린 아들을 살리려고 지금 막 처형된 죄수의 피를 적신 인혈만두(人血饅頭)를 구해 오는 부부(라오수안과 화 부인)의 이야기로 시작되는 「약」도 걸작이다. 부모의 노력에도 불구하고 결국 죽고 만 아들의 무덤을 찾은 화 부인은 길 하나를 사이에 둔 옆의 무덤이 자기 아들이 먹은 '인혈'의 희생자, 즉 민중을 위해 투쟁하다가 바로 그 민중에 의해 살해된 혁명가(지식인)의 것임을 알게 된다. 소설은 각기 다른 식으로 불운한 죽음을 맞은 두 아들을 애도하고 또한 그렇게 아들을 잃은 불운한 두 여인의 화해 가능성을 시사하며 끝난다. 혁명가의 넋이 빙의된 것처럼 까마귀가 무덤 위로 날아오는 장면이 상징적이다.

민중(우매함)과 지식인(나약함)의 '격절'과 그에 대한 우수는 「고향」에도 화두를 제공한다. 오랜만에 고향을 찾은 '나'는 어린 시절, 해변의 수박 밭을 덮치는 오소리를 함께 잡던 룬투와 거의 30년 만에 재회한다. 신분의 차이에도 아랑곳 않고 친하게 지내던 사이였건만, 바닷가 농부의 신산스러운 인생을 고스란히 담은 그의 얼굴과, 그가 던진 첫마디 "나으리!"가 화자의 마음을 저민다. 많은 자식들과 각박한 생활, 흉년과 가혹한 세금 등이 천진난만한 소년을 죽마고우의 물건까지 몰래 빼돌리지 않으면 안 되는 가장으로 바꿔 놓았다. 소설의 마지막, 화자는 룬투와 같은 민중이 지금처럼 괴롭고 마비된 삶이 아니라 뭔가 새로운 삶을 살아야 한다고 주장하며 시적인 말로 사회 개혁과 계몽의 의지를 피력한다. "희망은 본래 있다고 할 수도 없고, 없다고 할 수도 없다. 그것은 지상의 길과 같다. 사실은, 원래 지상에는 길이 없었는데, 걸어 다니는 사람이 많아지자 길이 된 것이다."

「복을 비는 제사」 역시 지식인과 민중의 관계를 큰 틀로 취한다. 수더분하고 솜씨 좋은 일꾼이었던 샹린댁은 두 번에 걸친 강제 결혼과 성적인 유린, 가혹한 노동에 시달리면서도, 남편이 남기고 간 아들을 혼자 키운다. 그러다 그 아들을 '아차' 실수로 잃어버리고는 아무나 붙잡고 아이 얘기를 하는 것이 숫제 일상이 되어 버린다. 처음에는 안쓰러워하던 사람들마저 나중에는 심드렁하게 만든 사연인즉 이렇다.

> "저는 정말 바보였어요, 정말." 그녀는 말했다. "눈 오는 날에
> 만 짐승들이 깊은 산에 먹을 게 없으니까 마을로 내려오는 줄 알
> 았죠. 봄에도 그럴 줄은 몰랐어요. 아침에 일어나서 문을 열고, 소
> 쿠리에 콩을 담아서 우리 아마오에게 문턱에 앉아 콩을 까게 했지
> 요. 그 애는 말을 아주 잘 듣는 아이라서, 제 말이라면 뭐든지 다
> 들었어요. 그 애가 나갔지요. 저는 뒤안에서 장작을 패고, 쌀을 씻
> 고, 쌀을 솥에 안치고, 콩을 삶으려고 했는데요. 아마오를 부르는
> 데 대답이 없어서요, 나가 보니까, 콩만 바닥에 흩어져 있고요, 우
> 리 아마오가 없어진 거예요. (중략) 오후가 될 때까지 이리 찾고 저
> 리 찾다가 산속까지 찾아갔더니 가시덤불에 그 애의 신발 한 짝
> 이 걸려 있는 거예요. 다들 말했죠. 큰일 났군, 이리를 만났나 봐.
> 더 들어갔더니 과연, 그 애가 풀섶에 쓰러져 있는 거예요, 배 속의
> 창자를 벌써 다 먹혀 버렸는데, 불쌍하게도 그 애는 손에 그 소쿠
> 리를 꼭 잡고 있었어요."

그녀가 '배운 사람'이고 '대처 사람'인 '나'를 향해 사람이 죽으면
영혼이 있는지, 나중에 죽은 가족들을 다 만날 수 있는지 묻는다.
죽은 다음에 두 남편 사이에서 반 토막으로 나눠질지도 모른다는
질박한 공포와 죽은 아들을 그리워하는 절절한 마음이 지식인 화자
의 눈으로 포착되어 격조 높은 희비극을 완성한다.

쑨원의 신해혁명을 전후한 시기, 소설가는 단순한 예술가가 아니라 '붓(펜)'을 '검'으로 써야 하는 혁명가가 될 수밖에 없었을 법하다. 야심찬 의학도가 돌연 귀국, 고향에서 잠시 교사 생활을 하다가 메스 대신 붓을 잡게 된 계기로 흔히 '환등기 사건'을 이야기한다. 일본 유학 시절 루쉰은 수업 시간에 환등기로 미생물의 형상을 보다가 간첩 혐의로 참수된 중국인과 그를 에워싼 중국인들을 찍은 사진을 접한다. "우매한 국민은 아무리 몸이 성하고 튼튼해도 아무런 의미도 없는 구경거리가 되거나 구경꾼밖에는 될 수 없"(루쉰, 『외침』)다는 사실에 그는 충격을 받는다. 그리고 '몸'이 아닌 '정신'을 고치는(계몽!) 전투적인 문학가의 길을 택한다. "루쉰은 성실한 생활자이며 열렬한 민족주의자이고 또한 애국자이다. 그러나 (중략) 루쉰 문학의 근원은 무(無)라고 불릴 만한 어떤 무엇이다. 그 근원적인 자각을 획득했던 것이 그를 문학가이게 만들었고, 그것 없이는 민족주의자 루쉰, 애국자 루쉰도 결국 말에 불과할 뿐이다."(다케우치 요시미, 『루쉰』)

말년에 쓴 『고사신편』에 수록된 「관문 밖에서」의 늙은 노자(스승)와 젊은 공자(제자)는 공히 작가의 분신처럼 읽힌다. 첫 만남에서 노자는 공자에게 "성(性)은 고칠 수 없고, 명(命)은 바꿀 수 없고, 시(時)는 멈출 수 없고, 도(道)는 막을 수 없어."라고 말한다. 석 달 뒤 공자가 다시 찾아왔을 때는 둘 모두 침묵을 지킨다. 공자가 떠난 다음 노자는 제자에게 "설사 같은 한 켤레의 신발이라 할지라도, 내 것은 사막으로 가는 것이고 그자의 것은 조정으로 오는 것이다."라고 말한다. '조정(정치)'과 '사막(은둔)' 모두 루쉰의 길이었던바, 이 열혈 지식인 작가의 삶은 그가 쓴 유명한 산문시의 한 구절에 압축된 것 같다.

절망이 허망한 것은 희망과 마찬가지이다.

—「들풀〔野草〕」

루쉰, 전형준 옮김, 『아Q정전』, 창비, 2006.

살다, 읽다, 쓰다

4

"내가 가장
무서워하는 것은
진부함이에요"

일상, 속(俗)의 기록

『오만과 편견』
― 연애와 결혼 사이

1813년, 제인 오스틴(1775~1817)

재산깨나 있는 독신 남자에게 아내가 꼭 필요하다는 것은 누구나 인정하는 진리다.

이런 남자가 이웃이 되면 그 사람의 감정이나 생각을 거의 모른다고 해도, 이 진리가 동네 사람들의 마음속에 너무나 확고하게 자리 잡고 있어서, 그를 자기네 딸들 가운데 하나가 차지해야 할 재산으로 여기게 마련이다.

『오만과 편견』의 시작 부분이다. 이어 빙리 씨를 사윗감으로 점찍은 극성스럽고 귀여운 베넷 부인의 활약이 펼쳐진다. 결국 그녀의 소원대로 출중한 미모와 선량한 성격을 자랑하는 큰딸 제인은 빙리 씨의 아내가 된다. 덧붙여, 베넷 부인 입장에서는 까칠한 성격 탓에 가장 골칫거리이지만 베넷 씨 입장에서는 가장 큰 자랑거리인 둘째딸 엘리자베스, 경박한 리디야 등도 모두 결혼에 성공한다. 말하자면, 『오만과 편견』은 젊은이들이 서로 만나고 호감(혹은 반감)을 갖고 청혼을 거쳐 결혼에 이르는 과정을 다룬 소설이다. 구혼 소설이자 가정 소설답게 미시적인 규모로 오밀조밀하게 포착된 세태와 풍속, 인물들의 섬세한 심리가 도드라진다. 과연 이들 삶의 절체절명의 화두인 결혼을 어떻게 풀어 나갈 것인가. 잠깐 위컴 씨에게 호감을 느꼈던 엘리자베스는 가드너 부인을 앞에 두고 반문한다.

> "근데, 외숙모, 결혼에 있어서 돈만 밝히는 것과 신중한 것 사이에 어떤 차이가 있는 거죠? 신중함이 끝나는 지점은 어디고 탐욕이 시작되는 지점은 어딘가요?"

강조하건대 열정과 낭만은 작가의 관심사가 아니다. 결혼 생활의 생리에도 무관심하다. 소설은 오직 '결혼에 이르는 길'을 지배하는 심리적, 사회적 결을 밝히는 데 집중한다. 그리하여 성격과 신분(계급), 부가 다양한 방식으로 양산한 '오만,' 또 거기서 자연스레 파생되는 '편견(심지어 오해)'을 해소하는 과정이 이 소설의 내용을 이룬다. 오만이 거만이 아니라 진정한 자긍심과 동의어가 되는 순간 소설도 끝난다. 다아시는 엘리자베스에게 "허영은 진짜 결점"인 반면 "오만은…… 진정으로 뛰어난 지성의 소유자라면 늘 그것을 잘 통제하기 마련이고, 그건 오만이라기보다 자긍심이라고 해야" 한다고 말한다. 자신의 성격이 "꽁한 편"임을 고백하면서 자기한테 "한번 잘못 보이면 그것으로 영원히 끝장"이라는 말도 덧붙인다. 실제로 그의 언행은 오만의 극치처럼 보인다. 특히 메리턴의 무도회 이후 베넷 부인도, 엘리자베스도 심한 모욕감에 치를 떤다. 반면 샬럿 루카스는 차분하다.

> "다른 경우와는 달리, 그분이 오만한 게 나한테는 그렇게 거슬리지 않아." 하고 샬럿이 말했다. "그럴 만한 근거가 있으니까. 가문이며 재산, 모든 것을 다 갖춘, 그렇게 훌륭한 젊은이가 자기 자신을 높이 평가한다고 해서 이상할 것은 없잖아. 이런 표현을 써도 좋다면, 그분은 오만할 권리가 있어."
> "그건 맞는 말이야." 엘리자베스가 말을 받았다. "그리고 그 사람이 내 자존심을 건드리지만 않았더라면, 나도 그 사람의 오만을 쉽게 용서할 수 있을 거야."

오만과 편견은 극히 상대적인 개념으로서 상황과 관계의 맥락에 종속되기 쉽다. 그것을 잘 조율한 결과 다아시와 엘리자베스는 공동의 목표에 도달한다. 전자는 '재산깨나 있는 독신 남자'에게 꼭 필요한 명민한 아내를 얻고, 후자는 '돈'과 '신중' 즉 실용적인 가치를 손에 넣음과 동시에 중간 계급(중산층) 여성으로서의 자긍심을 지킨다. 애초부터 오만과는 거리가 멀었던, 엘리자베스의 친구 샬럿은 어떠한가.

그녀는 엘리자베스에게 청혼했다가 무참히 거절당한 콜린스 씨의 청혼을 기꺼이 받아들인다. 훌륭한 교육을 받았음에도 재산이 없는 젊은 여자에게는 오직 결혼만이 '명예로운 생활 대책'이었고 그 것이 가져다줄 행복이 아무리 불확실할지라도 역시 '가장 좋은 가 난 예방책'임은 분명했다. 더욱이 소설에서 수차례에 걸쳐 강조되거 니와 그녀는 '스물일곱이라는 나이에 한 번도 예뻐 본 적이 없는 여 자,' 즉 박색이다. 아무리 '분별 있고 똑똑'해도, 적어도 엘리자베스처 럼 '그럭저럭 봐줄 만은' 한 수준의 외모도 타고나지 못했으니 어쩌 랴. 샬럿은 자신의 선택을 치졸한 정략결혼쯤으로 보는 엘리자베스 의 반응에 예의 그 특유의 담담함으로 응수한다.

> "네가 놀라는 것도 당연해. 무척 놀랍겠지. (중략) 너도 알지만 난 낭만적인 사람이 아니야. 한 번도 그런 적이 없었지. 내가 원하 는 건 단지 안락한 가정이야. 그리고 콜린스 씨의 성격과 집안 배 경, 사회적 지위 등을 고려해 볼 때, 내 생각엔 우리에게도 다른 어느 커플 못지않게 행복할 가능성이 있다고 믿어."

대체로 『오만과 편견』은 인간의 속된 욕망과 생활의 논리(짝짓기 와 돈!)를 건전하고 합리적인 시각에서 훌륭하게 묘파하면서 재기발 랄한 위트와 유머, 경쾌한 현실 풍자와 비판마저 곁들인 수작이다. 이 소설의 주인공들은 사회-세계를 상대로 투쟁하는 것이 아니라 그 속에서 가장 안정된 자리를 차지하기 위해 애쓰고 '중용'과 '타협' 의 원칙을 좇음으로써 원하던 것을 손에 넣는다. 한데 정작 작가 제 인 오스틴은 평생 독신이었고, 당시로서는 아주 드물게도 여자가 아

살다, 읽다, 쓰다

닌 소설가의 삶을 살았다. 그녀가 남긴 적지 않은 편수의 소설은 거의 다 구혼을 다루고 있다. 사실상 첫 소설인 『오만과 편견』에서 엘리자베스처럼 되고 싶은 희망을 슬쩍 내비친 그녀가 실은 "식구들 가운데 유일하게 못생긴 편이라 지식과 교양을 쌓으려 열심히 공부"한 메리에 가까웠던 것은 아닐까 싶기도 하다.

제인 오스틴, 윤지관 옮김, 『오만과 편견』, 민음사, 2003.

『제인 에어』
— 사랑을, 삶을 쟁취하다

1847년, 샬럿 브론테(1816~1855)

　어려서 부모를 잃고 외숙부의 집에 맡겨진 소녀가 있다. 외숙부마저 죽어 버리자 소녀는 그야말로 군식구가 된다. 그런데도 고분고분하기는커녕 곧잘 악다구니를 쓰며 자신의 권리를 주장한다. 결국 그 벌로 '붉은 방'에 갇힌다. 게이츠헤드 저택에서 가장 크고 화려한 방, 하지만 외숙부가 그곳에서 임종을 맞은 뒤로 아무도 살지 않는 방, 불도 때지 않아 썰렁한 방, 유령이 나와도 전혀 이상할 것 같지 않은 방. 붉은 방의 어둠을 응시하며 소녀는 "억울해! 정말 억울해!"라고 외친다. 못생긴 데다가 당돌하기까지 한 열 살짜리 소녀는 '못된' 외숙모와 외사촌들 틈에서 세상이 참 공평하지 않다는 사실을 일찌감치 깨달은 것이다. 제인 에어는 로우드 자선 학교에서 8년을 보낸 후 자유를 갈망하며 손필드 저택의 가정교사로 들어간다. 열여덟 살이 되었건만 여전히 못생기고 키도 작고 비쩍 마른 그녀 앞에 한 남자가 나타난다.

어쩌면 그것은 로맨스도 없고 흥미도 없는 평범한 사건이었다. 그러나 그것은 단조한 생활의 한 시간에 변화를 갖다 준 셈이었다. (……) 게다가 그것은 새 얼굴이었고 흡사 기억의 화랑에 집어넣은 새 그림과 같았다. 이미 거기에 걸려 있는 딴 그림과는 전혀 다른 그림이었다. 첫째, 남성의 얼굴이었다는 점에서 그러했고 둘째로는 사납고 씩씩하고 검은 얼굴이었다는 점에서 그러하였다.

본격적으로 열정의 드라마가 시작된다. 수시로 음산한 웃음소리가 들리는 고딕 소설 속의 성과 같은 손필드 저택, 미남도 아니고 성격도 괴팍하지만 어딘가 우수에 차 보이는 남자, 가정교사와 부유한 귀족이라는 신분의 벽, 스무 살에 가까운 나이 차이……. 이로써 로맨스 소설의 요건이 갖추어진다. 사건의 흐름과 속도는 더 기막히다. 한밤중에 로체스터의 방에 불이 나고 제인은 그를 구한다. 파티 날, 로체스터는 점쟁이로 분장해 제인의 속마음을 떠본다. 외숙모의 임종을 지키기 위해 제인이 한 달간 손필드를 떠난다. 그리움이 그들의 사랑을 점검하도록 해 준다. 잉그램 양을 사이에 둔 삼각관계가 진전되면서 사랑은 더 깊어진다. 손필드 저택의 비밀이 조금씩 드러나고 긴장이 고조된다. 애정의 표현 방식 역시 적절한 수위를 넘지 않으며 우리의 연애 욕망을 간질인다. 드디어, 제인과 로체스터의 결혼식. 그러나 뜻밖의 파국으로 인해 제인은 손필드를 도망치듯 떠난다. 다시 그러나, 우여곡절 끝에 연인들은 재회하여 가정을 꾸린다. 인물들도 행복하고 독자도 행복한 결말이다. 가히, 달콤한 낭만성을 무기로 내세운 최고의 연애 소설답다.

이 러브 스토리를 재구성해 보자. 불쌍한 고아 소녀가 가난한 가정교사를 거쳐 대저택의 어엿한 안주인이 된다. 신데렐라 콤플렉스의 실현이다. 빅토리아조의 19세기 영국, 여성은 오직 여자-암컷의 삶을 통해서만 인간일 수 있었다. 간단히 결혼, 출산, 육아, 살림 등이다. 물론, 제인이 추구했고 또 손에 넣은 가치도 그것이다. 단, 그녀에게는 그럴듯한 집안도, 미모도 없었다. 대신 그녀는 자신의 '분수'를 똑똑히 알고서 세상의 법칙과 당당히 맞섰다. 인간으로서의 최소치의 존엄은 이런 식으로 유지된다.

> "제가 가난하고 미천하고 못생겼다고 해서 혼도 감정도 없다고 생각하세요? 잘못 생각하신 거예요! 저도 당신과 마찬가지로 혼도 있고 꼭 같은 감정도 가지고 있어요. 그리고 제가 복이 있어 조금만 예쁘고 조금만 부유하게 태어났다면 저는 제가 지금 당신 곁을 떠나기가 괴로운 만큼, 당신이 저와 헤어지는 것을 괴로워하게 할 수도 있었을 거예요. 저는 지금 관습이나 인습을 매개로 해서 말씀드리는 것도 아니고 육신을 통해 말씀드리는 것도 아녜요. 제 영혼이 당신의 영혼에게 말을 하고 있는 거예요. 마치 두 영혼이 다 무덤 속을 지나 하느님 발밑에 서 있는 것처럼, 동등한 자격으로 말이에요. 사실상 우리는 현재도 동등하지만 말이에요!"

"억울해! 정말 억울해!"라며 엉엉 울던 소녀는 더 이상 존재하

살다, 읽다, 쓰다

지 않는다. 한 남자를 향해 대책 없이 열정을 불태우고 결국 그 남자를 자기 품에 안음으로써 제인은 사랑 이상의 것을, 삶 자체를 쟁취한다. '로체스터 씨'가 아닌 그냥 '에드워드,' 원죄와도 같은 어두운 과거 때문에 눈이 멀고 쇠락한 한 남자. 첫눈에 반한 사랑이자 마지막까지 영원히 지속되는 사랑. 여성이 열정과 삶의 주체가 되었다는 것, 나아가 기록과 문학의 주체가 되었다는 것은 비단 제인의 인생에서뿐만 아니라 문학사의 관점에서 볼 때도 놀라운 성취이다. 물론, 그것은 『제인 에어』의 작가가 이룩한 위업이기도 하다.

샬럿 브론테(또 다른 로맨스 『폭풍의 언덕』을 남긴 에밀리 브론테의 언니이기도 하다.)는 20대 때 뼈아픈 사랑을 겪고 계속 독신으로 있다가 서른여덟에 결혼했다. 그리고 1년도 지나지 않아 임신한 상태에서 병사했다. 여자로서, 아니, 그냥 인간으로서도 처량한 운명이다. 하지만 그녀가 자신의 기억을 투영하여 만들어 낸 제인 에어는 '붉은 방'을 빠져나와 행복과 평온의 왕국에서 영생을 누리고 있다. 이만하면 브론테의 운명도 어느 정도 보상을 받은 셈이다.

샬럿 브론테, 유종호 옮김, 『제인 에어』, 민음사, 2004.

『폭풍의 언덕』
— 인생과 욕망의 음화(陰畵)

1847년, 에밀리 브론테(1818~1848)

에밀리 브론테의 유일한 소설 『폭풍의 언덕』의 인기는 오늘날까지도 사그라질 줄을 모른다. 하지만 그 이유를 소설 시학의 관점에서 설명하기는 쉽지 않다. 총 서른네 장짜리 소설에 두 명의 화자가 등장하는데, 먼저 록우드는 외지에서 온 관찰자이자 기록자이다. '유령'이 출몰하는 워더링 하이츠(폭풍의 언덕)의 음산한 분위기에 이끌린 그의 호기심을 채워 주는 자는 또 다른 화자인 넬리(엘렌, 딘 부인)이다. 그녀는 어릴 때부터 지금까지 쭉 언쇼 집안(워더링 하이츠)과 린튼 집안(트러시크로스 그레인지)의 충직한 하녀로 살아온 만큼 두 집안의 역사를 속속들이 알뿐더러 그들에 대한 애정도 갖고 있다. 두 화자 모두 성격과 개성이 없는 것은 아니지만 살아 있는 인물이라기보다 이 소설에 사실성과 개연성을 부여하기 위한 장치에 가깝다. 과연 어떤 이야기이기에 '증인'이 둘씩이나 필요했을까.

익히 알려졌듯, 캐서린과 히스클리프의 비극적인 사랑은 그 연

살다, 읽다, 쓰다

원이 깊다. 워더링 하이츠의 지주가 외지에서 데려온 까무잡잡한 소년은 주인 나리의 사랑에 더하여 주인집 딸의 사랑까지 얻어 낸다. 하지만 캐서린은 고민 끝에 에드거 린튼의 청혼을 받아들이고 히스클리프는 족적을 감춘다. 3년쯤 뒤에 귀향한 그는 캐서린의 출산과 사망을 계기로 오랜 세월 축적한 원한을 설욕하기 시작하는데, 자신에게 반한 에드거의 여동생 이사벨라와 야반도주하여 결혼하는 것이 그 시발점이다. 인연의 고리는 자연스럽게 히스클리프와 이사벨라의 아들(린튼 히스클리프), 힌들리의 아들(헤어튼 언쇼), 캐서린과 에드거의 딸(캐시 린튼), 즉 다음 세대로 넘겨진다.

대체로 『폭풍의 언덕』은 작품의 길이와 시간대에 비해 등장인물도 단출하고 사건의 규모 역시 소박하다. 인물들은 극도로 고립된 공간에 유폐되어 있고 그들 모두를 엮어 놓은 연애와 결혼의 사슬은 근친상간의 흔적 기관처럼 보인다. 한배에서 나온 쌍둥이 같은 느낌을 주는 캐서린과 히스클리프는 사랑을 이루지 못했음에도 세계 문학의 어느 연인보다도 더 강렬한 정염의 화신이다. 나아가, 캐서린과 이사벨라는 시누이와 올케 사이임에도 한 남자를 공유하는 형국이다. 소설의 후반부에 이르면 엄연한 사촌지간(고종사촌-외사촌)인 캐시와 린튼이 결혼한다. 린튼이 죽은 후에 결혼하는 캐시와 헤어튼도 사촌지간이다. 이들의 의사(擬似) 근친상간은 18세기 앤 래드클리프와 그 아류의 고딕 소설은 물론이거니와 그 이전, 친인척의 위계질서가 정립되지 않았고 사실상 '근친'임에도 '상간'하였던 신화시대를 연상시킨다. 가뜩이나 얼마 되지 않는 인물들이 엄밀한 동

기화 없이 수시로 요절하는 것도 놀라울 따름이다. 요컨대 『폭풍의
언덕』은 건전한 중산층(신사-지주)의 생활과 모럴의 사실적인 기록을
지향한 19세기 중엽의 소설 규범에 거의 부합하지 않는다. 때문에
'천재' 작가가 쓴 '놀라운 작품'임은 분명하지만 영국 문학사의 '위대
한 전통'의 맥락에서 보자면 "일종의 변종"이라는 평(리비스, 『위대한
전통』)이 지배적이다. 즉, 일탈적인 측면이 곧 매력인데, 그 핵심이 워
더링 하이츠의 육화인 히스클리프(그리고 캐서린)이다.

이름도, 나이도, 출신도 분명치 않을뿐더러 검은 얼굴과 음산한
분위기 때문에 항상 '악마'라는 수식어를 달고 다니는 그는 실제로
모든 재앙의 원흉이다. 에드거의 청혼을 받고 천국에 가는 꿈을 꾼
캐서린이 넬리에게 하는 말을 들어 보자.

> "천국은 내가 갈 곳이 아닌 것 같다고 말하려 했을 뿐이야. 나
> 는 지상으로 돌아오려고 가슴이 터질 만큼 울었어. 그러자 천사들
> 이 몹시 화를 내며 나를 워더링 하이츠의 꼭대기에 있는 벌판 한
> 복판에 내던졌어. 거기서 나는 기뻐서 울다가 잠이 깼지. 이것이
> 다른 것과 마찬가지로 내 비밀을 설명해 줄 거야. 나는 천국에 가
> 지 않아도 되는 것처럼, 에드거 린튼과 꼭 결혼할 필요도 없는 거
> 지. (중략) 그러나 지금 히스클리프와 결혼한다면 격이 떨어지지.
> 그래서 내가 얼마나 그를 사랑하고 있는가 하는 것을 그에게 알릴
> 수가 없어. 히스클리프가 잘생겼기 때문이 아니라, 넬리, 그가 나
> 보다도 더 나 자신이기 때문이야."

살다, 읽다, 쓰다

자상한 미남인 데다가 많은 재산의 상속자인 에드거 린튼은 '천국'인 반면 히스클리프는 (캐서린 자신과 마찬가지로!) '지옥'이다. 여기서 갈등 구도는 단순하게도 신분과 계급에 따라 형성된다. 즉 히스클리프의 악마성은 계급적 토양과 무관하지 않다. 캐서린의 말대로 그는 "세련된 데라고는 없고 교양도 없는 야만인", "메마른 들판과 같은 인간," 간단히 '문화-문명'에 대비되는 '자연-야만'의 상징이다. 그런 그가 자본의 생리와 위력을 누구보다 잘 안다는 것은 얼마나 아이러니한 일인가. 우선 그는 아내가 죽은 다음 서서히 술과 노름에 빠져든 힌들리의 재산을 교묘하게 빼돌리고(그리고 죽도록 방치하거나 심지어 직접 죽이고) 이사벨라와의 결혼을 통해 그녀의 재산을 가로채고, 끝으로, 자신의 병약한 아들을 캐시와 결혼시켜 두 집안의 영지를 모두 손에 넣는다. 이런 세속적인 승승장구를 통해 완성된 복수극은 캐서린을 향한 그의 열정이 거의 광기에 가까웠음을 상기한다면(그녀의 무덤을 맴돌며 관 뚜껑까지 여는 것은 고딕 소설의 시간(屍姦)의 변용에 가깝다.) 그 자신의 말마따나 '초라한 종말'처럼 보인다. "두 집을 부숴 버리려고 지렛대며 곡괭이를 장만해 놓고 헤라클레스와 같이 괴력을 낼 수 있도록 나 자신을 훈련했건만, 막상 만반의 준비가 되고 내 힘으로 무엇이든 할 수 있게 되자 어느 쪽 집에서도 기와 한 장 들어내고 싶은 생각이 없어졌으니!"

록우드의 평가대로 이토록 '지루하고 음산한 얘기'의 작가가 20대의 처녀였다는 점이 새삼 놀랍다. 에밀리 브론테는 다른 자매들, 남동생과 함께 요크셔 지방을 거의 떠나지 않고 살았는데, 그녀의 소설은 언니의 소설과는 사뭇 다르다. 샬럿 브론테의 『제인 에어』는 외삼촌 집에서 더부살이를 하던 불쌍한 고아 소녀가 간난신고 끝에 손필드 저택의 어엿한 안주인이 된다는 내용의 '행복한' 소설이다. 왜소한 체구와 비천한 신분에도 불구하고 당차고 야무진 제인 에어는 샬럿의 분신이며 20대 처녀의 사랑과 흠모를 받는 40대 홀아비 로체스터는 샬럿의 이상형이었을 것이다. 반면, 『폭풍의 언덕』의 주인공들은 에드거와 넬리를 제외하곤 거의 모두 상식과는 거리가 먼, 폭풍우 치는 언덕과 히스 꽃 같은 존재이다. 그것의 육화인 히스클리프(캐서린)는 작가이기보다는 여자로 살아야 했던 19세기 여성 작가의 내면을 반영한 페르소나였을 것이다.

사춘기 때나 중년이 된 지금이나 『폭풍의 언덕』은 환상적인 소설이다. 즉, 너무 많은 것을 알아 버렸음에도 여전히 아리송한 우리의 욕망과 인생의 깊은 속살, 그것을 결코 길들여질 수 없는 20대 여성 특유의 거칠고 낯선 야성의 문체로 포착한 음화(陰畵)에 다름 아니다. 때문에 폭풍우와 히스 꽃, 연인들의 포옹과 키스, 심지어 브론테 집안을 점령한 요절의 유전자(어머니도 단명했다.)와 성화(聖畵) 같은 분위기의 초상화까지 합세하여 이 소설은 우리 청춘의 영원한 노스탤지어로 남을 것이다.

에밀리 브론테, 김종길 옮김, 『폭풍의 언덕』, 민음사, 2005.

살다, 읽다, 쓰다

『위대한 유산』
— 막대한 유산과 위대한 기대

1861년, 찰스 디킨스(1812~1870)

　　찰스 디킨스의 『위대한 유산』은 누나와 대장장이 매형(조 가저리)과 함께 사는 고아 소년 핍이 크리스마스를 앞두고 부모와 형제들의 묘지 근처를 산책하다가 탈옥수(매그위치)를 만나는 사건으로 시작한다. 핍은 공포와 연민에 사로잡혀 누나의 집에서 음식과 줄칼을 훔쳐다 준다. 또 다른 사건은 늪지 근교의 새터스 하우스를 방문했다가 미스 해비섐의 양녀(에스텔러)를 만난 일이다. 상류 사회를 동경함에도 조의 도제가 될 수밖에 없었던 핍에게 어느 날 변호사(재거스)가 찾아와 그가 거금을 상속받게 될 것임을 알린다. 열 살을 훌쩍 넘긴 핍은 올릭의 폭행으로 반신불수가 된 누나와 조, 그들의 살림을 돌봐 주는 친구 비디를 고향에 남겨 두고 런던으로 떠난다. "핍의 유산 상속 과정의 첫 번째 단계"(1~19장)를 잇는 두 번째 단계(20~39장)는 런던에서 '신사 수업'을 받는 핍의 청소년-청년기를 다룬다. 소설의 세 번째 부분(40~59장)에 이르면 매그위치, 재거스의 하녀 몰리, 콤피슨

등 여러 인물들의 과거가 밝혀지는 한편 올릭의 핍 살인 미수, 매그위치의 영국 탈출 시도와 체포, 사망 등 극적인 사건이 전개된다. 에필로그의 성격을 띠는 마지막 장은 11년 후 고향을 방문한 핍이 아들딸 낳고 잘 살고 있는 조-비디 부부를 만난 다음 새티스 하우스를 방문했다가 폐허가 된 그곳에서 에스텔러와 재회하는 장면을 포착한다.

중장년의 핍이 자신의 과거를 회상하는 형식으로 전개되는 이 소설은 독일식 성장 소설(교양 소설)의 영국 버전처럼 읽힌다. 어린 핍이 자신의 미래에 대해 갖는 '위대한 기대(great expectations)'의 구체적인 이름은 '신사'이다. 자기에게 글을 가르쳐 준 비디에게 그는 대놓고 "나는 신사가 되고 싶어."라고 말한다. 자신의 직업과 생활이 모두 혐오스럽고 다른 종류의 삶을 살지 못한다면 더욱더 비참해질 것이라는 말도 덧붙인다. 이런 욕망은 에스텔러에 의해 촉발된다. 새티스 하우스에서 동년배이지만 숙녀인 척 도도하게 구는 아름다운 에스텔러를 본 순간 핍은 평생 처음으로 자신이 "거친 손"에 "두껍고 흉악한 구두"를 신은 "천한 막노동꾼 소년"임을 의식하고는 심한 모멸감과 분노를 느낀다. 이런 그에게 떨어진 '막대한 유산'은 그야말로 '위대한 기대'의 동의어이다. 하지만 런던의 청년 핍은 허영에 사로잡힌 허랑방탕한 속물에 가까운데, 스물셋이 된 그의 거처를 방문한 낯설고도 익숙한 방문객이 폭로하는 것도 그것이다.

지금껏 자신의 숨겨진 후견인이 미스 해비셤일 것이라고 생각해 온 핍은 매그위치의 고백을 듣고 경악한다. 한데 핍의 기대만큼이나 무서운 것이 매그위치가 핍을 통해 이루고자 한 '기대'이다. 그는 항상 "쫓기는 똥개 같은 놈"에 "버러지"나 다름없던 자신이 "크게 성공해서 신사를 길러 낼" 수 있음을 증명하고 싶었고 자신의 피조물인 신사 핍의 모습을 보기 위해 목숨을 걸고 유형지에서 도망친 것이었다. 핍은 '제2의 아버지'를 자처하는 그에게 흉물스러운 혐오감을 느낀다. 매그위치를 탈출시키려는 그의 이타적인 행위 저변에는 물론, 자신의 과거로부터 벗어나려는 욕망이 깔려 있다. 실상 핍의 런던 생활은 그의 열망에도 불구하고 유년의 늪지를 연장한 것에 불과하다. 나아가, 그의 성장과 성숙이란 이 사실을 깨닫고 자신의 운명과 화해하는 과정에 다름 아니다. 『위대한 유산』이 우리에게 주는 이 소중한 진실을 그 형상과 삶을 통해 구현하는 인물이 대장장이 조이다. 늪지의 고아 소년에서 어엿한 신사가 된 조카 앞에서 안절부절못하고 존댓말을 쓰기도 하는 그는 "오찬 들러 오실 거죠?"라는 조카의 무성의한 제안을 조용히 거절한다.

"핍, 이보게 친구, 인생이란 서로 나뉜 수없이 많은 부분들의 접합으로 이루어져 있단다. 그래서 어떤 사람은 대장장이고 어떤 사람은 양철공이고 어떤 사람은 금 세공업자고, 또 어떤 사람은 구리 세공업자이게끔 되어 있지. 사람들 사이에 그런 구분이 생길 수밖에 없고 또 생기는 그대로 받아들여야 하는 법이지. 오늘 잘못된 뭔가가 조금이라도 있다면 그건 다 내 탓이다. 너와 난 런던에서는 함께 만나지 말아야 할 사람들이야. (중략) 그건 내가 자존심이 강해서가 아니라 그저 올바른 자리에 있고 싶어서라고 해야 할 거야. 난 이런 옷차림과는 전혀 어울리지 않아. 나는 대장간과 우리 집 부엌과 늪지를 벗어나면 전혀 어울리지 않아. (중략) 혹시라도 네가 날 다시 만나고 싶은 일이 생긴다면, 그땐 대장간에 와서 창문으로 머리를 들이밀고, 대장장이인 이 조가 거기서 낡은 모루를 앞에 두고 불에 그슬린 낡은 앞치마를 두른 채 예전부터 해 오던 일을 열심히 하고 있는 모습을 바라보도록 하거라. 그러면 넌 나한테서 지금 이런 차림의 반만큼도 흠을 발견하지 못할 거다."

『위대한 유산』은 디킨스가 자신의 잡지(《1년 내내》)에 연재한 소설이다. 여기에는 핍의 성장담 외에도 만남과 이별을 반복하는 에스텔러와의 사랑, 햇빛을 차단하고 시계를 9시 20분으로 고정한 채 빛바랜 웨딩드레스를 입고 사는 미스 해비셤과 그녀의 '고딕 성'인 새티스 하우스, 소설 곳곳에 포진해 있는 범죄 소설과 통속 소설적인 요소 등 흥미로운 읽을거리가 많다. 과연 그는 "단순히 위대하기도 하고 대중적이기도 하다든가 또는 대중적임에도 불구하고 위대한 것이 아니라, 바로 대중적이기 때문에 위대한 극소수의 예술가"(아르놀트 하우저, 『문학과 예술의 사회사 — 현대편』)에 속한다. 셰익스피어에 비견되기도 하는바, 그가 "영웅시대를 구가하던 탐욕스러운 영국"(엘리자베스 조)을 대변한다면 디킨스는 "부드럽고 집안일을 돌보는 주부"의 영국(빅토리아 조)을 대변한다.(슈테판 츠바이크, 『천재와 광기』) 그의 인물들의 안정을 향한 열망과 소시민적인 이상, 선악의 단선적인 이분법과 권선징악, 가슴 뭉클한 해피엔드 등은 19세기 중후반 영국의 이념과 윤리를 보여 주기도 한다.

이 점에서 동화 『크리스마스 캐럴』은 정녕 디킨스 문학의 전형을 보여 준다. 평생 돈밖에 모르던 구두쇠(스크루지 영감)가 사망한 자신의 동업자(마레)의 유령에 이어 세 유령(각각 스크루지의 과거, 현재, 미래를 보여 준다.)을 만난 다음 개과천선한다는 유명한 내용을 상기해 보자. 극히 사실적인 묘사(특히 런던 하층민의 삶)로 유명한 그의 소설들이 자주 동화처럼 끝나는 것에 대한 지적도 많다. 실상 디킨스의 인생이야말로 동화에 가깝다. 빅토리아 시대 하층 계급(하인)의 손자이자 실패한 사업가(채무 감옥 수감)의 아들로 태어난 디킨스는 런던에 온 열 살 무렵부터 구두약 공장에서 일하다가 법률 사무실의 서기, 법원의 속기사, 의회 담당 기자 등 다양한 직업을 거쳤다. 마침내 당대 최고의 인기 작가가 됨으로써 입신출세, 자수성가한 중산층의 모범이 되었다. 이른바 근로 소득 없이도 살 수 있는 여유(저택과 영지)와 방정한 품행과 건전한 사상의 소유자인 '신사'의 전형 말이다. 사후에는 심지어 영문학을 대표하는 세계적인 작가가 되었으니 과연 동화라고 해도 좋을 만한 인생이다.

찰스 디킨스, 이인규 옮김, 『위대한 유산』, 민음사, 2009.

『안데르센 메르헨』
— 동화를 문학으로

한스 크리스티안 안데르센(1805~1875)

안데르센이 쓴 동화는 총 156편인데, 하나같이 인간 개개인의 속물성과 이중성, 인간사의 희로애락과 세태를 놀랍도록 잘 묘파한다. 인물들의 성격 역시 전통적인 우화와 달리 또렷하고 개성적이다. 동화 속의 환상 세계와 동화 밖의 현실 세계가 닮았다는 느낌은 우선 그가 인간의 '차이-다름'에 천착했기 때문이다. 인간과 동물(심지어 오리와 오리, 나이팅게일과 인조 새 등)의 이분법은 물론 부자와 빈자, 왕족(귀족)과 천민(평민) 등 19세기 사회의 신분-계급 틀이 의인화된 버전이다. 갈등과 사건은 주로 낮은 쪽에서 높은 쪽으로의 상승 욕구와 복수 욕망, 이른바 '원한'의 심리학에 의해 형성된다. 문제는 그것이 전개되는 과정과 방식이 전혀 '동화적'이지 않다는 점이다.

흔히 작가의 전기가 고스란히 반영된 입신출세의 스토리로 읽혀 온 「못생긴(미운) 아기 오리」를 보자. 이 동화의 첫 부분에서 조명받는 것은 흥미롭게도 아기 오리가 아니라 엄마 오리이다. 다른 알들은 다 부화됐는데 유독 알 하나만 아직도 소식이 없는 터라 짜증이 이만저만이 아니다. 칠면조 알이니 그만 품으라는 충고도 들었지만 엄마 오리는 아랑곳하지 않는다. 마침내 알을 깨고 나온 오리는 그러나, 너무 크고 못생겼다. 엄마 오리는 아이의 정체를 확인하려고 물에 풀어놓았다가 헤엄치는 모습을 보고서 자기 아이가 틀림없다며 기뻐한다. 머지않아 예뻐질 거라는 남들의 인사치레에도 담담하다.

> "그렇게는 안 될 것 같아요. 쟤는 별로 예쁘지가 않아요. 하지만 성격은 좋고 헤엄도 다른 아이들처럼 잘 친답니다. 어쩌면 더 잘 치는 것도 같아요! 곧 나아지겠지요. 시간이 지나면 작아질지도 몰라요! 알 속에 너무 오래 들어 있어서 모습이 좀 이상해졌을 거예요. (중략) 게다가 얘는 사내아이니까 조금 안 예뻐도 괜찮아요. 힘이 아주 세질 거예요. 벌써부터 저렇게 거침없이 나다니잖아요."

결국 아기 오리는 주변의 박해를 견디다 못해 집을 나간다. 어떤 의미에서는 "난 세상으로 나갈 거야."라는 야망을 실현하기 위한 첫걸음이다. 엄마 오리의 믿음과 격려가 그 자양분이 되었을지도 모른다. 간난신고 끝에 우리가 익히 아는 반전이 펼쳐진다. "못생긴 아기 오리였을 때 이런 행복이 오리라고는 꿈도 못 꿨어!" 과거의 '원한'은 이렇게, 말하자면 우아하게 '설욕'된다.

'차이-다름'은 물론 '같음'을 배면에 깔고 있다. 웅숭깊은 해학이 돋보이는 연애 동화 「양치기 소녀와 굴뚝 청소부」의 두 연인에 대해 작가는 이렇게 쓴다. "서로 잘 어울렸는데요, 둘 다 젊은이들이었고, 똑같은 도자기였고, 둘 다 부서지기 쉬웠지요." 젊은 연인은 자신들의 사랑을 방해하는 숫염소다리(소녀를 열두 번째 색시로 데려가려고 한다.)와 고개를 끄덕일 줄 아는 늙은 중국인 인형을 피해 '넓은 세상'으로 나간다. 하지만 굴뚝 밖을 나가기가 무섭게 다시 집으로 돌아온다. 중국 영감은 그들을 쫓아가다가 산산조각이 났는데, 다시 붙여졌지만 목에 죔쇠를 달아 고개를 끄덕이지 못하게, 즉 숫염소의 청혼에 답을 해 주지 못하는 신세가 되었다. "그래서 두 도자기 인형은 함께 지낼 수 있게 되었어요. 둘은 할아버지의 죔쇠에 감사하면서, 깨질 때까지 서로 사랑하면서 살았답니다." 「못생긴 아기 오리」와는 전혀 반대로 '분수/주제'를 알고 착하게 살라는 전언이 전해지는 듯하다.

이런 해학과 위트가 넘치는 동화가 적지 않음에도 우리에게 안데르센은 여전히 슬픈 동화의 대명사이다. 「인어 공주」의 비극은 '인어(동물-천민)'로서 '왕자(인간-왕족)'의 사랑을 갈구한 데서 시작되었다. 주지하다시피, '필멸(물거품)'의 운명을 타고난 인어 공주가 '불멸(영혼)'의 지위를 가진 인간이 되기 위해 치르는 노력은 필사적이다. 제일 잔혹한 것은 한 푼의 에누리도 없는 '등가 교환'의 법칙이다. 막대기 같은 두 다리를 얻는 대가로 인어 공주는 자신의 아름다운 목소리를 내놓고(마녀는 그녀의 혀를 싹둑 잘라 간다.) 다시 인어로 돌아갈 수도 없을뿐더러 반드시 왕자와 결혼해야 한다는 조건이 붙는다. "예쁜 얼굴", "하늘거리는 걸음과 말을 하는 듯한 눈"으로 왕자의 마음을 사로잡는 데는 성공하지만, 왕자는 그녀를 왕비로 맞을 생각이 전혀 없다. 자신의 목숨을 구해 준 공주의 추억 때문이기도 하지만 여기에는 현실의 법칙이 작용한다. 왕자는 썩 내키지 않음에도 이웃나라의 공주와 결혼하라는 부모님의 뜻을 따르기로 한다. 정략결혼의 상대가 기억 속의 공주였음이 밝혀지는 반전이야말로 인어 공주에겐 크나큰 비극이다. 그들의 결혼식 날, 인어 공주는 또 한 번의 기회를 얻는다. 즉, 다섯 언니들이 자신들의 머리카락을 대가로 얻어 온 칼날로 신혼 초야를 치른 왕자의 심장을 찌르고 그 피를 다리에 묻히면 다시 꼬리가 돋아나 인어로 돌아갈 수 있다. 그러나 신방으로 들어간 인어 공주가 보는 것은 꿈결에도 신부의 이름만 부르는 왕자이다. 다음 날, 사라진 인어 공주를 찾는 왕자와 공주의 모습을 통해 그들의 선함이 강조된다. 불행은 있으나 악역은 없고, 고로 자기 자신 외에는 아무도 탓할 수 없다. 이것만도 서러운데, 물거품이 된 인어 공주에게 '공기의 딸들'의 세상(연옥)에서 300년 동안 열심히 착한 일을 해서 영혼을 얻으라는 판결이 떨어진다. 일말의 정상참작도 없어서 간담이 서늘해진다.

안데르센은 덴마크가 인류에게 준 가장 큰 선물이다. 실상 그는 뛰어난 동화 작가라기보다는 동화를 문학의 지위에 올려놓은 최초의 작가라고 정의하는 편이 옳을 것 같다. 그 이전에 그림 형제나 페로가 주로 민담을 수집하여 편찬했던 것에 반해 안데르센은 낭만주의의 후예를 자처하며 명실상부한 창작 동화를 썼다. 반면 그의 시와 소설, 희극은 별로 인기를 얻지 못했다. 더 흥미로운 것은 그가 자서전을 쓰는 데 무척 공을 들였다는 점이다. 『내 인생의 동화』는 젊은 구두 수선공과 세탁부의 아들로 태어난 그가 전 유럽의 유명 인사가 된 '동화' 같은 이야기를 세밀하게 기록하는데, 전반부는 가난과 역경과 그 속의 행복, 각종 후원자들의 은혜와 교육의 과정으로, 중후반부는 출세의 과정으로 이루어져 있다. 덴마크와 유럽의 각종 유력, 유명 인사를 찾아다니며 자기가 만든 이야기를 읊어 주고 밥을 얻어먹는 삶, 즉 진정한 '매설(賣說)'의 삶이 펼쳐진다. 이런 그를 두고 하이네는 "재단사"처럼 추레한 행색과 충성을 바치려고 안달복달하는 행동거지가 "모든 시인의 완벽한 전형, 왕이 딱 좋아하는 시인"이라고 비꼬기도 했다. 안데르센의 출신과 유산계급을 향한 양가적이고 모순적인 감정은 그의 동화 저변에 깊숙이 침투되어 있다.(잭 자이프스, 『동화의 정체: 문명화의 도구인가 전복의 상상인가』)

동화 작가로서는 너무도 많은 얼굴과 목소리를 가진 위대한 인물이 자서전 속에서는 한평생 출세를 위해 아등바등 살았던, 선량하되 속된 인간의 전형에 다름 아니다. 그러나 19세기의 신분 체제를 고려한다면 그의 아첨은 일종의 생존 전략, 즉 기법이자 방법론이 아니었을까 싶다. 적어도 동화를 쓸 때만큼은 그는 '갑'이었다. 그가 자서전에서 한껏 포장해 놓은 외로운 떠돌이에 "출세한 촌놈"의 모습과, 그가 창조한 동화 세계가 날카로운 대조를 이룬다. 과연 좋은 문학이란 그것을 창조한 작가를 뛰어넘어 불멸하는 것이다.

한스 크리스티안 안데르센, 김서정 옮김, 『안데르센 메르헨』, 문학과지성사, 2012.

『자기만의 방』
― 여성 작가, 아니, 인간에게 필요한 것

1929년, 버지니아 울프(1882~1941)

    버지니아 울프의 문학에 '모더니즘'만큼 자주 따라다니는 수식어가 '페미니즘'이다. 그녀의 소설보다 더 많이 읽히는 듯 보이는『자기만의 방』은 애당초 '여성과 픽션'이라는 주제를 다룬 강연문이다. 그 때문인지 "내가 할 수 있는 일이라고는 고작해야 별로 중요해 보이지 않는 한 가지 의견, 즉 여성이 픽션을 쓰기 위해서는 돈과 자기만의 방이 있어야 한다는 의견을 제시하는 것"이라는 도입부부터가 선언적이다. 여성에 대한 사회적 차별도 날카롭게 지적된다. 가령 여성은 연구원을 동반하거나 소개장을 소지해야만 도서관을 자유롭게 이용할 수 있다. 재산권의 부재와 가난, 출산, 육아, 가사 때문에 지적 활동의 기회도 원천적으로 봉쇄된다. 대체로 남성은 자신의 우월함을 주장하기 위해 여성의 열등함을 증명하는 데 주력해 왔으며 여성은 그 희생양이었다. 이쯤 되면 이 책이 오랫동안 페미니즘 비평의 필독서였던 것도 십분 이해된다. 하지만 오늘날에는 보다 더 포괄

적이고 근본적인 맥락에서 읽힌다.

『자기만의 방』은 울프의 문학론, 무엇보다도 작가와 현실(환경)의 관계에 대한 성찰을 담은 책이다. 작가는 작가이기에 앞서 현실이라는 토양에 뿌리를 둔 생활인이라는 것, 문학 역시 마찬가지라는 것이 전제이다. 비단 여성뿐만 아니라 모든 작가에게는 물질적 토대, 즉 '돈과 자기만의 방'이 필요하다. 숙모에게서 유산을(1년에 500파운드) 상속받은 뒤 '두려움과 쓰라림'에서 해방됐다며 울프는 이렇게 쓴다.

> 그 당시의 쓰라림을 기억하건대, 고정된 수입이 사람의 기질을 엄청나게 변화시킨다는 사실은 참으로 놀라운 일이라고요. 이 세상의 어떤 무력도 나에게서 500파운드를 빼앗을 수 없습니다. 음식과 집, 의복은 이제 영원히 나의 것입니다. 그러므로 노력과 노동만 끝나는 것이 아니라 증오심과 쓰라림도 끝나게 됩니다. 나는 누구도 미워할 필요가 없습니다. 아무도 나에게 해를 끼칠 수 없으니까요. 또 누구에게도 아부할 필요가 없습니다. 그가 나에게 줄 것이 없기 때문이지요. 이렇게 하여 나는 스스로 인류의 다른 절반에 대해 아주 미세하나마 새로운 태도를 취하게 되었음을 알게 되었습니다.

'돈'은 자유로운 사유와 집필을 위한 필요조건이다. 물론 이 맥락에서 여성은 확실히 고달픈 처지에 있었다. 울프는 16세기로 거슬

살다, 읽다, 쓰다

러 올라가 셰익스피어에게 문학적 재능이 있는 누이동생이 있었다면 어땠을까, 라는 가정을 해 본다. 아마 오빠와 같은 대작가가 되기는커녕 광기에 사로잡혀 파멸했으리라는 것이 울프의 결론이다. 제대로 교육받지도 못하고 철이 들기가 무섭게 가사부터 시작해야 하는 여성들 사이에서는 절대로 셰익스피어 같은 천재가 나올 수 없었다. 무엇보다도 여성이 자기만의 방을 갖는 것은 대단한 귀족이나 부자의 딸이 아니라면 19세기 초까지 전혀 불가능한 일이었다. 공동 거실에서 소설을 써야 했던 제인 오스틴을 생각해 보라. 그에 비하면 울프는 상대적으로 여성에게 우호적인 시대를 살았던 셈이다. 개인적인 여건도 나쁘지 않았다. 비록 공식적으로는 무학이나 다름없지만 그녀의 성장 환경은 상당히 풍요롭고 지적이었다. 세간의 편견과 달리 결혼 생활도 원만했던 것으로 보인다. 어쩌면 그랬기에 그녀는 단순히 페미니즘을 주장하기보다 남성과 여성의 구분을 넘어 작가로서 바람직한 자세를 갖출 것을 촉구했는지 모른다. 저 유명한 양성론을 보자.

그렇다 하더라도, 여기서 책상으로 가로질러 가서 '여성과 픽션'이라는 제목이 쓰인 종이를 들어 올리며 생각했습니다만, 내가 여기에 쓰게 될 첫 번째 문장은 바로 글을 쓰는 사람이 자신의 성을 염두에 두면 치명적이라는 것입니다. 순전한 남성 또는 순전한 여성이 되는 것은 치명적입니다. 인간은 남성적 여성이거나 여성적 남성이어야 합니다. 여성이 어떤 불평을 조금이라도 강조하거

나, 정당한 것이라 하더라도 어떤 대의를 변호하는 것, 어떤 식이
건 여성으로서의 의식을 가지고 말하는 것은 치명적인 일입니다.

보다 더 근본적인 것은 울프 특유의 부르주아 취향과 건전한
생활 감각이 낳은 현실주의다. "내가 여러분에게 돈을 벌고 자기만
의 방을 가지기를 권할 때, 나는 여러분이 리얼리티에 직면하여 활
기 넘치는 삶을 영위하라고 조언하는 겁니다." 단지 여성, 단지 작가
만을 겨냥한 얘기가 아니다. '자기만의 방과 돈'은 인간이 인간으로
서의 기본권을 향유하기 위해 요청되는 최소한의 조건이다. 20세기
초, 울프가 여성 작가로서 자신의 삶과 문학에서 두루 형상화한 고
뇌는 여전히 유효하다. 남존여비와 같은 말이 우스갯소리로 전락한
현시점에서 그것은 이미 페미니즘이 아니라 휴머니즘의 문제이다.

버지니아 울프, 이미애 옮김, 『자기만의 방』, 민음사, 2006.

살다, 읽다, 쓰다

『아버지와 아들』
— 영원한 화해와 상생을 위하여

1862년, 이반 투르게네프(1818~1883)

투르게네프의 『아버지와 아들』(원제는 '아버지들과 아들들,' 즉 복수이다.)은 제목이 암시하듯 세대 간의 갈등과 화해의 문제를 다룬 소설이다. 표층적으로는 1860년대에 이르러 더욱더 첨예해진 사상 대립이 부각된다. '60년대 세대,' 즉 민주 진영을 대표한 젊은 지식인의 입장인 '부정(否定)'은 '니힐리즘'이라 불렸는데, 이는 단순히 이론이 아니라 극히 정치적인 개념, 일종의 행동 강령에 가까웠다. 실제로 많은 니힐리스트들이 유형이나 추방, 망명까지도 감수한 혁명가였고 『무엇을 할 것인가』를 쓴 체르니셰프스키, 투르게네프와도 친분이 있던 바쿠닌이 대표적인 예이다. 『아버지와 아들』은 이런 시대적 분위기를 십분 반영할뿐더러 이후 러시아 문학의 큰 흐름 중 하나를 예고한 문제작이다. 가령 도스토예프스키의 『악령』은 이 작품에 대한 그 나름의 답변으로 시작된 소설이다. 한편 사상적 갈등과 맞물린 세대 간의 갈등 이면에는 계급 간의 갈등이 깔려 있다. 심지어 파벨 키르사노프(귀족-아버지 세대)와 바자로프('잡계급'-아들 세대)의 반목이 소설의 구성적, 사상적 축을 이룬다고 볼 수도 있다.

바자로프는 친구 겸 후배인 아르카디의 정의대로 "니힐리스트," "모든 것을 비판적 관점에서 보는 사람"이다. 파벨과의 논쟁에서는 "훌륭한 화학자는 그 어떠한 시인보다 스무 배는 더 유익"하다며 유물론과 경험론, 공리주의를 역설한다. 니힐리즘의 근거도 유익함에 있다. 오딘초바와의 대화에서는 예술 무용론을 주장하는데, 그와 더불어 피력하는 인간관도 상당히 과격하다. 인간도 다른 동식물과 같아서 표본 하나만 있으면 충분히 해석할 수 있으며, 따라서 각각의 인간을 따로 연구하는 것은 무의미하다는 것이다. 이렇게 극단적이고 편협한 유물론은 물론 '속류'라고 비난받을 소지가 있다. 그가 대인 관계에서 보이는 날선 계급의식과 냉소주의도 곱게 보이지 않는다. 그럼에도 대체로 그는 매일 아침 일찍 일어나 개구리를 비롯한 각종 동식물 채집과 해부, 실험에 열을 올리는 부지런한 의학도이자 파벨과의 결투에서 보이듯 의사로서의 자부심이 무척 강한 청년이다. 이런 그를 작가는 두 번에 걸쳐 시험에 들게 한다.

바자로프의 이론에 따르면 사랑은 호르몬의 작용에 불과하다. 오딘초바에 대해 "그 귀부인이 어떤 종류의 포유동물에 속하는가 두고 보세."라고 말하거나 "참 실한 몸뚱이야. (중략) 지금 당장 해부대에 올려놓고 싶은걸."과 같은 냉소적인 말을 던진다. 하지만 그에게도 자신이 사랑에 빠졌음을 인정해야 하는 순간이 찾아온다. 사랑을 신경이 약한 구세대의 낭만주의자나 부유하고 나약한 귀족의 전

유물이라고 여겨 온 만큼 그의 사랑 고백은 "증오와 닮은, 아마도 증오와 비슷한 강하고 고통스러운 욕망"의 분출처럼 읽힌다. 다시 오딘초바를 찾아갔을 때는 사랑의 감정과 사랑에 빠졌다는 분노에 덧붙여 부유한 귀족 부인을 향한 잡계급 출신 청년의 열패감마저 보인다. "너무 오랫동안 나와 인연이 없는 세상을 돌아다닌 것 같아요. 날치는 얼마 동안 공중에 떠 있을 수 있지만, 곧 물속으로 떨어질 수밖에 없지요."

바자로프의 사랑보다 더 극적인 것은 그의 죽음이다. 성실하고 명민한 의학도가 전염병으로 사망한 농부의 시신을 해부하던 중 감염이 되어 사망한다는 결말을 두고 말이 많았다.

> "저도 제가 이렇게 빨리 죽게 되리라고는 생각지도 못했어요. 이건 정말 우연이에요. 솔직히 말해 기분 나쁜 우연이지요. 이제 아버지와 어머니 두 분은 굳센 종교의 힘을 이용해야 하겠군요. 종교의 힘을 시험해 볼 수 있는 기회가 왔어요. (중략) 내일이나 모레가 되면 제 뇌는 작동하지 않을 거예요. 지금도 제가 분명하게 말하고 있는지 어떤지 확신할 수가 없어요. 이렇게 누워 있는 동안에도 빨간 개들이 제 주위를 뛰어다니며 아버지가 사냥감으로 멧닭을 노리듯이 날 노리고 있는 것 같아요."

이어 오딘초바 앞에서 "죽음은 오래된 농담이지만 누구에게나 새롭지요."라고 말하는 그의 모습이 의연해 보이기도 한다. 실연 이

171

후의 우울과 무기력증을 생각한다면 반쯤 의도된 자살의 가능성도 엿보인다. 어떤 경우든 그가 추구한 '이익'과는 무관한 죽음이, 즉 '니힐리즘(허무주의)'의 아이러니한 변용인 '허무한' 죽음이 되어 버렸다. 과연 온건파 귀족 작가의 손에 쥐어진, 야망에 사로잡힌 잡계급 청년은 아이러니의 대상이 될 수밖에 없다. 그의 죽음과 흡사 그것을 대가로 성취된 것 같은 키르사노프 집안의 행복(아르카디와 카탸(오딘초바의 여동생)의 결혼, 니콜라이와 페냐의 결혼, 파벨의 출국, 오딘초바의 성공적인 재혼 등)이 씁쓸한 대조를 이룬다. 바자로프의 부모가 자식의 무덤을 찾아 흐느껴 우는 마지막 장면이 주는 여운도 오래 지속된다. 결국 작가가 얘기하고 싶었던 것은 '영원한 화해와 무궁한 생명'이었으리라.

　　방탕했던 아버지와 그보다 연상인 다소 히스테릭한 성격의 어머니 사이에서 불화를 겪으며 심리적 상처를 받기도 했지만(이런 가정사가 『첫사랑』에 표현된다.) 투르게네프는 19세기 러시아 귀족의 일반적인 특권을 두루 향유하며 자랐다. 작가가 된 후에는 인생의 많은 시간을 유럽에서 보냈으되, 『아버지와 아들』이 보여 주듯, 조국의 현실과 젊은 세대의 사상적, 문학적 동향을 꾸준히 관찰하고 기록했다. 그의 '문우'이기도 했던 도스토예프스키와 톨스토이를 비롯하여 19세기 러시아 지성계의 보편적인 문제의식에 영향을 받아 '인텔리겐치아(지식인)'와 '나로드(민중)'의 화합 문제에도 관심을 보였다. 강연문에 기초한 그의 에세이 「햄릿과 돈키호테」는 당시 러시아 지식인의 이런 소명 의식과 사회 참여 의지를 담은 글이기도 하다. 한편 그

　　　　　　　　　　　　　　　　　　　　　　살다, 읽다, 쓰다

가 말년에 쓴 산문시 「거지」는 '나'와 '늙은 거지'의 화합을 통해 총체적인 형제애를 강조한 작품인데, '나'와 세 명의 '소년 거지'의 서늘한 엇갈림을 보여 주는 윤동주의 「투르게네프의 언덕」에 영감을 주기도 했다.

이반 투르게네프, 이항재 옮김, 『아버지와 아들』, 문학동네, 2011.

『안나 카레니나』

— '위대한 순간,' 그 이후의 삶

1877년, 레프 톨스토이(1828~1910)

러시아의 고관 부인 안나 카레니나는 프랑스어 가정교사와 불륜 행각을 벌이다 발각된 오빠의 집안 문제를 해결하기 위해 모스크바에 온다. 오빠와 올케 사이는 용케 봉합해 놓지만, 정작 그녀 자신이 그날 기차역에서 만난 젊은 장교 브론스키에게 모종의 끌림을 느낀다. 당황한 그녀는 예정보다 빨리 페테르부르크로 도망치듯 떠나는데 도중의 정차역에서 브론스키가 자신의 뒤를 좇아 같은 기차에 탔음을 알게 된다. 종착역, 마중을 나와 있는 남편 카레닌을 보자 얄궂은 생각이 든다. "아, 어쩜! 저이의 귀는 어째서 저렇게 생긴 걸까?" 결혼한 지 10년이 다 됐건만 왜 이제 와서 남편의 귀가 별안간 못생겨 보인 걸까. 운명의 테러와 같은 열정 때문에, 지금껏 아름답고 정숙한 귀부인이자 다정다감한 어머니로 살아온 안나의 삶에 치명적인 균열이 생긴다. 총 8부로 이루어진 『안나 카레니나』의 도입부는 다분히 연애 소설을 방불케 한다. 실제로도 제목 그대로 '안나 카레니나'의 인생 역정, 즉 사회의 통념과 편견에 맞서 자신의 모든 것을 포기하면서까지 사랑을 지키고자 했던 한 여자에 관한 소설로 읽을 수 있다.

'난 더 이상 자신을 속일 수 없다는 걸 깨달았어. 난 살아 있는 여자야.'

'난 그가 내 주위에 휘감고 싶어 하는 이 거짓의 거미줄을 찢어 놓고 말 거야. 무슨 일이 있어도 어떤 것이든 거짓과 기만보다야 낫겠지!'

그녀에게 있어 사랑은 삶과 동의어이다. 그것을 지키기 위해 그녀는 자신을 옥죄는 거짓과 기만의 거미줄을 찢어 버린다. 결국 그 대가로 목숨을 내놓아야 했다. 안나의 열정이 소설의 중심축을 형성함에도, 그러나 작가의 주된 관심사가 거기에 있는 것 같지는 않다. 톨스토이는 사랑과 연애, 심지어 결혼 자체도 아닌, 그 모든 것 이후에 오는 '생활'의 속성을 거시적이면서도 세밀하게 안팎에서 묘파해 낸다.

행복한 가정은 모두 모습이 비슷하고, 불행한 가정은 모두 제각각의 불행을 안고 있다.

이런 문장으로 시작하는 『안나 카레니나』는 무엇보다도 가정 소설이자 사회 소설로서 이른바 '위대한 순간(카타르시스의 순간)'보다 그 이후의 삶을 문제 삼는다. 안나가 브론스키의 아이를 출산한 직후 연출되는 장면을 보자. 죽음을 예감한 그녀는 남편 앞에서 회개하고 연민에 사로잡힌 카레닌은 부정한 아내와 그녀의 정부를 너그럽게 용서한다. 그러나 거국적인 화해로 점철된 위대한 순간은 그야말로 순간일 뿐, 그 이후 인물들은 이전보다 더 묵직한 일상의 시간을 살아 내야 한다. 진정한 공포는 극적인 파국의 순간이 아니라 그 이후에 찾아오는, 철저히 관성의 법칙에 지배되는 생활의 무게에서 비롯된다. 소설이 안나의 자살로 끝나지 않는다는 것은 이 점에서 무척 시사적이다. 정숙한 귀부인을 파멸시킬 만큼 대단한 열정조차 무자비하게 집어삼키는 시간 혹은 자연력에 대한 작가의 탐구는 8부(에필로그)에서 극에 달한다. 주인공의 자살과 살아남은 자들의 슬픔에도 불구하고 총체로서의 삶은 지속된다. 더욱이 그 삶이란 레빈과 키티의 결혼생활이 보여 주듯 지극히 보잘것없는 것으로 가득 차 있다. 여기서 소설의 맨 앞으로 돌아가자.

"원수 갚는 것은 내가 할 일이니, 내가 갚겠다."

『안나 카레니나』의 제사이다. 불륜의 주체였던 안나는 물론이거니와 각기 다양한 방식으로 그녀를 죽음으로 이끈 모든 자들에 대한 심판을 인간의 차원이 아닌 더 높은 심급으로 이월시키려는 작가

살다, 읽다, 쓰다

의 의도가 엿보인다. 레빈의 형의 말대로 심판하는 것은 우리의 몫이 아니다. 이 지점에서 『안나 카레니나』는 간음을 소재로 취하되 죄와 벌, 타락과 구원의 문제를 다룬 도덕적이고 종교적인 소설로 거듭난다. 그러나 실제 소설 속에서는 기독교적 신이 형상적으로 부각되지도 않거니와 오히려 이신론(理神論)의 세계관이 지배한다. 가령 안나는 무섭게 생긴 한 농부가 침실 한구석에서 열심히 무슨 일인가를 하며 프랑스어로 읊조리는 것 같은 꿈을 꾼다. 자살하기 전날 밤에도 비슷한 꿈을 꾸고, 자살의 순간 명멸하는 그녀의 의식 한가운데로 떠오르는 것도 그 농부이다. 그의 손에 쥐어진 철은 안나가 브론스키를 처음 만난 순간 한 역무원의 목숨을 앗아 간 기차-철로의 상징이며, 그것이 계속 그녀의 무의식을 장악하다가 그녀를 달려오는 기차 밑으로 던져 넣은 것일 수도 있다. 이런 가정이 유물론의 산물이든 미신의 산물이든 인간 개개인의 삶과 세계의 흐름을 관장하는 어떤 거대한 힘은 존재하는 것이며 위대한 순간도 그것에 압도당할 수밖에 없다.

톨스토이의 이름 앞에는 흔히 '러시아의 대문호'라는 수식어가 붙는다. 실제로 그의 소설은 19세기 러시아 귀족 사회의 세태와 풍습을 꼼꼼하고 치밀하게 담아 낸 백과사전일뿐더러 러시아 문학 특유의 심리적 깊이, 철학적이고 종교적인 사유까지 갖추고 있다. 그 기저에는 그가 유서 깊은 백작 가문의 후예로서 유년 시절부터 평생 동안 쌓아 올린 직간접적인 경험과 폭넓은 사유, 학습의 성과가 깔려 있다. 거장의 여러 자아가 소설 속 인물의 모습으로 살아나기

도 한다. 도시의 번잡한 사교계를 떠나 시골의 영지를 경영하며 단
란한 가정을 꾸리는, 그러면서 사상적 추구에 골몰하기도 하는 지
주 귀족 레빈은 작가의 직접적인 분신이다. 그러나 그가 꿈꾼 가장
이상적인 자신의 모습은 허름한 농민 차림에 봇짐을 진 순례자였던
듯하다. 노작가는 해묵은 가정불화 끝에 오랜 숙원을 실행에 옮겼으
나 그의 마지막 여행은 안타깝게도 오래 지속되지 못했다. 결국 그
는 시골의 외딴 기차역에서 82년에 걸친 생을 마감한다.

레프 톨스토이, 연진희 옮김, 『안나 카레니나』, 민음사, 2009.

살다, 읽다, 쓰다

『체호프 단편선』

── 삶 공포증 혹은 진부함의 공포

안톤 체호프(1860~1904)

체호프 소설 선집에서 절대 빠지지 않는 「관리의 죽음」(1883)은 어느 하급 관리가 오페라 공연을 관람하던 중 재채기를 하여 앞에 앉은 노인에게 침이 튀는 해프닝으로 시작된다. 하필 그가 부서는 다르지만 아무튼 상관이어서 체르뱌코프('벌레'라는 뜻)는 거듭 사과를 한다. 잘 받아들여지지 않자 불안한 마음에 상관의 집무실까지 찾아갔다가 "꺼져!"라는 호통을 듣고 쫓겨난다. 충격을 받은 그는 집에 오자마자 죽는다. 스물세 살의 대학생이 쓴 이 짧은 소설에서 우선 눈에 뜨이는 것은 '벌레'나 다름없는 '작은 인간,' 즉 속되고 평범한 인간이 주인공이라는 점이다. 극히 하찮은 일이 소설적 사건으로 확대되지만 어떤 극적인 조명을 받기보다는 지속적인 일상의 한 결절처럼 제시되고 그것이 종료되기가 무섭게 작가는 매몰차게 등을 돌린다.(열린 결말) 끝으로, 주인공의 죽음은 마냥 애도하기엔 황당하고 마냥 웃기엔 찝찝한데, 눈물과 웃음의 공존은 훗날 웅숭깊은 고

품격의 희비극으로 발전한다.

가령 「베짱이」(1892)의 여주인공 올가는 예술가를 동경하지만 정작 결혼은 의사(드이모프)와 한다. 그러다 화가(랴봅스키)와 연애를 시작하자 흡사 엠마 보바리처럼 그동안의 설움을 설욕한다. 고요한 7월의 달밤, 볼가강의 증기선, 터키옥처럼 짙은 푸른빛 바다, 기껏해야 밋밋한 생활인에 불과한 남편 대신 신의 선택을 받은 위대한 천재와의 사랑! 그러나 화가에게는 이내 새 애인이 생긴다. 겨울, 학위 논문이 통과되고 강단에 설 기회까지 얻은 드이모프가 디프테리아에 감염된다. 그가 죽은 뒤에야 올가는 '천재' 의사였던 자상한 남편을 몰라본 자신의 어리석음을 통탄한다. 그녀의 뒤늦은 각성은 조롱당해 마땅하지만, 그녀의 허영이야말로 인간 본연의 불가피한 모방 욕망의 산물임을 간과해서는 안 된다. '위대한 사람'(이 소설의 제목으로 구상했던 것 중 하나이다.)과 '베짱이'의 이분법 역시 허망하기 짝이 없음에도 우리 모두가 곧잘 빠져드는 함정이다. 중요한 것은 「공포」 (1892)의 주인공이 말하는 '삶 공포증,' 소위 진부함의 공포이다.

> "나는 천성이 심오한 인간이 못 되는지라 저승 세계니 인류의 운명이니 하는 문제에는 별로 흥미가 없어요. 뜬구름 잡는 일에는 도무지 소질이 없다는 얘깁니다. 내가 가장 무서워하는 것은 진부함이에요. 왜냐하면 우리들 중 어느 누구도 거기에서 벗어날 수 없기 때문이지요."

살다, 읽다, 쓰다

그의 공포는 그가 신뢰한 벗(화자)과 아내의 불륜으로 실현된다. 마침 화자의 방에 두고 온 모자를 핑계로 다시 그곳에 나타난 그는 가타부타 무슨 말 없이 모자만 챙겨 슬그머니 사라진다. 이런 난감한 희극적 정황에도 불구하고 그들의 결혼 생활은 지속된다.

암담하고 묵직한 소설인 「주교」(1902)에서는 중병을 앓는 주교가 9년 만에 어머니와 해후한다. 평생 가난한 보제의 아내로 살아온 질박한 촌부(村婦)는 '예하(猊下)'라고 불리는 아들 앞에서 안절부절, 거북해한다. 아들의 목숨이 끊어지는 순간에야 비로소 어미는 '파블루샤'를 부르며 절규한다. "내 아가야! ……내 아들아! 어쩌다 이 지경이 됐니?" 한편 주교는 그토록 그리워한 어머니가 자기 앞에서 주눅 든 모습을 보이자 섭섭함을 느끼고 또 시시각각 찾아드는 통증에 괴로워한다. 그 와중에 외할머니와 먼 길을 동행한 여덟 살 소녀가 어린애다운 언어로 가족의 소식을 전한 끝에 덧붙이는 한마디가 애절한 희극의 정점을 이룬다. "삼촌, 엄마랑 우리는 불행해졌어요……. 우리한테 돈 좀 주세요……. 제발이요…… 제발!" 소설이 하필 부활절 전야에 죽는 주교의 비극이 아니라 아들을 먼저 보낸 다음에도 신산한 삶을 이어 가는 어머니 얘기로 끝나는 것도 진부함의 공포를 환기한다.

체호프는 러시아 남부의 한 도시에서 잡화상을 경영하는 해방된 농노의 아들로 태어났다. 병약한 체질에 생활고까지 겹쳐 모스크바 대학 의학부 재학 시절 생활비를 벌려고 삼류 잡지에 콩트를 기고한 것이 작가 인생의 출발점이 되었다. 졸업 후 그는 평생 의사로 살면서 소설과 희곡을 썼다. "의학은 아내, 문학은 애인"이라는 말처럼 두 활동은 상보적이었다. 그는 냉혹한 유물론자였고, 때문에 저 세계가 아닌 이 세계, 영혼이 아닌 몸에 주목했다. 어마어마하게 많은 양의 작품을 쓴 작가였지만 동시에 사람 속에서 사람과 더불어 산 이타적인 생활인-의사이기도 했다. 그 때문인지 동시대인들은 그를 아끼긴 했어도 톨스토이와 같은 '위대한 작가'로는 여기지 않았다. 그를 대가의 반열에 올려놓은 것은 훗날의 문학사이다. 인간과 세계의 '작음'을 '위'가 아니라 그저 '밖'에서 그려 낸 '겸손함'이야말로 그의 천재성의 근거가 아니었나 싶다. 순박한 시골 청년과 예민한 인텔리겐치아가 공존하는 미남형 얼굴, 스물네 살에 처음 각혈을 하고서 평생 골골대다가 모스크바예술극장의 배우와 결혼한 지 3년 만에 장결핵으로 사망한, 애달프고도 황망한 삶 역시 그의 문학의 일부가 되었다.

그의 지식인 분신들은 선민의식과 메시아 콤플렉스가 아니라 세기말적인 우울감에 전 무력한 잉여 인간이나 희극적인 광대, 요컨대 '작은 인간'과 다를 바 없다. 고통받는 사람들을 동정하지만 정작 그 자신이 피해망상증을 앓는 그로모프와 스토아 사상 및 톨스토이주의를 내세워 자신의 무위를 합리화하는 의사 라긴(「6호실」), 아들을 잃은 자신의 슬픔만으로도 버거운데 이제 막 아내의 불륜 사실을 알고서 분노하는 남자의 푸념을 들어주어야 하는 시골 의사(「적들」), 기강 확립을 내세워 주변 사람들을 괴롭히다가 관 속에 들어가서야 평온을 얻는 희랍어 교사 벨리코프(「상자 속의 인간」), 천재

살다, 읽다, 쓰다

콤플렉스에 사로잡혀 정신 분열증을 앓다가 피를 토하고 죽는 학자 코브린(「검은 수사」)……. 진부하고도 황망한 상황 속에서 갈팡질팡하다가 급기야 엎어지는 그들이 매력적인 것은 어설프고 촌스럽기 때문이다. 체호프가 바로 그런 매력을 지닌 작가이다.

안톤 체호프, 박현섭 옮김, 『체호프 단편선』, 민음사, 2002.

「소네치카」외

— 서사의 원형, 인간의 근원을 찾아서

1992년, 류드밀라 울리츠카야(1943~)

1990년대, 페레스트로이카 이후의 러시아와 마주한 'P세대(펩시세대)'의 딜레마를 가장 잘 대변해 준 작가는 모스크바 출신의 30대 작가 빅토르 펠레빈이었다. 도시적인 감수성과 비의적인 분위기, 도발적이고도 지적인 문체, 현란한 문화 코드와 다양한 장르의 혼합 등 그는 새로움과 젊음의 대명사였다. 그 무렵, 우랄 지역 출신에 두 아이의 엄마이자 쉰 살을 목전에 둔 '아줌마'가 「소네치카」(1992)라는 '촌스러운' 제목의 중편 소설을 들고 문단에 나타난다. 류드밀라 울리츠카야의 데뷔작이자 출세작인 이 소설은 한마디로 '여자의 일생'이다.

소냐(소네치카)는 네프 시대에서 스탈린 독재로 이어지는 격동기에도 "도스토예프스키의 불안한 심연"과 "투르게네프의 그림자 드리운 가로수"에 빠져 사는 독서광이지만 어느 중년 화가(로베르트)와 결혼하면서 삶의 새로운 국면으로 들어선다.

책 속의 삶을 살아 있는 것처럼 생생하게 받아들이는 소네치카의 능력은 자취를 감추었고, 갑자기 이 세상에서 가장 변변치 않았던 것들, 예를 들어 직접 만든 쥐덫으로 쥐를 잡은 일, 컵 안에 떨어진 오래된 죽은 나뭇가지, 로베르트 빅토로비치가 우연히 얻게 된 중국차 한 줌이 다른 사람들의 첫사랑이나 그들의 죽음, 지옥으로 내려가는 사건보다 더 중요하고 의미 있는 것으로 다가왔다.

"고상한 소녀"에서 "지극히 현실적인 안주인"이 된 그녀의 꿈은 "수도관이 설비된 부엌, 딸이 혼자 쓰는 방, 남편의 공방"이 딸린 "사람이 살 만한 평범한 집"을 갖는 것이다. 노화의 폭탄을 맞은 그녀를 슬프게 하는 것도 "아이를 더 많이 낳지 않으면 남편에게 사랑받을 자격이 없다"는 생각이다.

1950년대 초, 중년의 소냐는 아이의 양말을 만들며 남편과 예술가 친구들의 "고상한" 대화를 듣는 가정주부이다. 그런데 남자애들과 어울리는 데 싫증이 난 딸(타냐)이 작고 요염한 고아 소녀(야샤)를 데려오면서 가족 구조가 재편된다. 집이 철거당할 절박한 순간에 남편의 불륜 사실을 알게 된 소냐는 "예외적이고 비범한 그이"에게 "젊고, 예쁘고, 부드럽고, 날씬한 아가씨"가 생긴 것은 "공평한" 일이라고 생각하고는 푸시킨의 소설을 꺼내 읽는다. 딸마저 페테르부르크로 떠나자 다시 "문학이라는 마약"에 손을 댄다. 반쪽짜리 남편이 죽은 다음 야샤를 챙기는 것도 그녀이다. "그녀(야샤)는 고아였고, 소냐는 엄마였다." 그렇기에 남편을 포함하여, 모든 아이들이 떠난 후에는 문학만이 희망이다. 어느덧 "뚱뚱하고 수염이 난 노파"가 된 소네치카, 즉 소피아 이오시포브나는 흐루시초프 시대에 지어진 오 층짜리 건물의 3층에 혼자 살면서 저녁마다 가벼운 스위스제 안경을 걸치고 "달콤한 심연, 어두운 가로수 길, 봄의 물속," 즉 문학 속으로 뛰어든다.

「소네치카」는 짧은 분량임에도 고전적인 가족 서사의 충실한 복원으로 읽힌다. 물론 대러시아 제국이 소비에트 연방으로, '아버지와 아들'이 '어머니와 딸'로 바뀐 것이 도드라지긴 한다. 소위 '웰메이드' 가족 서사의 대가인 톨스토이, 특히 소냐가 탐독한 『전쟁과 평화』의 경우 구성적 주인공은 여성(나타샤 로스토바)이지만 사상적 차원은 제각기 톨스토이의 분신인 남성들이 담당했다. 울리츠카야의 가족 서사는 모든 점에서 명실상부한 '여인 천하'다. 한 남자가 여자들을 지배하는 것이 아니라 오히려 여자들이 다양한 역할(어머니, 아내, 애인, 딸)을 담당하며 한 남자를 공유한다. 자유와 욕망의 발칙한 화신인 '마녀-딸' 타냐와 야샤, '자기 낮춤'을 통해 성성(聖性)을 획득하는 '성녀-어머니' 소냐, 이들 모두 제각기 자기 삶의 주인공이다.

메데야와 그 피붙이들의 이야기인 「메데야와 그녀의 아이들」에 이르면 그림이 더 또렷해진다. 시노플리 집안에서 제일 부각되는 것은 메데야(불모의 성녀)와 알렉산드라(다산의 마녀) 자매의 성화 같은 대조이다. 메데야는 지극정성으로 보살펴 온 남편(사무일)이 죽은 직후 그와 알렉산드라가 연인 관계였으며 여동생의 딸(니카)이 자기 남

살다, 읽다, 쓰다

편의 아이라는 것을 알게 된다. 그러나 그녀는 "그녀에게 예정되었던 남편의 저 아이를 여동생의 유쾌하고 가벼운 몸에 넣어 주었던 운명"에 대한 원망을 뒤로하고 "멋진 과부"로, 모두의 어머니로 거듭난다. 얽히고설키는 '아이들'의 이야기 중 니카와 그녀의 조카 마샤 사이를 오가며 도스토예프스키적인 음탕의 권태에 탐닉하는 "강철 같은 몸에다 꽁지머리를 길러서 사제 같은" 발레리 부토노프가 소설적 흥미를 더한다. 그의 연인이자 저명한 학자(알리크)의 아내인 마샤는 심각한 조울증 끝에 몇 편의 시를 남기고 자살한다.

메데야-알렉산드라가 이 파란만장한 세계의 중심에 서 있는 것은, 말하자면 그들이 "아이를 잘 낳는 암컷"(톨스토이, 『전쟁과 평화』)이기 때문이다. 이 순혈 그리스인 자매는 공히 성녀-마녀로서 인간의 근원이자 서사의 근원으로 거듭난다. 여기서, 에우리피데스가 절묘하게 포착한바, 고뇌와 번민 끝에 두 아들을 죽이고 그로써 (그들이 크레온 집안의 희생양이 될 가능성을 차단하고) 철저히 욕망에 충실했던 자신을 단죄함과 동시에 아버지-수컷에게 최고의 복수를 선사한 신화 속 메데이아가 묘한 음화로 되살아난다.

여성 중심의 가족 서사는 「스페이드의 여왕」에서 더 극적이다. '마르크스-레닌주의'보다 더 질기게 살아남은 아흔 살의 무르, 어머니의 추한 음욕을 견뎌 내는 예순 살의 안나('성녀'), 마흔 줄에 이른 안나의 딸 카탸, 끝으로 카탸의 아이들 등 총 4대가 만들어 내는 풍속도는 『카라마조프가의 형제들』의 현대판 미니어처에 가깝다.

울리츠카야는 붕괴와 해체의 시대에 통합에 대해 쓴 작가이다.

핏줄의 그물망을 축조함으로써 서사의 원형을 복원하고 '하늘-우라노스(아버지/아들)'보다 앞서는 '대지-가이아(어머니)'를 소설화하려는 시도는 문체적 독특성과 은근한 지성주의보다 더 본질적인 대목이다.

'박경리 문학상' 수상 소감에서 그녀는 『김약국의 딸들』을 언급했는데, 『토지』를 접할 기회가 있었다면 마땅히 이 대작 앞에 경의를 표했으리라 생각된다. 아이를 낳지 않으면 소설의 다음 장(章), 다음 부(部)는 쓰일 수 없음을, 사람은 사람과 엮일 때 비로소 사람임을 보여 주는 것이 『토지』이다. 새로운 문학은 일견 그것이 아무리 새로워 보일지라도 어쨌거나 핏줄의 산물이고, 가족 서사는 여전히 모든 소설가의 로망이다. 러시아 문학을 흠모하는 우리 독자에게 울리츠카야의 소설이 많은 호응을 얻기를, 무엇보다도, 다양한 문화 체험을 통해 우리 문학의 가계도에 더 많은 『토지』가 생겨나기를 바란다.

류드밀라 울리츠카야, 최종술·박종소 옮김, 『소네치카』, 비채, 2012.

『허클베리 핀의 모험』
― 폭력과 관습을 넘어, 자연과 자유의 삶을 찾아

1884년, 마크 트웨인(1835~1910)

    『허클베리 핀의 모험』을 미시시피강을 따라 펼쳐지는 10대 소년의 모험담 정도로 생각한다면 그만한 실례도 없겠다. 남북 전쟁 직전의 미국 사회, 특히 남부의 생활상과 세태, 모럴과 관습을 이 정도로 밀도 있게 그려 낸 소설도 드물다고 한다.

    헉은 더글라스 과부댁의 양자이고 짐은 그녀의 여동생인 왓츤 아줌마의 노예이다. 둘은 나이, 그보다는 피부색의 차이 때문에 좀처럼 어울리기 힘든 사이지만 '도망'이라는 정황 때문에 문자 그대로 한 배를 탄다. 헉은 알코올 중독자이자 부랑자인 아버지의 폭력을 피해, 짐은 올리언스 지방으로 팔려 갈 위기를 피해 도망친 것인데, 가정의 폭력과 국가의 폭력(노예 제도)이 유비를 이룬다. 또 그 때문에 '검둥이(nigger)'와 소외된 백인 하층 소년 사이에는 든든한 유대 관계가 성립된다. 그럼에도 『허클베리 핀의 모험』에서 흑백의 대립과 인종 문제는 단순한 휴머니즘과 훈훈한 온정주의로만 환원되지 않는다.

가령 희대의 사기꾼인 '왕'과 '공작'이 짐을 펠프스 농장에 팔아 버린다. 헉은 법률과 관습에 따라 검둥이를 내줄 것인지 아니면 그 것을 어기면서까지 검둥이를 구할 것인지 고민한다. 왓츤 아줌마에 게 짐의 행방을 알리는 편지를 쓰기도 하지만 결단을 내리기까지는 제법 오랜 시간이 걸린다.

"좋아, 난 지옥으로 가겠어." 그러고는 편지를 북북 찢어 버렸 습니다.

그것은 끔찍스러운 생각이었고 무서운 말이었지만 벌써 입 밖으로 내뱉고 말았습니다. 그리고 나는 내뱉은 말을 취소하지 않 고 그냥 그대로 내버려 두었지요. (중략) 다시 나쁜 짓을 하기로 하 자고 했습니다. 나란 놈은 자라나기를 그런 식으로 자라났으니 나 쁜 짓이 내 천성에 맞고, 착한 일은 그렇지 않다고 말입니다. 맨 첫 번째 일로 나는 짐을 다시 한번 노예 상태에서 훔쳐 내자, 아니 그 보다 더 나쁜 일을 생각해 낼 수 있다면 그것도 하겠다고 다짐했 지요. 나쁜 짓을 하기로 한 이상, 더구나 끝까지 하기로 한 이상, 철저하게 해내는 것이 좋을 테니까요.

절친한 친구를 구하는 일이 그가 흑인이라는 이유만으로도 '지옥' 과 동일시되는 정황은 시대적인 맥락을 고려해야만 이해될 수 있겠다.

헉의 눈에 비친 짐은 어리석고 미신적이며 따라서 어딘가 야만 스럽지만 인정이 많고 생활의 지혜를 보여 주는 일도 잦다. 그럼에도 이런 긍정적인 자질들은 어디까지나 상대적인 것이다. "짐이 하는 말은 대체로 늘 옳았습니다. 짐은 검둥이치고 비상한 머리를 갖고 있었지요." 짐은 자유주에 도착하면 열심히 돈을 모아, 다른 농장으로 팔려 가는 바람에 뿔뿔이 흩어진 처자식을 되사겠다고 생각한다. 만약 주인이 팔지 않으면 노예 폐지론자에게 부탁하여 애들을 훔쳐 오겠다는 다짐까지 하며 가족이 그리워 수시로 눈물을 흘린다. 이에 대한 헉의 반응이 참, 충격적이다. "자기 가족을 생각하는 심정은 흑인이나 백인이나 다를 것이 없다고 나는 믿고 있습니다." 간단히, 검둥이는 인간에 근접한 그 무엇이지, 온전한 의미의 인간은 아닌 것이다. 노예 제도의 위력이 실감 남과 동시에 이 소설의 리얼리즘이 빛을 발하는 대목이기도 하다.

결국 헉은 얼떨결에 펠프스 집안의 조카 톰의 역할을 떠맡은 다음 그 특유의 거짓말과 연기 능력을 발휘하여, 또 느닷없이 등장한 톰 소여의 도움을 받아 짐을 탈출시키는 데 성공한다. 그러나 짐이 진정한 자유를 획득하는 것은, 다소 황당하게도, 왓츤 아줌마의 갑작스러운 '개심' 덕분이다. 짐은 이렇게 수동적으로 자유를 얻는 반면, 헉은 그 스스로 그것을 찾아 떠난다. 그가 글을 쓰는 일에 회의를 표하고 무엇보다도 교양으로써 자신을 길들이려는 '은혜로운' 자들을 피하는 것은 문명에 대한 저항이자 자연과 자유를 향한 추구로 볼 수 있겠다. 이것이 '교양 있는,' 그리하여 자신이 읽은 책에 따라 삶을 '모험-유희'처럼 즐기고 어딘가 '주일학교' 냄새를 풍기는 톰 소여와 확연히 구분되는 헉의 특징이기도 하다.

그러나 나는 나머지 사람들보다 앞서 인디언 부락으로 떠나지 않으면 안 되겠다는 생각이 들었습니다. 왜냐하면 샐리 아줌마가 나를 양자로 삼아 '교양 있는' 사람으로 만들려 하고 있고, 나는 그 일이 도저히 참을 수 없었기 때문이지요. 그 일이라면 전에도 한번 해 본 적이 있으니 말입니다.

여기다 무슨 얘기를 더 보태는 것 자체가 작가의 의도를 배반하는 행위일 것 같다. 이 소설이야말로 '흐르는 강물처럼' 쓰인, 또한 그렇게 읽는 것이 더 옳을 것 같다. 아닌 게 아니라 이 책의 맨 처음에는 다음과 같은 '경고문'이 붙어 있기도 하다.

이 이야기에서 어떤 동기를 찾으려고 하는 자(者)는 기소할 것이다.

이 이야기에서 어떤 교훈을 찾으려고 하는 자(者)는 추방할 것이다.

이 이야기에서 어떤 플롯을 찾으려고 하는 자(者)는 총살할 것이다.

—지은이의 명령에 따라

군사령관 G. G.

마크 트웨인, 김욱동 옮김, 『허클베리 핀의 모험』, 민음사, 1988.

살다, 읽다, 쓰다

『위대한 개츠비』
— 아메리칸 드림의 실체

1925년, 스콧 피츠제럴드(1896~1940)

피츠제럴드의 『위대한 개츠비』가 제기하는 여러 문제는 하나로 요약된다. 개츠비는 왜 위대한가? 소설의 시점과 형식상 닉 캐러웨이의 시선을 따라갈 수밖에 없겠다. 그는 톰의 대학 동창이자 데이지의 먼 친척임에도 출신 성분(서부 출신으로서 출세를 위해 동부로 옴)과 내적인 성향에 있어 개츠비 쪽에 가깝다. 이런 그의 시선으로 보아도 개츠비는 알쏭달쏭한 인물이다. 개츠비의 첫 고백을 보자.

> "하나님께 맹세코 진실을 말씀드리지요." 그는 신의 처벌을 멈추게 하려는 듯 갑자기 오른손을 쳐들었다. "나는 중서부의 어떤 부잣집에서 태어났지요. 가족들은 모두 죽고 없습니다. 미국에서 자랐지만 교육은 옥스퍼드에서 받았어요. 선조 대대로 그곳에서 교육을 받아 왔거든요. 집안 전통이죠."

이어, 가족의 죽음으로 거액의 유산을 상속받고 오래전에 있었던 슬픈 일을 잊으려고 유럽을 떠돌아다니고 등, 닉조차 대번에 거짓말임을 알 수 있는 소리를 개츠비는 천연덕스레 늘어놓는다. 죄책감은커녕 모종의 불편함조차 느끼지 않는 모양이다. 한편 실제의 그는 이렇다. 서부의 가난한 노동자 출신으로서 아버지는 살아 있고 (닉의 말에 따르면 개츠비는 아버지에게 새 집을 사 줄 만큼 효자이다.) 종전 후 잠시 옥스퍼드에 머무른 적이 있고 귀국 후 조직 폭력업계의 거두 울프심과 손잡고 밀주 유통을 비롯한 여러 일을 통해 부를 축적하고 등…… 간단히, '제임스 개츠'가 '제이 개츠비'로 바뀌면서 거의 '페이스오프'에 가까운 성형과 신분 세탁이 이루어진다. 이 과정의 중심축이 물신(物神), 즉 돈이며 데이지는 그 육화이다.

데이지는 어느 각도에서 봐도 천상의 베아트리체와는 거리가 멀다. 개츠비는 "그녀의 목소리는 돈으로 가득 차 있어요."라고 말한다. 실상 목소리뿐만 아니라 그녀의 존재 자체가 돈 칠갑이다. "부(富)가 가두어 보호하는 젊음과 신비, 그 많은 옷이 주는 신선함, 그리고 힘겹게 살아가는 가난한 사람들과는 동떨어진 곳에서 그녀가 안전하고 자랑스럽게 은처럼 빛을 발한다는 것." 그녀에게 돈이란 뼛속까지 밴 부르주아 근성의 총체이다. "어디서 왔는지도 모르는 놈"인 개츠비와 시카고 부호의 아들이자 예일대를 졸업한 톰 뷰캐넌의 차이는 당시 흑인과 백인의 차이만큼이나 어마어마하다. 그러니 그녀가 개츠비의 구애에(더 정확히 그의 화려한 저택과 무도회에!) 살짝 마음이 흔들리지만 결코 톰을 떠나지 않는 것도 당연한 일이다. 이것이 자유와 평등의 대륙인 아메리카의 실체가 아닐까 싶다.

그렇다고 해서 개츠비가 정녕 순수와 낭만의 화신인 걸까. 가령 헤어진 지 5년이나 지난 시점에서 이미 유부녀가 된 '옛 여자' 주변을 '부나비처럼' 맴돌고 그녀의 남편까지 동석한 자리에서 어설프게 감정을 드러내는 것은 비상식적일뿐더러, 뷰캐넌 부부의 반응을 고려한다면 애처롭고 우스꽝스러운 행위이다. 그의 최후 역시 비극으로 보기에는 너무 어처구니없다. 이 경우에는 동정도 이래저래 톰의 희생양이 된 자동차 정비공 윌슨에게로 가는 것이 더 마땅하리라. 반면 개츠비는 그 정체가 드러날수록 '신화'가 아니라 '희화'가 된다. 그는 속물들의 사회에 편입되기 위해, 큰 저택과 많은 옷과 가구를 소유하기 위해 어릴 적부터 생활계획표를 짜 가며 아등바등, 애면글면 살았고 심지어 어두운 일도 서슴지 않았다. 이런 그를 닉은 변호한다.

개츠비는 내가 드러내 놓고 경멸해 마지않는 모든 것을 대변하는 인물이었다. 그러나 만약 개성이 일련의 성공적인 몸짓이라면 그는 뭔가 멋진 것을, 마치 1만 마일 밖에서 일어나는 지진을 감지하는 복잡한 기계와 연결되어 있기라도 한 것처럼 삶의 가능성에 예민한 감수성을 지니고 있었다. (중략) 그것은 희망에 대한 탁월한 재능이요, 다른 어떤 사람에게서도 일찍이 발견된 적 없고 앞으로도 다시는 발견할 수 없을 것 같은 낭만적인 민감성이었다. 아니, 결국 개츠비는 옳았다. 내가 잠시나마 인간의 짧은 슬픔이나 숨 가쁜 환희에 대해 흥미를 잃어버렸던 것은 개츠비를 희생물로 이용한 것들, 개츠비의 꿈이 지나간 자리에 떠도는 더러운 먼지 때문이었다.

그럼에도 개츠비란 인물이 정녕 위대한지 어떤지는 모르겠다. 그러나 『위대한 개츠비』가 위대한 소설임은 분명하다. 이 소설이 그려 낸 우리 삶의 부나비 같은 풍경을 보라. 밤마다 개츠비의 저택을 장식하는 불빛과 재즈 소리, 이른바 개츠비 룩으로 단장한 미녀들의 현란한 춤, 무도회가 끝난 뒤 수북이 쌓이는 오렌지 껍질……. 이것은 비단 1920년대(재즈의 시대!), 대공황 직전의 미국의 풍경만은 아니다. 멸망 직전의 소돔과 고모라처럼 우리는 무작정 소비하고 향유하며 무작정 어리석은 꿈에 젖는다. 이 질펀한 향연이 끝나는 곳은 웨스트에그(신흥 부촌-개츠비의 저택)와 이스트에그(토착 부촌-뷰캐넌 부부의 저택) 사이, 즉 '재의 계곡'이 아닐까.

스콧 피츠제럴드, 김욱동 옮김, 『위대한 개츠비』, 민음사, 2010.

살다, 읽다, 쓰다

『노인과 바다』
— 인간, 파멸할 수는 있어도 패배할 수는 없는 존재!

1952년, 어니스트 헤밍웨이(1899~1961)

열아홉 살에 전쟁을 경험했고 스물두 살에 결혼했으며 스물네 살에 아버지가 되었고 바로 그 나이에 직업 작가가 된 헤밍웨이. 『태양은 다시 떠오른다』로 스물일곱의 나이에 일약 스타덤에 오른 그는 『무기여 잘 있어라』, 『누구를 위하여 종은 울리나』를 내놓으면서 문학적인 명성과 대중적인 인기를 한 손에 거머쥐었다. 작가의 개인적 체험이 고스란히 녹아 있는 이 전쟁 로맨스들은 수차례에 걸쳐 영화로 만들어졌다. 사실 헤밍웨이 자신이 그의 분신들을 연기했던 웬만한 할리우드 배우 못지않은 미남이었다. 그 때문인지 그 스스로 기꺼이 카메라 앞에서 포즈를 취했고 그것에 길들여졌다. 네 번에 걸친 결혼과 '화려한' 여성 편력, 역동적이고 남성적인 취미들(권투, 낚시, 사냥, 투우 관람 등), 잦은 전쟁 체험(그는 주로 종군 기자였다.), 모험을 향한 추구와 '역마살'……. 그가 움직일 때마다 전설과 신화가 만들어졌고 그 출처는 많은 경우 그 자신이었다. 오죽하면 헤밍웨이가 자신의 사망 소식을 전하는 신문을 들고 있는 사진까지 존재할까. 이런 인기 작가가 1952년 10여 년간의 침체기를 지나 쉰 살을 넘긴 '노인'이 돼서 돌아왔다. 헤밍웨이 특유의 압축적이고 간결한 문체가 돋보이는 소설 『노인과 바다』를 들고서 말이다.

멕시코 만류에서 낚시를 하는 늙은 어부 산티아고는 벌써 84일째 물고기를 한 마리도 낚지 못했다. 그를 잘 따르는 소년(마놀린)도 부모의 강권 때문에 다른 배에 타게 되었다. 노인은 혼자 낚시를 떠난다. 스스로도 운이 다 됐다고 생각하지만 거대한 청새치 한 마리가 걸려든다. 이 녀석을 쟁취하기 위한, 혹은 지키기 위한 노인의 사투가 시작된다. "오늘이 가기 전에 난 너를 죽이고 말 테다." 이렇게 다짐하는 늙은 어부의 감정은 양가적이다. 요기를 할 때는 녀석이 굶주릴 것이라는 생각에 연민을 느끼고, 캄캄한 밤에 잠이 들 때는 녀석 역시 휴식하길 바란다. "고기가 나를 데려가고 있는 건가, 아니면 내가 고기를 데려가고 있는 건가." 이렇게 자문하기도 한다. 정녕 청새치와의 투쟁은 어느샌가 둘이 함께하는 아름다운 항해로 바뀌어 있다. 그때, 진즉부터 주변을 맴돌던 상어 떼의 습격으로 인해 이 유일한 동반자를 잃게 된다. 그럼에도 노인은 절망이 아닌 희망을 얘기하고 밀려드는 죄책감을 다스린다.

죄에 대해서는 생각하지 말기로 하자. 그런 것을 생각하기에는 이미 때가 너무 늦었고, 또 죄에 대해 생각하는 일로 벌어먹고 사는 사람도 있으니까 말이야. 죄에 대해선 그런 사람들에게나 맡

살다, 읽다, 쓰다

기면 돼. 고기가 고기로 태어난 것처럼 넌 어부로 태어났으니까.

천생 어부이고자 하는 그의 노획물은 그러나, 앙상한 등뼈와 뾰족한 주둥이와 시커먼 머리통만 남겼을 뿐이다. 노인은 사람들의 조롱을 뒤로하고 소년이 지켜보는 가운데 잠이 든다. 꿈속에서 그는 바다로 나가기 전, 또 낚시를 하는 동안 계속 그리워하던 사자를 본다. 소년 시절에 가 보았던 황혼녘의 아프리카 해변을 뛰노는, 새끼 고양이 같은 사자들. 이것이야말로 낙원의 풍경일진대, 노인의 삶은 잇따른 실패와 불운에도 불구하고 결코 비극이 아니다. 소설의 바깥, 작가의 삶은 어떠한가.

『노인과 바다』를 발표한 이후 헤밍웨이는 노벨상까지 거머쥐었다. 하지만 정작 그의 삶은 각종 사건사고와 질병 때문에 극도로 피폐해졌다가 1961년 엽총 자살로 마감된다. 과연 "사냥꾼의 마지막 먹이는 자기 자신"(제프리 마이어스, 『헤밍웨이』)이던가. 사실 헤밍웨이는 자신의 삶을 문학의 제단에 갖다 바치는 고행자-순교자 유형이라기보다는 삶과 문학을 소비하고 향유하는 유형에 속했다. 그의 작품 역시 동시대의 다른 걸작에 필적할 만한 깊이와 무게를 갖추지 못했다고 평가된다. 그러나 그에게는 대학과 도서관에서 쌓은 지식과 교양 대신 자연과 역사의 현장에서 얻은 산 체험이 있었다. 어떤 의미에서 그의 문학은 그가 자살로써 완성한 인생과 어우러지면서 진정성을 획득한다. 흐루쇼프 집권 시절, 이른바 '해빙기'의 소련에서는 그를 모방한 텁수룩한 턱수염과 점퍼 차림이 유행했다. 헤밍웨이는 그 이름과 이미지만으로도 자유로운 정신의 상징이었던 것이다. 그로부터 50여 년이 지났음에도 우리는 여전히 그의 이름에, 바다 위에서 물고기와 바다 새를 향해 미친 듯 혼자 주절대는 늙은 어부의 모습에 열광한다. '노인'이 주인공임에도 '소년'이 더 많이 읽는 『노인과 바다』. '소년'이길 멈추고 '청년'이 되기 위해 읽었던 이 소설을 우리는 '중장년'을 지나 기필코 '노인'이 되기 위해 또 한 번 읽게 될 것이다. 한 시절에는 그 역시 소년이었던 산티아고 노인의 말은 그때 더 소중하게 들릴 것이다.

> "하지만 인간은 패배하도록 창조된 게 아니야. (중략) 인간은 파멸당할 수는 있을지 몰라도 패배할 수는 없어."

어니스트 헤밍웨이, 김욱동 옮김, 『노인과 바다』, 민음사, 2012.

살다, 읽다, 쓰다

『세일즈맨의 죽음』
— 너무나 평범하기에 너무나 시적인 삶

1949년, 아서 밀러(1915~2005)

더 이상 뉴욕 본사에서는 자리를 얻을 수 없게 된 63세의 세일즈맨 윌리 로먼은 오늘도 장거리 출장을 나갔다가 아무런 소득 없이 밤늦게 귀가한다. 오랜만에 두 아들, 특히 외지를 떠돌던 큰아들 비프가 집에 와 있는데 부자 사이에 사소한 언쟁이 오간다. 다음 날, 힘겨운 하루를 마감한 그는 최근 들어 곧잘 꿈꾸던 대로 자동차를 과속으로 몰아 반쯤 자살하다시피 사망한다.

이렇듯 『세일즈맨의 죽음』은 불과 24시간에 걸쳐 어느 외판원의 죽음을 포착함으로써 한 인간의 일생, 나아가 한 가정과 한 나라의 역사를 조망한다. 윌리의 인생에서 가장 부각되는 것은 비프와의 해묵은 갈등이다. 이들 부자 관계를 오랫동안 지켜본 린다는 말한다. "네가 집에 올 거라는 편지를 받으면 아버지는 온통 싱글벙글이 되어서는 미래에 대해 이야기하셔. 아주 기분이 좋으시지. 그러다 네가 올 날이 가까워지면 아버지는 점점 더 불안해하시고, 정작 네가 도착하면 화가 난 것처럼 너와 말다툼을 하시지." 윌리에게 있어 비프는 가장 아름다운 꿈이자 가장 잔혹한 현실이다. 세상의 모든 아버지처럼 장남에 대한 기대와 사랑이 너무 컸던 나머지 아들의 도벽과 시험 중 부정행위를 은근히 장려하고 면허증 없이 차를 몰아도 '기백'과 '개성'의 발현이라고 생각했다. 이런 교육 철학은 그의 직업이나 가치관과 무관하지 않다.

윌리는 평생 세일즈맨으로서의 자부심을 갖고 살인적인 경쟁의 늪을 헤쳐 왔다. 이런 그가 보기에 사회생활에서 가장 중요한 것은 '인적 네트워크,' 즉 인맥이다. 지금도 회사 내에서 자신의 입지를 바로잡기 위해 전(前) 회장과의 친분 관계에 기댄다. 그러나 현(現) 사장 하워드에게 그것은 시대착오적인 온정주의의 잔재일 뿐이다. 이 점은 친구인 찰리도 통렬하게 지적하는 바다. "자네가 하워드라는 이름을 지어 줬지만 그런 건 어디 팔아먹지도 못하는 거야. 이 세상에서 중요한 건 팔아먹을 수 있는 것들이야. 명색이 세일즈맨이면서 그런 것을 깨닫지 못하다니, 우스운 일이로군." 찰리에게 돈을 꿀 수밖에 없는 정황 역시 '세일즈'의 원칙과는 맞지 않는다. 더구나 그는 걸핏하면 찰리와 자신을, 또한 찰리의 아들과 자신의 아들을 비교하지 않았던가. 즉, 보다 핵심적인 문제는 온화한 자존감의 부재인데, 가정에서는 권위에 의존하는 것으로 나타난다. 수학 과목 낙제 문제를 해결하기 위해 아버지를 찾아온 아들에게 외도 현장을 들켰을 때 어쩔 수 없이 큰소리를 치는 그를 보라.

딱히 아버지의 외도를 목격한 탓은 아니겠지만, 어떻든 현재 비

살다, 읽다, 쓰다

프는 아버지의 꿈을 철저히 배반한, 잔혹한 '현실'이 되어 있다. 성공한 '거물' 사업가는 고사하고 성실한 세일즈맨조차 되지 못한 것이다. 이런 형을 동생 해피는 '시인'이자 '이상주의자'라고 부르지만, 서른넷이 되도록 방황만 하다가 느닷없이 농장 구입 자금을 마련하겠다며 옛날에 근무했던 회사의 사장을 만나러 가는 비프는 그냥 황당한 바보일 뿐이다.

하지만 올리버 사장을 만난 이후의 그는 현실을 직시한다는 점에서 아버지보다 훨씬 용감하다.

"제발 절 좀 놓아주세요, 예? 더 큰일이 나기 전에 그 거짓된 꿈을 태워 없앨 수 없나요?" 아들의 눈물 섞인 애원에도 불구하고 윌리는 "그 거짓된 꿈"을 태워 없애지 못한다.

그의 자살은 보험금을 타 내 아들의 사업 밑천을 대 주려는 자기희생적인 부성애의 발현이지만, '원한,' 즉 보상 심리와 상승 욕망에 사로잡힌 성실한 범인(凡人)이 흔히 그렇듯, 자신과 자신의 꿈에 대한 집착의 산물이기도 하다. 정녕 그의 몽상과 환멸, 나아가 파멸은 참을 수 없을 만큼 평범하다. 하지만 그렇기에 또한 참을 수 없을 만큼 시적이고 극적이다. 그가 현대 비극의 주인공이라면 바로 이런 의미에서이다. 린다의 말대로 윌리는 딱히 유명하지도, 훌륭한 성품의 소유자도 아니지만 "늙은 개처럼 무덤 속으로 굴러떨어지는 일"은 없어야 할 것이다.

윌리의 흥망성쇠는 미국의 경제, 특히 1930년대 대공황과 맞물려 있다. 해피의 말을 빌리자면 "최고가 되는 것"이 목표이던 시절,

과연 누가 우아할 수 있었겠는가. 이미 그 시절이 지났음에도 우리는 왜 윌리처럼 애면글면, 아등바등하며 곁눈질을 멈추지 못하는가. 존재의 참을 수 없는 촌스러움, 던적스러움이여!

아서 밀러, 강유나 옮김, 『세일즈맨의 죽음』, 민음사, 2009.

살다, 읽다, 쓰다

5

"새는 알에서 나오려고 투쟁한다"

성장, 청춘, 예술

『푸른 꽃』
— "세계는 낭만화되어야 한다": 낭만주의 선언

1802년, 노발리스(1772~1801)

이제 막 스무 살이 된 하인리히 폰 오프터딩엔은 어머니와 함께 아우크스부르크의 외갓집으로 떠난다. 여행 중에 여러 상인들의 이야기를 듣거나 이슬람 여인 출리마, 늙은 노다지꾼(광부), 동굴의 은둔자를 만나는 등 값진 체험을 한다.

드디어 목적지에 도착했을 때, 하인리히의 외할아버지는 자신의 오랜 친구이자 시인인 클링스오르를 소개해 준다. 그에게는 마틸데라는 손녀딸이 있는데, 그녀와 하인리히는 첫눈에 반한다. 이들의 사랑 이야기와 나란히 클링스오르가 들려주는 긴 동화(에로스와 파벨 이야기)가 삽입된다. 이것이 노발리스의 미완성 소설 『푸른 꽃』 I부의 내용이다. 2부는 순례자의 모습을 한 하인리히의 등장으로 시작된다. 무척 추상적이고 관념적인 소설로서 상징과 알레고리, 고양된 시적 언어가 가득하다. 하인리히가 마틸데와 교감하는 장면을 보자.

하인리히는 마틸데와 함께 남았다. 그들은 남의 눈에 띄지 않게 한쪽 구석에 서 있었다. 그는 그녀의 손을 잡고 손에다 살그머니 입을 맞추었다. 그녀는 그가 하는 대로 내버려 두고는 한없이 다정한 눈빛으로 그를 쳐다보았다. 그는 더 이상 참을 수 없어 허리를 굽혀 그녀의 입술에 키스를 했다. 그녀는 깜짝 놀랐지만, 그의 뜨거운 키스에 자연스럽게 응답해 주었다. "사랑하는 마틸데." "사랑하는 하인리히." 이것이 그들이 주고받을 수 있는 말의 전부였다. 그녀는 그와 악수를 나눈 뒤 다른 사람들 틈으로 걸어갔다. 하인리히는 천국에 와 있는 듯한 느낌으로 서 있었다.

처음 본 순간부터 꼭 어디선가 본 것 같고 먼 옛날부터 알았던 것 같은 느낌, 사랑을 통해 유한성을 극복하고 영원성을 확보할 수 있다는 믿음, 육체적인 관능과 종교적 성스러움의 결합 등 이들의 사랑은 '낭만적'이라는 말의 시원을 보여 준다. 둘의 대화는 다소 유치해 보일 수 있지만,『푸른 꽃』의 언어에 몰입하다 보면 묘한 최면 효과가 생긴다. 실제로 노발리스는 "세계는 낭만화되어야 한다."라고 선언함과 동시에 자신의 낭만주의 미학을 삶에 그대로 반영한 듯하다. 부유한 귀족 집안 출신에 병약한 체질, 29년의 짧은 삶, 미지의 세계를 향한 동경, 끊임없는 떠남의 욕구, 무엇보다도 자신의 삶을 낭만화하려는 의지 등. 특히 어린 약혼녀 소피와의 사랑, 그녀의 요절은 노발리스의 정신적, 문학적 여정에 결정적 영향을 미친 듯하다. 요컨대, '푸른 꽃'은 낭만주의 그 자체이다.『푸른 꽃』의 첫 부분에서 하인리히는 낯선 사나이가 들려준 이야기를 떠올리며 일종의 신비 체험과 같은 꿈을 꾼다. 한 젊은이가 미지의 고장을 여행한다. 어두운 숲속, 돌산, 연못, 시냇물을 지나자 그의 노스탤지어를 자극해 온 이 상향이 나타난다.

> 그를 감싸고 있는 햇살은 평소에 보던 햇살보다 밝고 부드러웠다. 새파란 하늘에는 구름 한 점 없었다. 그러나 걷잡을 수 없이 그의 마음을 앗아 간 것은 우물가에 서서 반짝이는 넓은 잎사귀로 그를 툭툭 건드리고 있는 푸른빛의 키 큰 꽃이었다. 푸른 꽃 주위에는 온갖 색깔의 꽃들이 헤아릴 수 없이 많이 피어 있었다. 달콤한 향기가 주위에 진동했다. 그의 눈엔 푸른 꽃밖에 들어오지 않았다. 그는 한참 동안 이루 말할 수 없이 사랑스러운 눈길로 푸른 꽃을 응시했다. 마침내 그가 그 꽃을 향해 다가가려고 하자, 푸른 꽃은 갑자기 움직이더니 모습이 변하기 시작했다.

푸른 꽃과의 거리는 절대 좁혀지지 않지만 그로 인해 절망이나 환멸이 찾아오는 것이 아니라 신비감이 더 커진다. 푸른 꽃의 모습에 탐닉하던 그는 어머니의 목소리에 잠에서 깬다. 그러나 이 경우엔 현실조차도 이상과 반목하는, 어떤 적대적인 힘이 아니다. 1부와 2부의 제목이 각각 암시하듯, 시인의 탄생이든 사랑의 완성이든 이상의 도래든 '기대'는 결코 배반당하지 않고 반드시 '실현'된다. 하인리히가 동굴에서 만난 은둔자가 갖고 있던 책, 즉 "어느 시인의 놀라운 운명을 다룬 소설"은 아마 『푸른 꽃』을 지칭하는 것이리라. 천재 시인의 탄생이 '기대'에 그치지 않고 제대로 '실현'되었다면, 과연 노발리스가 혹평한 괴테의 『빌헬름 마이스터의 수업시대』에 맞먹는 교양 소설이 탄생했을까? 아무튼 미완성의 유작이라는 사실마저도 영원히 손에 잡히지 않은 채 우리를 유혹하는 저 '푸른 꽃'의 형상에 부합하는 듯하다.

노발리스, 김재혁 옮김, 『푸른 꽃』, 민음사, 2003.

살다, 읽다, 쓰다

『토니오 크뢰거』
─ 엄정한 시민 사회와 관능적인 예술 세계

1903년, 토마스 만(1875~1955)

토마스 만의 『토니오 크뢰거』는 예술의 본질과 예술가의 소명을 심도 있게 성찰한 예술가 소설이자 성장 소설이다. 낭만주의 이래 공식처럼 굳어진, 고독과 소외의 천형을 감내해야 하는 천재 예술가 대(對) 우매하되 행복한 대중이라는 유구한 이분법이 여기서 다소 변형된다. 즉, 관능적이고 이단적인 예술 세계의 맞은편에는 엄정하고 경건한 시민 사회가 존재한다. 물론 이는 부유한 상인의 아들로 태어나 독일 시민 사회의 일원으로 성장한 작가의 전기와 무관하지 않다. 문제는 이런 이원성 자체가 아니라 그것이 그의 문학의 원동력으로 작용하는 양상이다. 토니오 크뢰거는 괴로움을 느끼며 자문한다. "대체 나는 왜 이렇게 이상하게 생겨 먹어서 모든 사람과 충돌하는 것일까? 왜 선생님들과는 사이가 좋지 않고, 다른 소년들 사이에 있으면 왜 서먹서먹하게만 느껴지는 것일까?" 바로 시를 쓰지 않으면 안 되는 '저주받은' 숙명 탓이다. 이 '다름' 때문에 그는 한스 한젠

에게 "가슴을 짓누르는 듯이 불타오르는 질투심이 섞인 동경"을 느
낀다.

열여섯 살이 됐을 때는 비슷한 이유로 "금발의 잉에", "명랑한 잉
에 흘름"을 사랑한다. 그럼에도 그는 '금발과 푸른 눈'의 세계, 저 건
강한 시민 사회에 마냥 편입되기를 원하지는 않는다. 오히려 그 속에
살짝 발을 담그되 궁극적으로는 그 언저리를 맴돌며 자기만의 세계
인 예술 세계를 구축하고자 한다. 실제로 서른을 넘긴 토니오는 꿈
을 이룬다. 작가가 된 그는 생활인으로서 자신의 모습은 전혀 개의
치 않고 단지 창조자로 간주되기를 원했다. 그러나 강조하건대 생활
인, 즉 "그릇된 길에 접어든 시민" 혹은 "길 잃은 시민" 토니오가 없
다면 '예술인' 토니오도 존재하지 않았을 것이다. 러시아 화가인 리
자베타 이바노브나에게 하는 말을 들어 보자.

> "인간적인 것을 연기해 내고 그것과 더불어 놀기 위해서는, 그
> 리고 인간적인 것을 효과적으로 멋있게 표현할 수 있으려면, 또는
> 그렇게 하려는 시도라도 하고 싶으면, 우리 예술가들 자신은 그 무
> 엇인가 인간 외적인 것, 비인간적인 것이 되지 않으면 안 되며, 우
> 리들 자신은 인간적인 것과 이상하게도 동떨어지고 무관한 관계
> 에 빠지지 않으면 안 된다는 것이지요."

토니오의 말에 암시되었듯, '예술적인 것(인간 외적인 것, 비인간적
인 것)'과 '인간적인 것'은 대립 관계를 넘어 상보 관계를 이룬다. 13년

212

만에 고향 도시를 밟았다가 덴마크로 간 토니오가 한스와 잉에를 먼발치에서 다시 보았을 때 느끼는 소회 역시 시민 사회를 향한 척력과 인력의 미묘한 상호 작용을 보여 준다. "잉에보르크 홀름, 너를 아내로 삼고, 한스 한젠, 너와 같은 아들을 두고 싶구나! 인식해야 하고 창작하는 고통을 감내해야 하는 저주로부터 벗어나 평범한 행복 속에서 살고 사랑하고 찬미하고 싶구나!" '토니오 크뢰거'라는 이름에 고스란히 반영된바, 시민적인, 즉 평범하고 건강한 삶을 향한 질투와 '다름(이상함)'에 대한 집착, 이 모순되는 두 기질이 팽팽한 긴장을 유지함으로써 진정으로 숭고한 예술이 완성된다.

> "아시다시피 나의 선친은 북쪽 기질이셨지요. 청교도 정신에서 유래하는 명상적이고 철저하며 정확한 성품이셨고 우수에 잠기곤 하셨지요. 불확실한 이국적 혈통을 물려받으신 제 어머니는 아름답고 관능적이고 소박한 동시에 태만하고 정열적이었으며 충동적 방종성을 지닌 분이셨습니다. (중략) 이 혼혈에서 생겨난 것이 바로 예술의 세계 속으로 길을 잃은 시민, 훌륭한 가정 교육에 대한 향수를 지닌 보헤미안, 양심의 가책을 느끼는 예술가입니다.
> (중략) 나는 두 세계 사이에 서 있습니다. 그래서 어느 세계에도 안주할 수 없습니다. 그 결과 약간 견디기가 어렵지요. 당신들 예술가들은 저를 시민이라 부르고, 또 시민들은 나를 체포하고 싶은 충동을 느끼게 됩니다. 이 둘 중 어느 쪽이 더 나의 마음에 쓰라린 모욕감을 주는지 모르겠습니다."

문학에만 한정하면 토니오, 나아가 작가 토마스 만의 이상은 러시아 문학과 같은 '신성한 문학'을 창조하는 것이었다. "이해하고 용서하고 사랑하기 위한 도정으로서의 문학, 구원을 줄 수 있는 언어의 힘, 인간 정신 전체를 두고 볼 때 가장 고귀한 현상인 문학적 정신"에 종사하는 자, 즉 문학가는 "완전한 인간이며 성자(聖者)와도 같"은 존재이기도 하다. 그러니 고독 때문에 괴로워 우는 왕(『돈 카를로스』)이든 '시민적 양심의 가책'을 느끼는 보헤미안이든 예술가는 '인식의 구토'를 참으면서도 그 숙명을 기꺼이 받아들일 수밖에 없다.

토마스 만, 안삼환 옮김, 『토니오 크뢰거』, 민음사, 1998.

살다, 읽다, 쓰다

『마의 산』

― 교양 소설과 관념 소설의 최고봉

1924년, 토마스 만

『마의 산』은 20세기 최고의 독일 작가로 평가되는 토마스 만의 대표작이다. 소설의 I장에서 '한 평범한 젊은이'로 소개되는 한스 카스토르프는 공과 대학을 졸업하고 조선사에 수습 조선 기사로 취직한 23세의 청년이다. 그는 사촌 요아힘 침센의 병문안도 할 겸, 그 자신도 요양을 할 겸 해서 함부르크를 떠나 스위스의 다보스, 즉 유럽 각국의 부유한 환자를 위한 '베르크호프' 요양 병원을 방문한다. 기차를 몇 번 갈아탄 다음 마차까지 타야 하는 곳, 주변의 산이 거의 다 만년설로 뒤덮인 해발 I600미터의 고산 지대는 그 설정만으로도 신비감을 자아낸다. 8월 초인데도 오후 내내 눈이 내리고 스팀을 가동하는가 하면 겨울에도 햇볕이 너무 뜨거워 땀을 뻘뻘 흘리는 날도 있다. 이곳 사람들은 모두 하루에도 몇 번씩 체온을 재고 정기적으로 뢴트겐 검사를 하고 다양한 치료를 받으며 소위 '수평 생활'을 한다. 한스는 여기서 만난 러시아 여성(쇼샤 부인)에게 첫눈에 반한다. 3주 예정이었던 그의 체류가 길어지는 것도 많은 부분 그녀 탓이다. 덧붙여, 5개월째 입원 중인 사촌을 보러 왔던 그가 폐결핵 진단을 받는 것은 『마의 산』 전체를 관통하는 아이러니이기도 하다. 우람한 체격에 삶을 향한 의지로 충만한(군 복무를 꿈꾸며 요양지에서 러시아어도 공부한다.) '소위-대위' 요아힘이 의사의 충고를 무시하고 베르크호프를 떠났다가 병이 재발하여 '귀향', 결국 요절하는 반면, 무려 7년의 세월을 하릴없이 '마의 산'에서 보낸 한스가 군인으로 거듭나는 것 역시 아이러니이다.

이런 흥미로운 반전에도 불구하고 『마의 산』의 주된 내용은 '마(魔)'의 느낌을 주는 예외적인 스토리가 아니다. 소설이 진행될수록 독자는 이곳 고산 지대('위')나 평지('아래')나 사람 사는 모습은 똑같다는 사실을 깨닫게 된다. 수시로 사람이 죽어 가지만 그 사건은 '무대 뒤'에서 일어나고 전면에 보이는 것은 치료와 휴식, 훌륭한 식단으로 구성된 식사, 산책과 공연과 강연, 심지어 축제(사육제) 등 일상생활이다. 한스의 눈에는 야만스럽게 보일 만큼 왕성한 성생활을 즐기는 러시아인 부부, 와병 중에도 풋풋한 첫 연애에 빠져드는 청춘들, 권위적인 의료진과 체온계를 강매하는 간호사, 호기심 많은 사람들이 만들어 내는 천태만상의 풍경 역시 보편적이다. 요컨대 '마의 산'이 예외적인 시공간인 것은 '평지'의 모습과 달라서가 아니라 그에 대한 사색과 성찰이 이루어지기 때문이다.

가령, 한스의 개인적인 체험(조실부모, 할아버지의 죽음, 이어 사촌의 요절 등)과 '마의 산'의 독특한 시간 탓에 소설에는 시간과 존재에 관한 사변이 많다. 숫제 작가-화자의 차원에서 '시대 소설'임과 동시에 '시간 소설'로 정의되기도 한다. 그 밖에 정치, 종교, 문학, 음악 등 많은 주제가 여러 인물의 사유와 논쟁, 나아가 운명에 반영된다. 우선 합리적인 낙천주의자이자 '인문주의자'를 자처하는 이탈리아인 세템브리니는 건강한 삶을 찬미함에도 평생을 요양 병원에서 보낸다. 스페인 식의 엄격한 원리주의(예수회)를 대변하는 단신의 유대인 나프타는 그와 대척점에 서 있는데, 결국 세템브리니와의 결투에서 자살한다. 인도네시아에서 커피 사업을 했던 '커피 왕' 네덜란드인 페퍼코른은 디오니소스적 마력을 지닌 인물로서 코브라의 이빨을 모방한 정교한 주사기를 이용하여 자살한다. 이들은 모두 한스 카스토르프의 지적 성숙을 돕는 스승이지만 보다 핵심적인 것은 사랑이다.

클라브디아 쇼샤를 향한 한스의 사랑은 우리의 편견과 달리 대단히 관능적이다. 키르기스인의 눈을 가진 애연가에 여러모로 남성적인 매력을 가진 그녀는 학창 시절 한스가 동경하고 사랑했던 친구(히페)를 연상시킨다. 한스는 오랫동안 그녀를 흠모하다가 사육제날(히페의 경우와 마찬가지로!) 연필을 매개로 그녀와 대화를 시작하여, 급기야 사랑을 나누기에 이른다. 하지만 바로 다음 날 그녀는 남편이 있는 다게스탄으로 떠난다. 몇 년 뒤 다시 돌아온 그녀 옆에는 연로하고 병든 애인(페퍼코른)이 있다. 이로써 서로를 존중하는 부자(父子) 같은 두 남자가 한 여자를 공유하는 듯한 야릇한 삼각관계가 연출된다. 두 남자에 의해 공히 '자유와 천재성'의 화신으로 숭배되는 쇼샤 부인에게 한스는 자신의 '냉정한 열정'을 강조한다. 여기서 그의 내면에 깃든 두 정체성, 즉 건전한 시민(조선 엔지니어)과 이단적인 예술가(철학자)의 공존, 심지어 충돌이 드러난다. 작가가 소설의 처음부터 거듭하여 강조해 온 그의 '평범함'이 실은 '비범함'인 것도 그 때문이다. 소설의 마지막('청천벽력'), I차 대전에서 전투에 몰입한 한스를 향해 작가는 이렇게 말한다.

> 잘 가게나, 한스 카스토르프, 인생의 진실한 걱정거리 녀석이여! 너의 이야기가 다 끝났어. 우리는 너의 이야기를 끝마친 셈이야. 짧지도 길지도 않은 연금술적인 이야기였어. 우리는 이야기 자체를 위해 너의 이야기를 한 것이지, 너를 위해 그 이야기를 한 것은 아니었어. 너는 평범한 청년이었기 때문이야. 그러나 결국 이건 너의 이야기였어. 이런 이야기가 너에게 일어난 걸 보면 보기와는 달리 네가 보통내기가 아닌 게 분명해.

작가는 "『마의 산』은 내가 쓴 것 중에서 가장 관능적인 작품"이지만 "냉철한 문체로 쓰인 작품"이라고 했다. '관능'과 '냉철,' 즉 엄정한 시민 사회와 관능적인 예술 세계의 충돌은 이 소설뿐만 아니라 토마스 만의 초기작인 『토니오 크뢰거』 이래 그의 문학 세계를 관통하는 핵심어이다. 그것을 체화한 주인공은 응당 작가의 분신이다.

토마스 만은 사업가 집안의 후예로 첫 장편(『부덴브로크가의 사람들』)에서 묘사된 것처럼 집안이 몰락한 후에도 어지간히 생계를 꾸려 갈 수 있을 만큼 부유했다. 개인은 전체(국가-사회)의 올바른 일원(부르주아-시민)이 되어야 한다는 자의식도 강했고 어쩌면 그랬기에 문학에 대한 선민의식과 야망도 무척 컸던 것으로 보인다. 자연스레 그의 소설에는 아리아인 특유의 도저한 선민사상이 만연한데, 『마의 산』의 결말에서는 은근히 군국주의가 찬미되는 듯도 싶다. 이러한 참여적인 요소까지 포함하여 이 소설은 '교양(성장)'과 '관념'을 중시해 온 독일 문학(괴테)의 전통을 충실히 계승한 교양 소설(성장 소설)이자 관념 소설(철학 소설)의 전범으로 자리 잡았다. 나프타의 원형을 제공한 유대인(헝가리) 사상가 루카치는 그의 소설을 현대 소설의 전범으로 추켜세웠다. 그의 '생산적인 비판적 리얼리즘'이 카프카의 "미학적인 호소력은 있으나 퇴폐적인 모더니즘"에 맞선다(루카치, 「프란츠 카프카냐, 토마스 만이냐?」)는 것이다. 그러나 1957년 당대 최고 평론가의 진단은 반세기가 좀 더 지난 뒤 사뭇 다른 결과로 나타난 듯하다. 어떻든 전범의 문학과 전위의 문학의 공존이 세계 문학을 풍요롭게 하는 것은 분명하다. 엄숙하고 경건한 문학의 세계를 체험하고 싶은 독자에게 『마의 산』을 권한다.

토마스 만, 홍성광 옮김, 『마의 산』, 을유문화사, 2008.

『데미안』
― 최후의 낭만주의자가 쓴 성장 소설의 경전

1919년, 헤르만 헤세(1877~1962)

헤르만 헤세의 소설들, 특히 『데미안』은 많은 독자들의 기억 속에 청춘의 책으로 아로새겨져 있다. 이토록 '젊은' 소설을 쓸 당시 작가가 이미 불혹을 넘긴 나이였다는 사실이 오히려 새삼스럽다. 실제로 이 얄따란 소설의 기저에는 독일 문학의 교양 소설(성장 소설)과 관념 소설의 전통, 아직 환멸과 분열을 모르는 몽상적이고 이상적인 낭만주의, 그리고 관록이 쌓인 작가의 문학적 성찰이 깔려 있다.

주인공이자 화자인 싱클레어는 일종의 서문에서 "한 사람 한 사람의 삶은 자기 자신에게로 이르는 길"이라고 말한다. 과연 시적인 소제목이 붙은 여덟 개의 장(章)은 '나'의 자아 찾기와 자아 완성의 과정을 다루는데, 그 출발점은 두 세계, 정확히 그것에 대한 인식이다. 사랑과 행복이 가득한 가족, 모범과 규율에 지배되는 학교로 대변되는 밝은 세계와 나란히, 혹은 바로 그 세계 안에 어두운 세계가 공존하고 있다. "난 가난한 놈이야. 너처럼 부자 아버지가 없단 말이

살다, 읽다, 쓰다

야." 계급의식에 사로잡혀 싱클레어를 괴롭히는 프란츠 크로머는 후자의 상징이다. 한편, 두 세계 사이에서 방황하는 싱클레어 앞에 나타난 유복한 미망인의 아들 막스 데미안은 지덕체의 구현이다.

> "내 생각은, 카인은 늠름한 젊은이였는데 그저 사람들이 그를 무서워했기 때문에 그에게 이 이야기를 매달아 놓은 거라는 거지. 이야기는 그냥 하나의 소문이었어. (중략) 그러나 카인과 그 자손들이 정말로 일종의 '표적'을 지녔고 대부분의 사람과 달랐다는 것은 완전히 사실이야."

또래들보다 지적으로도, 육체적으로도 우월한 그의 '가르침'을 통해 싱클레어는 새로운 세계관을 갖게 된다. 지금껏 밝고 깨끗한 세계에서 살아온 '일종의 아벨'이었던 그가 '카인의 표적(표식),' 말하자면 '카인의 후예' 쪽으로 한 발짝 다가서는 것이다. 예수와 함께 처형당한 두 도둑 중 무덤을 코앞에 두고서 회개한 '징징거리는 개종자'가 아니라 회개하지 않은 도둑이야말로 진짜 사나이라는 데미안의 얘기에도 감화된다. 말뿐이 아니다. "그의 주위를 둘러싼 이 고요한 공허, 이 정기(精氣)와 별들의 공간, 이 고독한 죽음!" 싱클레어가 포착한 데미안은 두 세계의 모순을 초월한 아파테이아의 화신이자 동양적 해탈의 경지에 오른 싯다르타이다.

몇몇 친구와의 만남, '베아트리체'를 향한 관념적인 사랑, 오르간 연주자(피스토리우스)와의 영적인 교류 등 싱클레어의 성장과 구도(求

道)는 계속된다. 그가 그린 거대한 노란색 매의 그림, 그에 대한 데미안의 답장은 여전히 청춘의 금과옥조이다.

새는 알에서 나오려고 투쟁한다. 알은 세계이다. 태어나려는 자는 하나의 세계를 깨뜨려야 한다. 새는 신에게로 날아간다. 신의 이름은 압락사스.

압락사스(Abraxas: 아프락사스, 아브락사스)는 기독교의 한 분파이자 원류인 영지주의의 신으로 알려져 있다. 합리주의와 경험주의의 전통이 강한 서구 지성사에 이토록 신비적이고 비의적인 전통이 공존한다는 사실이 당연하면서도 의미심장하다. 이교적인 냄새를 물씬 풍기는 이 독특한 신은 빛과 어둠, 신과 악마, 선과 악은 물론 남과 여, 인간과 동물 등 서로 모순되는 두 세계를 자웅동체처럼 한 몸으로 구현해 낸다. 다시 싱클레어 앞에 나타난 데미안, 그리고 장신에 거의 남자 같은 여자의 모습을 한 그의 어머니(에바 부인)는 압락사스의 현현이기도 하다. 그들이 다양한 구도자들과 함께하는 모임은 밀교적인 카발라를 연상시킨다.

이런 상황에서 1차 세계 대전이 발발하고 데미안과 싱클레어 모두 참전한다. "모든 사람들이 형제가 된 것 같았다. 그들은 조국과 명예를 말했다. 그러나 그것은 운명이었다." 이 전쟁에서 싱클레어가 비로소 진정한 자아를 찾는다는 식의 결말이 불편한 건 어쩔 수 없다. 그럼에도 이 소설은 한 세기 가까이 성장 소설과 구도 소설의 경전으로 숭상되어 왔다.

　토마스 만은 『데미안』을 독일 민족과 독일 문학의 운명 속에서 이해하면서 괴테의 『젊은 베르테르의 슬픔』의 연장선상에 놓았는데, 그 와중에 이 동년배 작가의 초상화도 그려 주었다. "나는 (중략) 그의 명랑하고 사려 깊은, 선량하면서도 악동 같은 특성을, 유감스럽게도 병든 눈의 깊고도 아름다운 눈길을 사랑한다."(토마스 만, 『데미안』 영문판 서문) 이런 이미지는 1964년 이 소설을 국내에 처음 번역, 소개한 전혜린의 글에서도 엿보인다. 헤세가 직접 그린 수채화를 두고서 그녀는 흰 구름은 "헤세의 생활이나 사랑의 방랑의 상징"이고 나무는 "구도자 헤세"를 보여 주는 것 같다고 썼다.(전혜린, 『그리고 아무 말도 하지 않았다』) 니체의 아포리즘(싱클레어는 니체를 탐독한다.)과 은은한 수채화 위에 쓰인 서정시의 종합에 동양적 종교 철학까지 가미한 '에밀 싱클레어의 청춘 이야기'는 어쨌거나, '질풍노도'의 한가운데서 제각기 '불안과 떨림'의 병을 앓으며 '데미안-압락사스'를 갈구하던 우리 청춘의 기록이다.

헤르만 헤세, 전영애 옮김, 『데미안』, 민음사, 2000.

『삶의 한가운데』

― 청춘에 바치는 송가: "나는 극단을 원합니다"

1950년, 루이제 린저(1911~2002)

아홉 살도 안 된 소녀가 추운 겨울날 밤에 맨바닥에 무릎을 꿇고 있다. 무엇을 하고 있느냐는, 열두 살이 많은 언니의 질문에 소녀가 내놓은 대답이 참 잔망스럽다. "나는 이걸 할 수 있어야만 해. (중략) 언제든 따뜻한 침대에서 나와 차가운 바닥에 무릎을 꿇는 것, 가시나무를 손으로 잡는 것, 사나운 개한테 가는 것, 매질을 견디고 소금을 먹는 일 등 뭐든지 할 수 있어야 해." 소녀의 성장의 순간들이 스냅 사진처럼 스쳐 간다.

20대 초반의 니나는 학업을 중단한 채 외진 도시에 틀어박혀 병든 고모할머니와 그녀의 가게를 돌본다. 그녀가 죽으면 가게를 물려받게 돼 있지만, 누군가가 죽어 가는 모습을 관찰하며 기록하는 일 자체가 흥미를 자극한다. 오직 글을 쓰겠다는 욕망뿐이다. 20대 중후반, 니나는 한 남자와 약혼한 상태에서 다른 남자의 아이를 갖게 된다. 약혼자는 이 사실을 알고서도 결혼을 강행하고, 첫 아이를 출산한 거의 직후에 반강제적으로 니나를 임신시킨다. 그녀는 둘째를 임신한 상태에서 자살을 시도한다. "가스는 끔찍해. 다시는 가스를 선택하지 않을 거야." 결혼 생활은 종지부를 찍지만 삶은 계속된다. 30대의 니나는 작가이자 두 아이의 엄마로 살면서 반(反)나치 운동을 벌이다가 체포되기도 한다. 어느덧 마흔을 목전에 둔 니나, 그녀의 삶은 여전히 현재 진행형이다.

『삶의 한가운데』는 '나,' 즉 마르그레트가 오랜만에 만난 여동생 니나의 얘기를 들려주는 형식으로 진행되지만, 대부분이 슈타인 박사의 일기로 이루어져 있다. 그는 니나를 처음 만난 1930년부터 1947년까지 정확히 18년 동안 때론 가까이에서, 때론 멀리서 꾸준히 그녀를 지켜봐 왔다. 스무 살 연하의 여자를 사랑하되 영원히 소유하지 못한 중년 남자의 고백은 마치 어디선가 읽은 것 같은 낭만적인 연애시의 한 구절을 닮았다. 언니의 시선도 니나에 대한 질투 섞인 동경과 애정을 머금고 있다. 이들이 함께 그려 보이는 니나는 물론 신비스럽고 영웅적인 존재이다. 바로 이것, 즉 니나라는 신화를 만들기 위해 이 소설은 쓰였다.

소설은 냉담과 무심을 가장한 아포리즘으로 넘쳐 나고 그 저변에는 치기 어린 나르시시즘이 깔려 있다. 니나, 마르그레트, 슈타인 박사, 심지어 한나 B에 이르기까지 인물들의 목소리와 문체도 좀처럼 구분되지 않는다.

이 소설을 쓸 무렵 작가가 거의 불혹의 나이였다는 사실이 믿기지 않을 만큼 청춘의 열기가 넘쳐 난다. 니나는 곧 린저이며, 슈타인 역시 린저이다. '슈타인-린저'가 사랑한 '니나-린저'는 단순히 한 여자가 아니라 영원히 잃어버린, 그렇기에 더 소중한 청춘의 상징이자 '극단'과 '삶의 한가운데'의 상징이다. 이른바 니나 신드롬 없이 우리가 유년의 뜰을 오롯이 떠날 수 있었을까.

이 소설을 우리말로 처음 번역, 소개한 사람은 독문학자 전혜린이었고 당시 제목은 '생(生)의 한가운데'였다. 그녀가 니나를 묘사할 때 주로 사용하는 단어는 정신, 자유, 두뇌, 지성, 극단, 긍정 등이다. "남성적인 강함과 결단성을 지닌 여자", "따라서 모험을— 그게 어떤 성질의 것이든 간에 자기가 선택하기만 하면 조금도 두려워하지 않는" 여자, 무엇보다도 "지적 여자."(전혜린, 『그리고 아무 말도 하지 않았다』)

'지적 인간'에 여성은 좀처럼 포함되지 않던 시절이니 니나가 얼마나 도발적인 매력을 뿜어냈을지 충분히 짐작된다. 니나의 형상에 전혜린이 겹쳐진다. 실상 그녀가 쓴 책은 일기를 포함하여 수필집 두 권이 전부지만 어떻든 그녀는 '요절한 천재,' 적어도 비운의 여성 지식인의 상징으로 남았다. '어느 마녀의 저주'처럼 그녀를 따라다닌 '절대로 평범해져서는 안 된다'라는 생각, 심지어 강박관념과, 우리의 실제 삶-생활의 본질적인 속성인 '평범' 사이의 간극, 그리고 충돌! "어렸을 때 내 소원은 '결코 평범하지 않을 것'이었다./ 지금도 어느 정도 역시 그것은 변함없는 것 같다. 무명으로 남을 용기가 나에게는 없다."(전혜린, 『이 모든 괴로움을 또다시』) 그녀가 이미 한 아이의 엄마가 된 이후, 서른 직전에 쓴 문장인데, 열아홉 살의 니나가 던지

살다, 읽다, 쓰다

는 말과 유사한 울림을 자아낸다.

　　"나는 극단을 원합니다. 극단에 대한 특별한 결심이 서 있음
을 봅니다."

루이제 린저, 박찬일 옮김, 『삶의 한가운데』, 민음사, 1999.

『달과 6펜스』
― 예술과 도덕의 이율배반성

1919년, 서머싯 몸(1874~1965)

　예술의 세계와 생활의 세계는 결코 양립할 수 없는 것일까. 그리고 예술가는 도덕과 관습으로부터 얼마만큼 자유로울 수 있는 것일까. 한 화가의 그림 인생을 극적으로 포착한 『달과 6펜스』가 던지는 물음이다. 찰스 스트릭랜드는 처자식이 딸린 마흔 살의 가장이자 전형적인 주식 중개인이며 화자의 표현으론 "그저 선량하고 따분하고 정직하고 평범한 사람"이다. 그런 그가 어느 날 갑자기 집을 나간다. 모두의 추측과 달리 정부가 생겨서가 아니라 그림을 그리기 위해서다. 속된 일상의 대변자였던 만큼 그의 일탈 내지 의도된 추락은 가히 충격적이다. 화자 앞에서 내뱉는 말도 문명화 이전 원시와 야만의 화법에 가까울 만큼 통명스럽고 우직스럽다. 물에 빠진 사람이 헤엄을 잘 치든 말든 살기 위해 수영을 해야 하듯 자기는 그림을 그려야 한다는 것이다.

　생사의 기로에 선 사람에게 안락이나 상식, 책임감, 양심 따위를 운운하는 것은 아무런 의미가 없다. 이 맥락에서는 칸트의 정언명법을 들먹이는 화자가 오히려 더 우습다. 스트릭랜드는 도덕률의 핵심인 보편적인 법칙이 아니라 이기적이고 주관적인 내면의 욕망에 따라 행동한다. 관습과 통념을 깡그리 무시할뿐더러 거의 위악적이다 싶을 만큼 타인의 배려와 희생에 냉소적인 태도를 취한다. 은인이나 다름없는 친구 더크 스트로브를 배신하고 그의 아내 블란치를 죽음으로 몰아갔음에도 전혀 죄책감을 느끼지 않는다. 심지어 그런 것을 느끼지 말아야 한다는 강박관념마저 엿보인다. 화자는 그의 무도덕에 치를 떨면서도 그의 예술혼에는 탄성을 내지른다. 사실 화자의 말마따나 대개의 사람들이 틀에 박힌 생활의 궤도로 편안하게 정착하는 마흔일곱 살의 나이에 새로운 세계를 향해 떠날 수 있는 사람이 몇이나 되겠는가.

타히티섬에 정착한 이후, 특히 그곳 여인 아타와 같이 살기 시작한 이후 스트릭랜드는 노스탤지어를 실현한 것처럼 자족적인 삶을 산다. 갑판 위에서 섬을 처음 봤을 때 느낀 기시감이 순간의 황홀경만은 아니었던 것이다. "그 순간 내가 평생 찾아다녔던 곳이 바로 이곳이로구나 하는 생각이 들었소. 섬이 가까워질수록 어쩐지 처음 오는 곳이 아닌 것 같았소." 문명과 세속의 삶을 버리고 원시적인 자연과 하나가 됨으로써 그의 예술 역시 본연의 모습을 찾는다. 그러나 그 예술이 극점에 이르기 위해서는 더 본질적인 속죄양이 필요하다. 예술가의 육체가 썩어 문드러져 갈수록(하필 나병이라니!) 예술은 더 아름다워진다.

스트릭랜드가 시력마저 잃어 가며 그린 벽화를 봤을 때 닥터 쿠트라는 창세(創世)의 순간을 목격할 때 느낄 법한 기쁨과 외경을 느꼈다고 말한다. "무섭고도 관능적이고 열정적인 것," "아름답고도 음란"한 것, 인간 세계의 것이 아닌 것. 하지만 아타는 이 벽화를 남편의 유언에 따라 오두막과 함께 불살라 버린다. 정녕 극치의 예술은 제 몸을 불사름으로써만 완성되는 것일까. 지나치게 탐미적이다.

소설의 도입부에서 화자는 "인간은 신화를 만들어 내는 능력을 타고"나고 그것은 "범상한 삶에 대한 낭만적 정신의 저항"이라고 말한다. 실존했던 프랑스 화가 폴 고갱이 소설 속 인물인 영국 화가 찰스 스트릭랜드로 변용되는 과정이야말로 이런 신화화의 예이다. 이른바 모든 것이 다 허용되는 천재 예술가의 탄생 과정에서 주변 인물들은 대부분 미학적인 희생양이 된다. 그의 아내 에이미는 속물, 블란치는 히스테릭한 여자로 전락하고 더크 스트로브는 인간이자 남자, 그리고 화가로서도 최악의 상황에 직면한다.

스트로브의 여러 장점, 특히 착하고 너그러운 성격과 균형 잡힌 생활 감각이 예술적 천재성의 반대 극을 형성한다는 점에 주목할 필요가 있다. 아무래도 예술은 도덕 및 생활의 법칙과 공존할 수 없다는 식이다. 화자는 이 경우 동기의 중요성을 역설한다. "작가는 논리를 갖춘 철저한 악한을 창조해 놓고 그 악한에게 매혹당한다." 하지만 순수 폭력처럼 포장된 악행과 기행이 항상 훌륭한 예술과 인과 관계를 형성하는지는 재고해 볼 문제이다.

서머싯 몸, 송무 옮김, 『달과 6펜스』, 민음사, 2000.

살다, 읽다, 쓰다

『젊은 예술가의 초상』
── 예술가의 탄생

1916년, 제임스 조이스(1882~1941)

> "옛날에, 아주 살기 좋던 시절, 음매 하고 우는 암소 한 마리
> 가 길을 걸어오고 있었단다. 길을 걸어오던 이 음매 암소는 턱쿠
> 아기라는 이름을 가진 예쁜 사내아이를 만났단다……."

이런 문장으로 시작하는 제임스 조이스의 『젊은 예술가의 초상』
은 한 소년이 예술가로서의 소임을 깨닫는 과정을 그린 성장 소설이
자 교양 소설이다. 잘못을 저지르고도 용서를 빌지 않으면 독수리들
이 와서 눈알을 빼 버릴 거라는 단티(아줌마)의 말이 오랫동안 아이
의 머릿속에서 메아리친다.

학창 시절 스티븐이 겪는 일도 비교적 전형적이다. 가령 아놀 신
부의 라틴어 시간, 학감인 돌란 신부가 나타나 '게으른 학생' 플래밍
을 체벌한 다음 스티븐을 주목한다. 왜 쓰지 않느냐는 질문에 안경
을 깼기 때문이라고 대답하지만 게으름뱅이에 속임수나 쓰는 아이

로 매도당한다. 자초지종을 설명할 기회도 없이 그의 손바닥에 '수치와 고통과 공포'의 회초리가 갈겨진다. 정말로 안경을 깼고 새 안경을 보내 달라고 집에 편지를 썼고 그것이 도착할 때까지 쓰기를 면제받았는데 회초리질이라니, 얼마나 부당하고도 잔인한가! 스티븐은 교장실을 찾아가 목이 막히고 눈물이 그렁그렁한 가운데 조곤조곤, 또박또박 자신의 억울함을 호소한다. 이 대범하고 영웅적인 행위로 스티븐의 성장의 한 고리가 마무리된다.

전학한 스티븐은 한 친구의 말마따나 "전형적인 모범 청년", "담배도 안 피우고, 바자에도 안 가고, 계집애들과 시시덕거리지도 않고, 제기랄 아무것도 하는 것이 없"는 학생이다. 다른 학우들과는 달리 테니슨보다는 반항과 환멸의 상징인 바이런을 위대한 시인이라고 생각하기도 한다. 영어 선생은 그의 에세이에서 "이단적인 생각"을 엿본다. 열여섯의 반항은 사창가로 이어지고 "사악한 자기 방기(自己放棄)의 부르짖음"과 함께 순수의 시대가 종말을 고한다. 통렬한 죄책감과 진정 어린 참회로 성장의 새로운 고리가 열린다. 이런 그에게 교장은 성직자가 되면 어떻겠냐고 제안한다. 스티븐도 "예수회 소속 신부 스티븐 디덜러스"의 모습을 그려 보지만 더블린만(灣), 바다를 바라보며 자신의 진짜 소임은 종교가 아니라 예술(문학)임을 깨닫는다.

그의 영혼은 소년 시절의 무덤에서 일어나 그 시절의 수의를 떨쳐 버렸다. 그렇다, 그렇다, 그렇다! 그와 같은 이름을 가진 그 옛날의 위대한 명장(明匠)처럼, 그도 이제는 영혼의 자유와 힘을 밑천으로 하나의 살아 있는 것, 아름답고 신비한 불멸의 새 비상체를 오만하게 창조해 보리라.

'턱쿠 아기'가 예술가로 태어나는 순간은 신의 존재와 그 뜻이 구체화되는 종교적 황홀경을, 거룩한 현현(epiphany)을 방불케 한다. 대학생이 된 스티븐이 한 친구 앞에서 하는 말은 젊은 예술가의 테제라고 할 만하다.

> "내가 무엇을 할 것이며 무엇을 하지 않을 것인지를 말해 주마. 내가 믿지 않게 된 것은, 그것이 나의 가정이든 나의 조국이든 나의 교회든, 결코 섬기지 않겠어. 그리고 나는 어떤 삶이나 예술 양식을 빌려 내 자신을 가능한 한 자유로이, 가능한 한 완전하게, 표현하고자 노력할 것이며, 내 자신을 방어하기 위해서는 내가 스스로에게 허용할 수 있는 무기인 침묵, 유배(流配) 및 간계를 이용하도록 하겠어."

소설의 마지막을 장식하는 스티븐의 일기 역시 "그 옛날의 아버지여, 그 옛날의 장인(匠人)이여, 지금 그리고 앞으로 영원히, 나에게 큰 도움이 되어 주소서."라는 기도로 끝난다. 그가 부르는 저 신은 물론, '디덜러스'라는 이름 속에 포함된 다이달로스이다.

『젊은 예술가의 초상』은 3인칭 시점을 취하고 있긴 하지만 고독이나 소외도, 추방이나 망명도 두려워하지 않는 오만한 주인공의 내면에 초점을 맞춘다. 성장은 가파른 계단처럼 비약적으로 이루어지고, 후반부로 갈수록 문체는 현란한 기교를 뽐내며 지적이고 난해한 담론이 지배한다. 여러모로 모더니즘과 '의식의 흐름'의 시작을 알리는 소설답다. 조이스가 그 무렵 비교적 전통적인 세태 소설(『더블린 사람들』)을 같이 쓰고 있었음을 상기한다면, 이 자전 소설의 혁신성이 더 도드라진다.

『젊은 예술가의 초상』(정확히 그 전신인 『스티븐 히어로』)과 유사한 '유일한' 작품으로 조이스는 러시아의 낭만주의 시인 레르몬토프가 쓴 자전 소설(『우리 시대의 영웅』)을 꼽았다. 작품의 길이와 주인공의 성향에는 차이가 있으나 '목적과 제목', '신랄한 논술'은 비슷하다(리처드 엘먼, 『제임스 조이스』)는 것이다. 과연 개별적 시공간을 떠나 '영웅-주인공'을 꿈꾸는 젊은 예술가의 오만한 반항에는 보편적인 유사성이 있다.

조이스는 20대 때 조국 아일랜드를 떠났고 이후 두 번의 방문을 빼면 평생 귀국하지 않고 유럽을 떠돌았다. "더블린의 핵심에 도달할 수 있다면 세계 모든 도시의 핵심에 도달할 수 있"다고 말했지만 조국을 향한 그의 감정은 복잡다단했지 싶다. 유럽의 변방, 척박한 섬나라 출신의 작가가 비단 영국 문학사가 아니라 세계 문학사에 이름을 올리기까지 '부당'하고 '잔인'한 회초리질이 얼마나 많았을까. 어린 스티븐이 지리책의 여백에 써 놓았듯, 아일랜드는 그의 삶과 문학의 중심에 서 있을 수밖에 없으리라.

살다, 읽다, 쓰다

스티븐 디덜러스

기초반

(중략)

아일랜드

유럽

세계

우주.

제임스 조이스, 이상옥 옮김, 『젊은 예술가의 초상』, 민음사, 2001.

『잃어버린 시간을 찾아서 I — 스완네 집 쪽으로』
— 낯선 시간, 낯선 소설 속으로

1913년, 마르셀 프루스트(1871~1922)

    오랜 시간, 나는 일찍 잠자리에 들어 왔다. 때로 촛불이 꺼지 자마자 눈이 너무 빨리 감겨 '잠이 드는구나.'라고 생각할 틈조차 없었다. 그러다 삼십여 분이 지나면 잠을 청해야 할 시간이라는 생각에 잠이 깨곤 했다. 그러면 나는 여전히 손에 들고 있다고 생 각한 책을 내려놓으려 하고 촛불을 끄려고 했다.

    잠들기 전 '나'는 언제나처럼 엄마의 '저녁 키스'를 기다린다. 하 지만 마침 손님(스완 씨)이 와 있어 엄마가 오지 않을 것 같은 생각이 든다. 중대한 용건이 있으니 꼭 '나'의 방으로 올라와 달라는 내용의 쪽지를 보내지만 냉대에 부딪친다. 그러나 오늘은 아이가 신경이 날 카로운 것 같으니 함께 자 주라는 아빠의 권유도 있고 하여 엄마는 '나'의 방으로 온다. 엄마가 '나'의 곁에서 책을 읽어 주는 밤, '나'는 이런 밤이 두 번 다시 오지 않으리라는 걸 잘 안다. 한 토막의 이야기가 끝나자 어느 겨울날 추위에 떨며 귀가하는 성인 '나'가 등장한다. 엄마는 '나'에게 간만에 홍차를 권하고 사람을 시켜 일부러 '프티트 마들렌'을 사 오게 한다. 과자 조각이 녹아든 홍차 한 숟가락을 입안으로 가져간 순간 "나 자신이 초라하고 우연적이고 죽어야만 하는 존재"라는 것을 잊을 만큼 강렬한 기쁨을 맛본다. 그 진앙을 찾던 끝에 콩브레 시절, 일요일 아침마다 레오니 아주머니가 홍차나 보리수차에 적셔 준 마들렌의 맛에 도달한다.

여기까지가 마르셀 프루스트의 『잃어버린 시간을 찾아서』의 Ⅰ권 『스완네 집 쪽으로』의 Ⅰ장('콩브레') Ⅰ절의 내용이다. 이어, 남편이 죽은 이후 처음에는 콩브레를, 그다음은 자기 집과 방과 침대를 떠나지 않고 극도의 무기력증에 빠져 사는 레오니 아주머니 이야기가 전개된다. 주인마님 보필과 살림에 열성인 만큼이나 외부인(노처녀 욀랄리 할멈)과 아랫사람에게는 매몰찬 하녀 프랑수아즈도 흥미로운 인물이다. 그녀는 마침 임신 중인 하녀, 일명 지오토의 '자비'를 유난히 학대하고 그녀가 출산할 때는 온갖 욕을 다 퍼붓는다. 이후에는 계속 아스파라거스 다듬는 일을 시켜 천식을 유발시킨 다음 제 발로 걸어 나가게 만든다. 이렇게 아랫사람들을 자주 교체함으로써 그녀는 집안 관리자로서 자신의 권력을 유지한다. 주인마님의 방 출입도 그녀만의 몫이자 권리이다. 레오니 아주머니가 죽을 때 그녀가 보여 주는 거의 원시적인 슬픔은 오랜 세월 동안 고착되어 온 미묘한 주종 관계의 이면이기도 하다. 그 밖에도 여러 인물들이 화폭이 큰 세밀화의 필수 구성 요소처럼 화자의 시선에 포착된다.

독립된 소설처럼 삽입된 2장은 제목 그대로 '스완의 사랑'을 다룬다. 물질적인 부와 세련된 몸가짐에 덧붙여 뛰어난 예술 감각을 지닌 사교계 인사 스완은 천박한 화류계 여성 오데트를 사랑한다. 사랑을 얻는 데서 오는 설렘과 환희도 잠시, 그는 이내 그녀의 변덕과 배신으로 인해 의심과 질투와 환멸에 시달린다. 그러다 결국에는 달아날까 봐 그토록 전전긍긍하던 그녀를 놓아주기로 한다. 두 명의 스완, 즉 현재의 스완과 터키 모자를 쓴 미지의 청년이 등장하는 꿈은 그 상징이다. "내 마음에 들지도 않고 내 스타일도 아닌 여자 때문에 내 인생의 여러 해를 망치고 죽을 생각까지 하고 가장 커다란 사랑을 하다니!" 하지만 흥미롭게도, 이런 깨달음에도 불구하고 스완은 오데트와 헤어지기는커녕 정식으로 결혼한다. 그들의 딸 질베르트는 화자의 첫사랑이 된다. 유부녀 오데트의 연애 행각도 계속된다. 어떤 과정을 거쳤을까. 이를 비롯한 많은 물음이 유예된다. 우리에게 그 답을 들려줄 화자는 아직은 어린 소년이다. 콩브레의 그는 두 산책로인 메제글리즈(스완네 집 쪽)와 게르망트 쪽, 즉 부르주아지와 귀족의 세계를 오가며 작가를 꿈꾼다.

하지만 내가 철학적이고 무한한 의미를 지닌 주제를 찾으려고만 하면, 금세 내 머리는 작동하기를 멈추고 내 주의력 앞에는 허공만이 보일 뿐이었다. 나는 내게 재능이 없거나, 뭔가 뇌에 병이 생겨 재능이 가로막혔다는 생각이 들었다. 때로는 아버지가 해결해 줄 것이라고 기대하기도 했다.

소년(나중에 '마르셀'이라는 이름이 나온다.)은 끊임없이 재능의 부재를 탓하고 이 '시커먼 구멍'에 좌절하지만 종국에는 500명이 넘는 인물들이 등장하는 대서사시를 창조하게 될 터였다.

마르셀 프루스트는 명망 있고 부유한 집안의 장남으로 태어났다. 50여 년에 걸친 그의 인생에서 극적인 사건을 찾기가 참 힘든데 그나마 문제적인 것이 있다면 병약한 체질이다. 천식을 앓았던 그는 어머니가 죽을 때까지(그때 그는 31세였다.) 만년 '마마보이'로 호사스러운 삶을 살았다. 하루에 한 끼를 먹었지만 항상 엄선된 식재료로 구성된 식단이었다. 가령 크림소스를 얹은 계란 두 개, 닭 날개 튀김 한 조각, 크루아상 세 개, 프렌치프라이 한 접시, 포도주 약간, 커피 약간, 맥주 한 병, 이런 식이었다. 또 과민성 피부를 타고난 까닭에 비누, 크림, 화장수 따위는 사용할 수 없어 결이 고운 수건으로 몸을 닦고 깨끗한 린넨으로 몸을 두들겨 물기를 닦아 냈다. 한 번 씻는 데 동원되는 수건은 평균 스무 장이었다고 한다. 밤낮을 뒤바꾸어 살고 항상 한기를 느끼고 콜록콜록 기침을 해 댔기 때문에 바깥 외출을 최대한 삼갔다. 그가 파리 시내 한가운데, 소음과 외풍과 빛이 차단된 최고급 거처에 살았음은 익히 알려진 사실이다.

실제로 사진 속의 프루스트는 스완처럼 마땅한 직업도 없이 사교계를 드나들며 딜레탕트의 삶을 즐기는 20세기 초 댄디의 모습을 하고 있다. 두 권의 번역서에 미발표 평문, 얄팍한 소설책(『즐거움과 나날들』)이 거의 전부인 허랑방탕한 '고급 속물'이 상당한 규모의 소설 한 편을 완성하여 유력 출판사로 보낸다. 물론 출간을 거절당하고(당시 갈리마르-NRF의 편집장이었던 앙드레 지드는 훗날 이 일로 통렬한 참회의 편지를 쓴다.) 다른 출판사에서 자비로 출간한다. 이런 우여곡절 끝에 세상에 나온 『잃어버린 시간을 찾아서』가 완간된 것은 1차 세계 대전을 거쳐 작가가 사망한 다음이다. 총 7권에 육박하는 대작은 그 첫 권만도 읽어 내기가 쉽지 않다. 인물들은 소설적 가공 없이 무심한 척 던져지고 야생의 상념들과 학술서 수준의 미학 담론이 가득하다. 아무것도 생산하지 않고 오직 소비만 하는 상류 사회의 '수다의 생리학'(발터 벤야민)도 견디기 힘들다. '의식의 흐름'을 따르는 몽롱한 반수(半睡)의 서사는 과연 '낯선 소설'의 시작을 알리는 듯하다. 여기서 시간은 영원을 향해 무한대로 열려 있는 한편, 촘촘한 사물과 현상 묘사 사이에서 완전히 정지하기도 한다. 시간, 그리고 글쓰기와 인상에 관한 이야기, '시간-진리'를 찾아가는, 그 점에서 철학과 경쟁하는 소설, 욕망을 포함하여 여러 사물-대상의 변형 과정에 주목하는 소설 등 이 소설의 독특한 시간 사용법은 여러 석학의 주의를 끌어 왔다.

실제로도 소설의 제목은 물론이거니와 소설 전체의 맨 처음("오랜 시간(longtemps)")과 맨 끝에("시간 속에(dans le Temps)") '시간'이 버티고 있다. 프루스트는 환시와 환각의 안개가 드리워진 낯선 시간 속을 헤매며 이미 환(幻)이 돼 버린 '잃어버린' 과거에 생명을 불어넣고 그런 식으로 '되찾은' 현재-영원을 선보인다. 40년에 이르는 인생의 전반부를 '한심한 허송세월'에 바치고 나머지 10년을 파리 번화가에 쌓은 자기만의 성에 틀어박힌 채 '잃어지고' '살아진' 시간들과 그 속

살다, 읽다, 쓰다

으로 사라진 '이름', '말', '사물'을 살려 내는 데 보낸 작가! 모든 것을, 심지어 자기 자식마저도 무자비하게 집어삼키는 크로노스 신으로 의인화되는 시간과 맞장을 떠 본들 얻는 것은 패배-죽음뿐이다.

어떤 이미지에 대한 추억은 어느 한순간에 대한 그리움일 뿐이다. 아! 집도 길도 거리도 세월처럼 덧없다.

그럼에도 그는 묵묵히 시간의 아가리 속으로 걸어 들어간다. 이보다 더 고독하고 숭고한 소설 쓰기가 또 있을까. 불문학자인 어느 시인은 그의 소설을 '인식의 허망함과 허망함의 인식'이라고 정의했다. "요컨대 프루스트에게 있어 인식의 허망함을 아는 인식 외에 다른 진실한 인식은 없으며, 인식된 허망함은 진실의 유일한 내용이 된다."(이성복, 『프루스트와 지드에서의 사랑이라는 환상』)

마르셀 프루스트, 김희영 옮김, 『잃어버린 시간을 찾아서 1』, 민음사, 2012.

『나무를 심은 사람』, 『어린 왕자』
─ 늙음의 지혜와 어림의 순수

1953년, 장 지오노(1895~1970), 1943년, 생텍쥐페리(1900~1944)

극소수의 사람들이 반목과 질시 속에서 숯을 만들며 살아가는 프로방스 지방의 고산 지대 황무지, 한 양치기가 누구의 소유인지도 모르는 땅에 나무를 심고 있다. 3년 전부터 떡갈나무 10만 개를 심었고 2만 그루에 싹이 났다. 원래 그는 평야 지대의 자기 농장에서 가족과 함께 살았으나 외아들과 아내를 잃은 다음 이 불모의 땅을 살리는 데 전념해 왔다.

55세의 그를 보며 "죽는 것 말고는 별로 할 일이 없는 사람들"로 생각했던 20대의 화자는 1차 대전에 참전하고 5년 뒤 다시 그를 방문했다가 한층 더 건강해진 모습에 깜짝 놀란다. 1910년에 심은 떡갈나무는 열 살이 되었고, 너도밤나무에 이어 자작나무 숲도 만들어져 있었다. 그 이후에도 엘제아르 부피에는 실의나 회의에 빠지는 일 없이 나무만 심는다. 그것이 얼마나 큰 고독을 대가로 한 것이었는지, 말년에는 아예 말하는 법을 잊어버린다.

1933년, 불모의 땅이 천연 숲으로 바뀌었다. 1935년, 정부 대표단은 이 숲을 정부의 관리하에 두고 숯 굽는 것을 금지한다. 2차 세계 대전 중에도 꾸준히 새로운 나무가 태어난다. 1945년 6월, 엘제아르 부피에가 78세가 되었을 때 이곳에는 젊은 부부 네 쌍을 포함하여 스무 명이 넘는 거주자가 생겼다. 황무지를 생명의 땅으로 바꾼 늙은 농부의 식목(植木)을 화자는 신의 천지 창조에 비유하며 찬양한다.

한 사람이 참으로 보기 드문 인격을 갖고 있는가를 알기 위해서는 여러 해 동안 그의 행동을 관찰할 수 있는 행운을 가져야 한다. 그 사람의 행동이 온갖 이기주의에서 벗어나 있고, 그 행동을 이끌어 나가는 생각이 더없이 고결하며, 어떤 보상도 바라지 않고, 그런데도 이 세상에 뚜렷한 흔적을 남겼다면 우리는 틀림없이 잊을 수 없는 한 인격을 만났다고 할 수 있다.

캐나다의 애니메이터(프레데릭 백)의 작품으로도 잘 알려진 『나무를 심은 사람』을 쓴 지오노는 프랑스의 남부 지방에서 구두 수선공과 세탁부의 장남으로 태어났다. 중학교 때 아버지가 사망하자 생계를 위해 은행에 취직했으나 1차 세계 대전 참전 이후 발표한 작품들이 주목을 받자 전업 작가로 살았다. 그동안 그가 쓴 글은 소설, 시, 희곡, 시나리오, 에세이를 포함하여 50여 편에 이른다. 『나무를 심은 사람』은 5대를 망라하는 어느 집안의 비극을 담아 낸 『폴란드의 풍차』(1952) 직후에 발표된 작품이다. 이 소설 속의 거듭된 참사는 나무를 심기 전의 엘제아르 부피에가 겪은 불행을 짐작케 한다.

『나무를 심은 사람』처럼 연구와 해석이 아니라 향유와 명상의 대상으로서 꾸준히 새로운 독자를 만들어 내는 작품이 또 있다. 늙음의 지혜 대신 어림의 순수를 통해 우리의 삶을 반추하게 하는 『어린 왕자』이다.

사막에 불시착한 비행기 조종사 앞에 야릇한 느낌의 금발 소년이 나타난다. 밑도 끝도 없이 양 한 마리를 그려 달라는 소년의 부탁에 화자는 마지못해 응하지만 소년의 취향은 정말 까다롭다. 첫 번째 양은 병들어서 싫고 두 번째 양은 뿔이 달렸으니 양이 아니라 염소고 세 번째 양은 너무 늙어서 싫다는 것이다. 지친 화자는 구멍이 있는 상자 하나를 그려 주며 "네가 원하는 양은 이 속에 있어."라고 말한다. 소년은 무척 기뻐한다.

이렇게 어린 왕자를 알게 된 화자는 그가 1909년 터키 천문학자의 망원경에 딱 한 번 잡힌 적이 있는 소행성 B612호 출신일 것으로 짐작한다. 그의 별은 의자를 조금씩 옮겨 앉으면 하루에도 몇 번씩 (심지어 마흔 네 번이나!) 석양을 볼 수 있을 만큼 작은 곳이다. 바오밥 나무의 씨앗을 뽑아 주고 혹시 살아날지도 모르는 화산 하나와 아직도 불을 뿜는 두 화산을 쑤셔 주며 연약하고 쓸쓸한 생활을 하던 그에게 작은 사건이 발생한다. 항상 홑꽃잎의 소박한 꽃이 하루 단위로 폈다가 지는 별에 이상한 씨앗이 날아와 싹을 틔운 것이다. 씨앗은 꽃봉오리를 맺더니 한참 동안 치장하고 뜸을 들인 후에야 어린 왕자 앞에 나타난다. 무척 건방지고 까다로운 꽃은 아침 밥(물)

이며 바람막이며 요구 사항이 많다. 뿐더러 어린 왕자에게 자책감을 느끼게 하려고 억지로 기침을 해 대고 허영심에 차 곧잘 거짓말을 늘어놓는다. 꽃이 사랑을 고백하는 것은 어린 왕자가 별을 떠나기 직전이다. 꽃과의 '말썽'을 회상하며 후회하는 건 어린 왕자도 마찬가지다. "그때 그 꽃의 말을 귀담아듣는 게 아니었어. 꽃들의 말에는 절대로 귀를 기울이면 안 되는 법이야. 바라보고 향기를 맡기만 해야 해. (중략) 하지만 그를 제대로 사랑하기에는 그때 난 너무 어렸던 거야."

철새의 도움을 받아 별을 떠난 어린 왕자는 여러 흥미로운 별을 떠돌다가 지구에 온다. 하필 아프리카의 사막에 떨어진 어린 왕자가 처음 만난 상대는 맹독을 가진 노란 뱀이다. 뱀은 어린 왕자의 발목을 금팔찌 모양으로 감으며 말한다. "난 배보다 더 먼 곳으로 너를 데려다줄 수 있어. (중략) 나는 누구든지 건드리기만 하면 자기가 왔던 곳으로 되돌려 보내 버리지." 이 말의 속뜻은 나중에야 밝혀진다. 그사이 어린 왕자는 모래와 바위들과 눈 속을 헤매다가 장미꽃이(5000송이나!) 만발한 정원을 발견한다. 꽃이 이 사실을 알면 무척 속상해할 것이라는 걱정과 함께 자신에 대한 좌절감도 크다. 슬픔을 못 이겨 울고 있는 어린 왕자 앞에 저 유명한 여우가 등장한다.

"내 생활은 단조롭단다. (중략) 그렇지만 만약 네가 나를 길들인다면 내 생활은 환히 밝아질 거야. (중략) 저기 밀밭이 보이지? 난 빵은 안 먹으니까 나에게 밀은 아무 소용도 없어. 밀밭은 내게 아무 생각도 불러일으키지 않아. 그건 정말 서글픈 일이지! 하지만 네가, 황금빛 머리카락을 가진 네가 나를 길들인다면, 그렇게 된다면 정말 근사할 거야! 왜냐하면 역시 황금빛으로 물든 밀밭이 내게 네 추억을 떠올려 줄 테니까. 그러면 나는 밀밭 사이를 불어 가는 바람 소리도 좋아하게 되겠지……."

어린 왕자에게 길들여진 여우는 중요한 것은 꼭 "마음의 눈"으로 보아야 한다고 강조한다. 꽃이 어린 왕자에게 그토록 소중한 존재가 된 것은 그가 들인 시간 때문이며 그는 자신이 길들인 것에 대해 영원히 책임이 있다는 말도 덧붙인다. 이 소중한 진실을 깨달은 어린 왕자는 1년 전의 그 자리로 돌아와 아름다운 도르래 소리를 내는 우물 옆 폐허가 된 담벼락 옆에서 노란 뱀과 재회한다. 그리고 사라진다.

『어린 왕자』를 쓴 앙투안 마리 로제 드 생텍쥐페리는 여유로운 귀족 집안에서 태어났지만 일찌감치 비행에 뜻을 두고 평생을 비행기 조종사로 살았다. 그의 문학적 자양분은 세계와 맨몸으로 부딪치며 얻어 낸 경험들(불시착, 구사일생으로 생환, 부상, 2차 세계 대전 참전 등)이었다. 꽃의 모델이기도 한 콘수엘라와의 사랑도 유명하다. 그들의 인연은 그가 이미 중년(44세)에 몸도 편치 않은 상태에서 무리한 정찰 비행을 나갔다가 실종됨으로써 종결된다.

생텍쥐페리는 앙드레 지드가 칭찬한 『야간 비행』과 『남방 우편기』를 비롯하여 『인간의 대지』, 『성채』(미완)에 이르기까지 몇 편의

살다, 읽다, 쓰다

장편을 썼음에도 『어린 왕자』의 작가로 남았다. 마땅히 우화도, 그림 동화도, 그렇다고 소설도 아닌 이 매력적인 책의 장르가 무엇이냐고 묻는다면 답은 분명하다. 『어린 왕자』는 그 자체로 유일무이한 장르다.

장 지오노, 김경온 옮김, 『나무를 심은 사람』, 두레, 2018.
생 텍쥐페리, 박성창 옮김, 『어린 왕자』, 비룡소, 2005.

『그 후』

― 일본의 근대, 지식인의 초상

1909년, 나쓰메 소세키(1867~1916)

여름비가 사정없이 퍼붓는 날, 한 청초한 여인이 백합을 들고 다이스케의 집으로 들어선다. "향기가 참 좋지요?"라며 그녀는 가까이서 꽃향기를 들이마신다. 그런 그녀를 만류하며 다이스케는 꽃을 받아 수반에 꽂는다. 그녀가 웃으며 말한다. "당신도 그때는 코를 대고 향기를 맡았었잖아요?" 그런 적이 있었던가, 다이스케는 기억이 가물가물하다. 얼마 지나지 않아 또 비와 백합 얘기가 나온다. 이번에는 다이스케가 백합을 사 온다. 온 집 안에 백합 향기가 진동하는 가운데 그는 인력거를 타고 빗속을 달려올 미치요를 기다린다.

'오늘 비로소 자연의 옛 시절로 돌아가는구나.'라고 마음속으로 중얼거렸다. 그렇게 말할 수 있었을 때, 그는 나이에 어울리지 않는 안위(安慰)를 온몸에 느꼈다. 왜 좀 더 일찍 돌아갈 수 없었던 것일까 하고 생각했다. 처음부터 왜 자연에 저항을 했을까 하는 생각도 했다. 그는 비 속에서, 백합 속에서, 그리고 재현된 과거 속에서 순수하고 완벽하게 평화로운 생명을 발견했다. 그 생명은 어디에도 욕망이 없고 이해관계를 따지려 들지도 않았으며 자기를 압박하는 도덕도 없었다. 구름과 같은 자유와 물과 같은 자연이 있었다. 그리고 모든 것이 행복했다. 따라서 모든 것이 아름다웠다.

여름비와 어우러진 백합 향기를 묘사하는 나쓰메 소세키(夏目漱石)의 문체가 아찔하다. 탐미적인 문체 덕분인지 이 소설을 읽다 보면 간통이야말로 사랑의 가장 순수하고 고결한 형식, 심지어 가장 '플라토닉'한 형식인 것 같다는 착각이 든다. 주인공들의 사랑이 그 정도로 '환상적'이라는 말이기도 하다.

제법 절친한 사이인 갑과 을이 한 여자를 사랑한다. 갑은 을이 그 여자와 결혼하고 싶어 한다는 것을 알자, 자기도 그녀를 사랑하면서도 의협심에 사로잡혀 그들의 결혼을 주선한다. 3년 뒤 을 부부가 다시 도쿄로 돌아왔는데, 아이를 잃은 상처에 덧붙여 당장 생활도 궁핍하다. 을은 갑을 통해 일자리를 구하려 하고 을의 아내는 그녀대로 갑에게 돈을 꾼다. 그러는 와중에 갑과 그녀는 점점 더 가까워진다. 결국, 갑은 가족과 의절하면서까지 정략결혼을 거부하고 그녀를 선택한다. 이것이 다이스케, 히라오카, 미치요를 둘러싼 사랑 놀음의 전말이다. 과연 속된 말로 손 한번 제대로 잡아 보지 않은 남녀가 사랑이란 이름으로 생활의 원칙, 도덕과 관습의 불문율을 저토록 깡그리 무시할 수 있을까. 『그 후』를 읽으며 품게 되는 가장 큰 의문이다.

이 소설은 3인칭 시점을 취하고 있지만 사실은 다이스케의 시점에 국한된 다이스케의 이야기다. 그는 고등 교육을 받고도 아무 일도 하지 않으며 아버지와 형의 돈으로 먹고 살면서도 곧잘 남에게 돈을 빌려주기도 하는 서른 살의 귀족 도련님, 고학력 백수〔高等遊民〕이다. 무엇보다도 그 스스로 이런 생활에 자부심을 느낀다. 그 나름의 원칙 또한 분명하다. 먹고살기 위해 음악 선생 노릇을 하다가 오히려 음악으로부터 멀어진 한 지인을 예로 들며 그는 말한다. "빵과 관련된 경험은 절실한 것일지는 모르지만 사실은 저열한 거지. 빵을 떠나고, 물을 떠난 고상한 경험을 해 보지 않고서야 인간으로 태어난 보람이 없지." 이런 가치관이 졸업 직후 곧장 취업을 하고 가정을 꾸린 히라오카의 반발을 산다.

　　　"자네는 돈에 궁해 본 적이 없어서 문제야. 생활이 곤란하지 않으니까 일할 생각이 나지 않는 거야. 요컨대 부잣집 도련님이라고 고상한 말만 늘어놓고……."
　　　다이스케는 히라오카가 밉살스럽게 느껴져서 도중에 말을 가로막았다.
　　　"일하는 것도 좋지만, 만일 일을 한다면 단지 생활만을 위한 일이어서야 가치 있는 일이라고 할 수 없지. 모든 신성한 일이란 인간이 살아가기 위한 빵과는 무관한 법이야."

다이스케는 그 무렵 히라오카를 비롯한 많은 일본인을 사로잡은 "생활욕"을 "유럽으로부터 밀어닥친 해일"로 치부하며 경멸한다. 절과 절 사이, 공장 굴뚝에서 뿜어져 나오는 시커먼 연기도 추하고, 근대화와 산업화의 주역이 되기 위해 아등바등 발버둥치는 것도 못마땅하다. 하지만 이는 다이스케가 유달리 고상한 탓이 아니라 구태여 "생활욕"을 갖지 않아도 충분히 생활이 가능하기 때문이다.

대체로 그의 삶 자체가 역설적이다. 그는 사무라이 문화, 즉 전근대적 일본을 부정하지만 동시에 서양의 영향에 침윤된 현재의 일본, 즉 근대화의 환상을 혐오한다. 한데 다이스케의 품위가 유지되는 것은 구세대적 일본이 이룩한 가치 덕분이니(부유한 명문가의 아들)이 얼마나 아이러니한가. 또 그의 탐미적인 삶은 서양, 특히 영국에 대한 문화적 열등감과 반발 의식이 복합적으로 작용한 결과로서 그것의 어설픈 모방에 가깝다. 이런 이중성이 메이지 시대 일본의 많은 지식인이 직면했던 딜레마의 핵심이 아니었나 싶다. 다이스케는 이 물음을 연애의 영역에서 던진 것이다. "자연의 아들이 될 것인가, 아니면 의지의 인간이 될 것인가." 자연은 곧 사랑(불륜)이며 의지는 제도(결혼)이다. 전자, 즉 비와 백합을 택하는 순간 치명적인 문제가 대두된다. 놀고먹는 삶이 불가능해진 마당에 무슨 수로 입에 풀칠을 할 것인가? 다이스케는 결국 일자리를 알아보러 나간다. 과연 '그후'가 궁금해지는 소설이다.

나쓰메 소세키, 윤상인 옮김, 『그 후』, 민음사, 2003.

『인간 실격』
— "태어나서 죄송합니다"

1948년, 다자이 오사무(1909~1948)

네 번의 자살 미수, 그리고 마지막 다섯 번째 자살 시도와 성공. 한 작가의 문학 세계의 핵심어가 자살일 수는 있어도 작가의 삶 자체가 이렇게 요약되기는 쉽지 않겠다. 다자이 오사무(太宰治)는 왜 그토록 자살에 집착했을까. 일본 문화의 특수성을 고려해도 쉽게 이해되지 않는다. "태어나서 죄송합니다."(「20세기 기수(二十世紀旗手)」)라는 유명한 말, 그 기괴한 원죄 의식의 근거는 무엇일까.

부끄럼 많은 생애를 보냈습니다.

오바 요조가 쓴 총 세 편의 수기는 '부끄럼'으로 점철된 27년 생애에 관한 기록이다. 배고픔과 가난을 모르고 보낸 유년기와 '익살' 연기를 시작한 소년기(「첫 번째 수기」), 술, 담배, 여자 등 타락과 이른바 가마쿠라 정사(情死) 미수 사건, 호리키와의 교류, 좌익 사상에의

살다, 읽다, 쓰다

경도로 요약되는 청소년기(「두 번째 수기」), 무명 만화가('조시 이키타')
를 자처하며 넙치(시부타), 시즈코 등의 집에 기식하다가 약물 중독,
각혈에 시달리고 정신 병원에 감금되는 청년기(「세 번째 수기」). 여기
에 스스로를 자살로써 벌해야 할 만큼 수치스러운 죄가 있는지 의
문스럽다.

　문제는 자기 연민과 자기 비하의 이면에 숨어 있는 가공할 만한
자기도취이다. 나르시시즘은 그 표현 양상은 다양할 수 있으나, 애초
그리스 신화의 나르키소스가 보여 주듯, 지나친 자기애로 인해 죽
음의 충동에 사로잡히고 결국에는 죽음에 이를 수밖에 없다. 요조
는 마땅히 어떤 죄를 지었다기보다는 죄인, 즉 '음지의 사람'이 되고
자 하는 욕망에 사로잡혀 죄를 조장하고 그것을 기록하는 과정에서
죄의식을 더 키워 나간다. 주로 여성과의 관계에서 일련의 기괴한 행
각을 벌이는가 하면(가령 자신의 내연녀가 능욕당하는, 그렇다고 생각되는
장면을 목격하면서도 거의 일부러 방관자의 입장을 취한다.) 건강한 생활을
마다하고 굳이 기생충의 삶을 고집하며 집안과 의절하기에 이른다.
이렇게 그는 스스로 '익살'은 물론 '수난'을 자처한다.

　　'음지의 사람'이라는 말이 있습니다. 인간 세상에서는 비참한
　　패자 또는 악덕한 자를 지칭하는 말 같습니다만, 저는 태어날 때
　　부터 음지의 존재였던 것 같은 생각이 들어서 이 세상에서 떳떳하
　　지 못한 놈으로 손가락질당하는 사람들을 만나면 언제나 다정한
　　마음이 되곤 했습니다. 그리고 저의 그 '다정한 마음'은 저 자신도

황홀해질 정도로 정다운 마음이었던 것입니다.

또 '범인(犯人) 의식'이라는 말도 있습니다. 저는 이 인간 세상에서 평생 동안 범인 의식으로 괴로워하겠지만 그것은 조강지처 같은 나의 좋은 반려자니까 그 녀석하고 둘이 쓸쓸하게 노니는 것도 내가 살아가는 방식 중 하나일지도 모릅니다.

어떤 경우든 요조의 관심사는 오직 '나'이며 그 '나'는 죄를 범하고 그 때문에 괴로워하는, 카인의 표식을 단 '나'이다. 여기에 요조와 호리키의 말장난을 적용해 보자.

죄와 벌. 도스토예프스키. 언뜻 그 생각이 머리 한쪽 구석을 스치자 흠칫했습니다. 만일 저 도스토 씨가 죄와 벌을 유의어로 생각한 것이 아니라 반의어로 병렬한 것이었다면? 죄와 벌. 절대 서로 통할 수 없는 것. 얼음과 숯처럼 융화되지 않는 것. 죄와 벌을 반의어로 생각했던 도스토예프스키의 바닷말, 썩은 연못, 난마(亂麻)의 그 밑바닥…… 아아, 알 것 같다.

다른 식의 물음을 던져 보자. '죄', 그리고 '벌'은 희극 명사인가, 비극 명사인가. 요조의 삶은 '죄와 벌'의 희비극성을 극대화하는 쪽에 있는 것 같다. 그는 스스로 죄 많은 광대이고자 한다. 그의 비밀을 꿰뚫어 보는 자가 바보이자 외톨이인 다케이치라는 점도 의미심장하다. 대체로 그가 어울리는 자들은 반쯤 날건달인 호리키, 어딘가 타락과 연민의 냄새를 풍기는 여성들 등 소외 계층이거나 타락 계층이다. '낮은 데로 임'하여 돈키호테처럼 우스꽝스러운 광인-바보의 역할을 맡음으로써 그는 지상의 그리스도로 거듭난다. 훗날 어느 술집 마담은 이렇게 회고한다. "우리가 알던 요조는 아주 순수하고 눈치 빠르고…… 술만 마시지 않는다면, 아니 마셔도…… 하느님같이 착한 아이였어요." 지상의 그리스도를 꿈꾼 도스토예프스키의 주인공들이 현실에서 범죄자, 백치, 광인이 될 수밖에 없던 것에서 한 걸음 더 나아가 요조는 스스로를 '인간 실격'으로 규정짓는다. 물론 다분히 퇴폐적인 측면이 있다.

몇몇 소설적 장치에도 불구하고 『인간 실격』은 거의 사소설(私小說)에 가까운, 말하자면 '가면의 고백'이다. 맨손 체조만 좀 했어도 그의 우울증은 치유됐을 것이라는 미시마 유키오의 냉소적인 말도 상당히 일리가 있다. 그럼에도 고통을 향한 그의 집요한 엄살에 모종의 진정성이 느껴지는 것 또한 어쩔 수 없다.

다자이 오사무, 김춘미 옮김, 『인간 실격』, 민음사, 2004.

『설국』
― 월경(越境)의 시학과 미(美)

1948년, 가와바타 야스나리(1899~1972)

가와바타 야스나리의『설국』은 한 남자(시마무라)와 한 여자(고마
코)의 사랑 이야기이다. 세 번에 걸친 만남은 모두 그가 도쿄를 떠나
'눈의 고장(설국)'으로 오면서 이루어진다. 첫 만남은 회상처럼 짧게
삽입되고 나머지 두 만남에서는 무용 선생의 아들(유키오)을 사이에
두고 고마코와 미묘한 연적이 된 처녀(요코)가 등장하면서 두 겹의
삼각관계가 형성된다. 소설은 영화가 상영되는 고치 공장의 화재와
요코의 자살로 끝난다.

장기간에 걸쳐 발표한 여러 단편을 용해해 만들었다는 창작 과
정을 염두에 두지 않더라도『설국』은 파편적인 장면들의 모자이크
처럼 읽힌다. 무엇보다도, 한량이나 다름없는 유부남과 게이샤의 진
부한 사랑담을 인간 존재의 한시성에 대한 인식을 담은 소설로 승화
한 작가의 솜씨와 세련된 문체가 경이롭다. 눈〔雪〕과 함께 어우러져
포착되는 고마코에 관한 묘사가 특히 그렇다. 은하수가 흐르는 가운

살다, 읽다, 쓰다

데 게다를 신고 꽁꽁 언 눈 위를 달리는 고마코의 모습은 그야말로 한 폭의 그림 같다.

관능적이고 농염한 고마코, 청순하고 순결한 요코 등 남성의 눈에 포착된 두 여성은 그 자체로 미(美)의 육화이다. '게이샤'라는 단어를 세계어 사전에 등록한 일본 문화의 특수성과 탐미주의가 드러나는 대목이기도 하다. 그러나 실제로 고마코는 단순히 미적 대상 이상의 의미를 지니는 것 같다. 어린 나이에 동기(童伎)로 도쿄에 팔려 갔고 자신을 기방에서 빼 준 남자와 결혼했으나 그는 1년 6개월 만에 사망한다. 시마무라가 도쿄로 떠난 다음에는 자기가 도쿄로 팔려 갈 때 유일하게 배웅해 준 사람인, 장결핵으로 죽어 가는 유키오를 위해 게이샤로 나선다.

사연이 많은 만큼이나 여백이 많은 탓인지 그녀의 사랑과 교태에는 어딘가 기법 같은, 즉 미학적인 구석이 있다. 덧붙여 그녀에게는 일기를 쓰는 흥미로운 습관이 있다. 유키오 얘기는 가장 오래된 일기 첫머리에 적혀 있고 시마무라와의 첫 만남도 날짜와 함께 기록돼 있는데, 이런 공책이 열 권이나 된다. 자기가 읽은 소설의 제목과 저자, 등장인물과 그들의 관계도 간단히 적어 둔다. 이를 두고 시마무라는 '헛수고'라고 말한다. 그럼에도 눈(雪)의 게이샤를 찾아오는 (혹은 더 이상 그러지 않는) 남자를 기억하고 기록하는 고마코의 헛수고는 계속될 것이다.

소설에서 가장 자주 언급되는 단어 중 하나가 '허무'이다. 대체로 『설국』의 허무주의와 탐미주의는 어려서 부모, 누나, 조부모를 연이어 잃은 작가의 개인사, 나아가 20세기 전반 일본의 역사와 무관하지 않을 듯하다.

소설의 처음으로 가자. "국경의 긴 터널을 빠져나오자, 눈의 고장이었다. 밤의 밑바닥이 하얘졌다." '눈의 고장'이 아름다운 것은 아주 드물게 언급되는 생활의 공간(도쿄)이 전제되어 있기 때문이다. "나방이 알을 스는 계절이니까 양복을 옷걸이나 벽에 건 채로 두지 말라고, 도쿄의 집을 나설 때 아내가 말했다." 연애 소설이자 미에 관한 소설인 『설국』은 동시에 월경(越境)에 관한 소설이기도 하다. 여기서 연상되는 우리의 소설이 있다.

김승옥이 스물세 살 때 쓴 『무진기행』은 "빽이 좋고 돈 많은 과부"와 결혼한 '나'가 제약 회사의 전무 승진을 앞두고 잠시 고향, 즉 안개의 고장인 '무진(霧津)'에 와서 겪는 얘기를 담은 소설이다. 너무 날것이어서 작위적인 느낌을 주는 사건들, 절대 길들여지지 않을 것 같은 거친 문장, 속되고도 어딘가 날이 선 관계(후배 박, 동기 조, 음악 선생 하인숙, 서울의 아내 영과 장인, 옛 애인 희) 등 비슷한 연배의 작가 이청준과는 확연히 대조되는 소설 문법이 여전히 충격적이다. 과거의 '나'처럼 서울을 꿈꾸는("서울로 가고 싶어 죽겠어요.") 음악 선생 하인숙과 동침한 다음 날, 빨리 상경하라는 내용이 담긴 아내의 전보를 앞에 두고 '나'가 내놓는 타협안 역시 모방을 불허하는 명문장이다.

한 번만, 마지막으로 한 번만 이 무진을, 안개를, 외롭게 미쳐 가는 것을, 유행가를, 술집 여자의 자살을, 배반을, 무책임을 긍정

살다, 읽다, 쓰다

하기로 하자. 마지막으로 한 번만이다. 꼭 한 번만, 그리고 나는 내게 주어진 한정된 책임 속에서만 살기로 한다. 전보여, 새끼손가락을 내밀어라.

끝으로, 하인숙에게 쓴 사과의 편지를 그냥 찢어 버리고 무진을 떠나는 '나'가 느끼는 "심한 부끄러움," 이 수치의 감각은 무엇인가.

순천에서 서울로 '월경'한 어느 불문학도가 단편 하나(「생명 연습」)를 들고 문학사의 한복판으로 성큼 걸어 들어왔다. 그가 이룩한 "감수성의 혁명"(유종호)의 동력은 아무래도 각종 속(俗), 속됨과 속물스러움에 대한 혐오, 궁극적으론 자기혐오였던 것 같다. 아무튼 풋풋한 미남 청년은 반쯤 타들어 간 담배, 그리고 '천재 작가'라는 지당한 수식어와 함께 흑백 사진 속에 붙박인 박제가 되었고, 펜을 놓고 속절없이 허물어져 가는 중년, 심지어 말을 놓고 스러져 가는 노년만 남았다. 미(美)가 미(美)인 것은 역시나 그것이 시간 앞에서 무력하기 때문, 찰나적이기 때문인가. 이 비극 앞에서 문학만이 우리의 위안이다. 마흔을 훌쩍 넘겨 다시 읽는 『무진기행』이 고맙다.

가와바타 야스나리, 유숙자 옮김, 『설국』, 민음사, 2002.

6

"도대체
인간이라는 사실이
어떻게
죄가 될 수
있단 말입니까?"

실존과 부조리

『변신』

— 일상의 당혹, 혹은 일상으로부터의 도피

1915년, 프란츠 카프카(1883~1924)

영업 사원(외판원)인 그레고르 잠자는 어느 날 아침 '불안한 꿈'에서 깨어나 자신이 한 마리 흉측한 해충으로 변해 있음을 발견한다. 당장 출근해야 하는데 큰일이다. 문밖에서는 가족들이 난리법석을 피운다. 그레고르의 염려대로 지배인이 찾아온다. 소설의 첫 문장에서 완료된 '변신'이라는 환상적인 사건 이후의 시간은 잠자-벌레의 일상으로 채워진다. 수시로 끼니를 거르고 진득이 사람을 사귈 겨를도 없이 연일 기차를 타고 출장을 다니는 직장인의 삶 대신 방바닥과 천장과 벽과 가구 사이를 기어 다니는 갑충의 삶이 시작된다. 지금껏 그레고르에게 의지해 왔던 가족도 이내 새로운 상황에 적응한다. 텅 빈 줄 알았던 금고가 열리고 늙은 퇴물로 전락했던 아버지가 푸른 제복 차림의 늠름한 일꾼으로 바뀐다. 어머니와 여동생도 일자리를 구한다. 빈방은 하숙인들이 차지하고 반쯤 자발적으로 해고된 젊은 하녀 대신 뼈대가 굵고 몸집이 큰 늙은 할멈이 가사를 돕는다. 이토록 촘촘하게 짜인 일상의 시간표 속에서 그레고르-벌레는 보살핌은커녕 뒤치다꺼리를 요하는 성가신 존재일 뿐이다. 아버지가 던진, 등짝의 살 속에 깊숙이 박혀 썩어 가는 한 알의 사과는 그 증거물 같다. 그렇기에 여동생의 바이올린 연주에 이끌려 거실로 기어 나온 그의 절규가 더 절박하게 들린다.

음악이 그를 이토록 사로잡는데 그가 한 마리 동물이란 말인가?

하지만 동물의 몸을 하고 동물의 소리를 내는 것은 동물일 뿐이다. 이 말똥구리가 아직도 인간일 수 있다면 그것은 자발적으로 죽음을 택했기 때문일 테지만 그래 본들 파출부 할멈의 눈에는 "옆방의 저 물건"에 지나지 않는다. 상황이 종료되었을 때 잠자 가족은 간만에 교외로 나가는 전차를 탄다. 따뜻한 3월이다. 앞으로의 생활에 관한 얘기를 나누던 중 잠자 부부는 어린 딸이 어느덧 아름다운 숙녀로 성장했음을 인지한다.

그들이 그렇게 환담하고 있는 동안 잠자 씨와 잠자 부인은 점차 생기를 띠어 가는 딸을 보고 거의 동시에, 딸이, 이즈음 들어 워낙 고달프다 보니 두 뺨이 창백해지기는 했지만, 아름답고 풍염한 소녀로 꽃피었다는 생각이 들었다. 말수가 적어지며 또 거의 무의식적으로 눈초리로 서로 의사소통을 하며, 내외는 이제 딸을 위해 착실한 남자도 찾아야 할 때가 된 것 같다는 생각을 했다. 그리하여 그들의 목적지에 이르러 딸이 제일 먼저 일어서며 그녀의 젊은 몸을 쭉 뻗었을 때 그들에게는 그것이 그들의 새로운 꿈과 좋은 계획의 확증처럼 비쳤다.

이렇게 끝나는 『변신』은 물론, 산업화와 관료제에 대한 풍자를 훌쩍 넘어선다.

루이스 스카파티가 그린 삽화에서 그레고르-벌레는 카프카의 얼굴을 하고 있다. 벌레-아들에게 발길질을 일삼고 분노의 사과 폭탄 세례를 퍼붓는 그레고르의 아버지는 자수성가한 유대인 사업가로서 가부장적이고 권위적인 카프카의 아버지를 연상시킨다. 정작 수신인만 빼고 모든 사람이 읽을 수 있게 된 편지(『아버지께 드리는 편지』)에서 그는 아들에게 시종일관 장남의 의무와 생활인의 덕목을 강요하지만(적어도 카프카 스스로 그런 강압을 느끼지만) 모계의 혈통을 이어받아 조용하고 소심한 성격의 카프카는 '책의 세계', '공상의 세계'로 도망친 '배은망덕'한 아들이 되고 만다. 이렇듯 부계와 모계, 강인함과 나약함, 남성스러움과 여성스러움, 사업가 기질(돈, 자본주의, 관료제)과 예술가-시인 기질, 무한한 성공과 무한한 실패의 공존이 인간 카프카의 토대를 이룬다. 건장한 체격의 아버지 앞에서 키만 클 뿐, 여위고 허약한 카프카가 느꼈던 열등감은 비단 아버지뿐만 아니라 사회 전체에 대한 주눅으로 확대된다. 실제로 체벌을 가하지는 않지만 "큰 소리를 치고 얼굴을 뻘겋게 붉히고 바지 허리띠를 풀어서 그것을 의자 팔걸이에 거는 것"이 더 못 견딜 노릇이다. 태형을 당해 마땅한데 아버지의 자비 덕분에 겨우 살았다는 모멸감 때문이다. 뿐더러, 편지 속의 아버지는 그의 맹점을 지적한다. "너는 이 편지에서도 내게 기생하고 있는 것이 된다." 급기야 카프카는 스스로를 '상속권을 박탈당한 자식'으로 정의하기에 이른다. 실상은 그 스스로 아버지로 상징되는 각종 굴레로부터 도피하고자 했던 것이리라.

다시 『변신』으로 돌아가자. 무엇이 평범한 영업 사원을 벌레로 바꿔 놓았을까? 더 정확히, 그레고르 잠자가 벌레가 되면서까지 벗어던지고 싶었던 것은 무엇일까? 아마 자신의 변신을 인지하기 직전까지 그가 꾸었던 '불안한 꿈,' 즉 『변신』이라는 소설의 바깥에 버티고 있는 일상이 아니었을까 추측해 본다. 그러나 사람이 한 마리의 벌레로 변해도 그것은 그저 '일상의 당혹'일 뿐, 달라지는 것은 본질적으로 아무것도 없다. 오히려 그레고르 스스로 짊어진 장남과 가장의 의무가 우스꽝스러운 자기 환상에 불과했음이 드러났다. 이렇듯 『변신』은 장밋빛 진보를 약속한 근대의 몽상에, 안일한 인간관과 세계관에 물음표를 찍고 진화 대신 퇴화(인간에서 동물, 심지어 벌레로!), 상승 대신 전락, 성공 대신 실패, 축조 대신 해체를 얘기한다. 죽음의 순간에 삶이 조망되듯 인간이 인간이길 멈출 때 비로소 그 본질이 밝혀진다. 『변신』을 덮는 순간 우리가 저 치명적인 변신 바이러스에 감염되는 건 이 때문이다.

프란츠 카프카, 전영애 옮김, 『변신·시골의사』, 민음사, 1998.

살다, 읽다, 쓰다

『소송』

— '체포'와 '처형' 사이, 지루한 '소송' 같은 삶

1925년, 프란츠 카프카

카프카가 서른을 막 넘기고 쓴 미완의 장편 『소송』의 첫 문장은 『변신』의 첫 문장만큼이나 충격적이다.

> 누군가 요제프 K를 중상모략한 것이 틀림없다. 그가 무슨 특별한 나쁜 짓을 하지도 않은 것 같은데 어느 날 아침 느닷없이 체포되었기 때문이다.

피고인의 아침이나 훔쳐 먹는 한심한 감시인들(프란츠와 빌렘)은 K의 질문에 답을 주기는커녕 말단 직원의 설움만 늘어놓는다. 말이 좀 통할 것 같은 감독관도 마찬가지이다. 어떻든 체포됐음에도 은행의 자금 담당 부장으로서 K의 일상생활은 별로 달라지지 않는다. 열흘쯤 뒤 일요일, K는 심리 위원회에 참석, 예심 판사를 향해 호통을 친 다음 법정을 나온다. 이어, 재차 법원 방문, 법원의 정리(廷吏)와 그의 아내와 그녀의 정부(법학도) 목격, 은행 사무실 근처 창고에서 매질을 당하는 두 감시인, '시골에서 온 유령'인 K의 숙부(카를-알베르트)의 호들갑, 와병 중인 변호사(홀트 박사) 방문, 그의 애인인 레니와의 접촉, 은행의 고객(제조업자)이 소개해 준 법원 소속의 초상화가(티토렐리) 방문, 변호사와 그의 고객인 상인 블로크의 관계 등 일련의 에피소드가 파편처럼 제시된다. 그러나 새 인물의 거듭된 등장도 사건의 큰 흐름에는 영향을 미치지 못하고 각각의 만남과 대화는 순서를 바꿔도 될 만큼 우연의 논리에 지배된다. 곳곳에 포진한 여자들과 K의 관계는 외설적이지만 관능적이지 않고, 때문에 정서적 감흥보다는 미학적 당혹감을 불러일으킨다. 한마디로, 『소송』은 동일한 것의 반복과 좀처럼 눈에 뜨이지 않는 섬세한 변주를 보여 주는 티토렐리의 '음산한' 풍경화 세 점(「황야의 풍경」)을 닮았다. 하숙집 여주인(그루바흐 부인)의 말처럼 "무언가 학문적인 것," 일상이 된 체포-소송에 관한 학적 연구 같은 소설이다. 이런 소설을, 그리고 모든 점에서 '평범'의 화신처럼 등장하는 K의 삶 깊숙이 침투한 이 권력-법의 테러를 어떻게 읽어 내야 할까.

두 번째로 법원을 방문한 K는 사법 기관의 내부 역시 외부 못지않게 역겨운 모습임을 새삼 확인하고는 어서 빨리 건물을 빠져나가 자유를 되찾으려고 애쓴다.

그는 마치 뱃멀미를 하는 것 같았다. 심하게 요동치는 바다 위에 있는 배를 타고 있는 것 같았다. 물결이 밀려와 나무 벽들에 부

살다, 읽다, 쓰다

딪히고, 복도 저쪽 끝 깊은 곳에서부터 덮쳐 오는 물소리처럼 쏴아 소리가 들려오며, 복도가 좌우로 흔들리고, 기다리고 있는 복도 양편의 소송 당사자들이 가라앉았다 솟아올랐다 하는 것 같았다. 그래서 자기를 안내해 가는 아가씨와 남자의 평온한 태도를 더욱 이해하기가 어려웠다. (중략) 그러다가 마침내 앞에서 벽이 갈라진 것처럼 신선한 바람 한 줄기가 불어왔고, 옆에서 누군가가 말하는 소리가 들려왔다. "그렇게 나가고 싶어 하더니, 여기가 출구라고 수없이 말해 줘도 꼼짝도 하지 않는군요." K는 자신이 아가씨가 열어 준 출구 앞에 와 있다는 것을 깨달았다. 그러자 온몸의 힘이 한꺼번에 되돌아오는 느낌이었다. 그는 되찾은 자유를 먼저 조금 맛보기 위해 곧바로 계단에 첫발을 내디뎌 보았다.

K로 하여금 구토를 유발하는 이 '법'이란 무엇인가.『소송』의 아홉 번째 장(「대성당에서」)에서 신부는 K에게 '기만'에 관한 '성담(聖譚)'을 들려준다.『법 앞에서』라는 제목의 장편(掌篇) 소설로 알려진 내용이기도 하다. 한 시골 사람이 법 안으로 들어가려다가 문지기에게 저지당한다. 그럼에도 계속 기다리다가 마침내 임종을 앞둔 시점, 지금껏 아무도 법 안으로 들어가려는 사람이 없음을 알아채고서 그 이유를 묻는다. 문지기는 이 문은 오직 그를 위해 존재하는 것이라고 대답한다. 누가 누구를 기만한 것인가. 시골 사람은 피해자이고 문지기는 가해자라는 도식은 얼마나 설득력이 있는가. 그는 법의 내부를 지키는 문지기들에 대한 공포에 사로잡혀 있고 법의 문을 지

켜야 하는 직무 때문에 자기 자리에서 한 발짝도 벗어나지 못한다. 이쯤 되면 문지기야말로 자기기만에 빠진 자발적인 노예가 아니겠는가. 한편, K는 얼핏 시골 사람에 가까워 보이지만, "단 하루도 업무 영역 밖으로 밀려나지 않고자" 애쓰고 "한번 밀려나면 다시 돌아오게 해 주지 않을 것 같은 두려움"에 떤다는 점에서 문지기의 삶을 사는 것 같기도 하다. 혹은, 법의 문 안으로 들어섰고(즉, 체포됐고) 그 내부의 공허함과 비루함(허름한 주택가의 각종 세간으로 가득 찬 방과 같은 법정!)을 봐 버린 것인지도 모르겠다. 많은 가정과 의문은 그러나, 소설의 길고 두툼한 몸통('소송')을 무자비하게 절단하는 마지막 장('처형') 앞에서 무한히 유예된다.

카프카가 『소송』의 첫 장을 낭독했을 때 친구들은 모두 즐거워했다고 한다. 익살스러운 농담 같은 첫 장(「체포」)은 그러나, 1년의 시간차(서른 번째 생일날 아침 8시, 서른한 번째 생일날 저녁 9시)를 보여 주는 마지막 장(「종말」)과 그 정조에 있어 현격한 대조를 이룬다. 두 명의 희극 배우 대신 프록코트와 실크해트 차림의 '늙은 조연 배우' 두 명이 등장한다. 저항해 본들 아무 의미가 없음을 깨달은 K는 순순히 '처형장'으로 향한다. 하지만 도시 외곽의 황량한 채석장, 조끼는 물론 셔츠까지 벗겨져 땅바닥에 눕혀지고 '양날이 선 길고 얇은 정육점 칼'이 달빛을 받아 번득이는 상황에서도 K는 부질없는 희망을 품어 본다.

그가 한 번도 보지 못한 판사는 어디에 있는 것일까? 그가 아직 이르지 못한 상급 법원은 어디에 있는 것일까? 그는 두 손을 쳐들고 손가락을 쫙 펼쳤다.

그러나 K의 목에 한 남자의 양손이 놓이더니 동시에 다른 남자가 그의 심장에 칼을 찔러 넣고 두 번 돌렸다. K는 흐려져 가는 눈으로 두 남자가 바로 자기 눈앞에서 서로 뺨을 맞대고서 최종 판결을 지켜보는 것을 보았다. "개 같군!" 그가 말했다. 그가 죽은 후에도 치욕은 살아남을 것 같았다.

이 모든 '개 같은' 농담은 법정 건물을 빠져나올 때 K가 경험한 환각과 구토를 상기시킨다. 정녕 카프카는 "농담의 검은 밑바닥까지 내려가기를"(밀란 쿤데라, 『커튼』) 원했던 것 같다. 눅눅한 농담(희극)과 찝찝한 진담(비극), 즉 '체포'와 '처형,' 그 사이에 위치한 '소송'은 물론, 부조리한 인간 실존의 은유이다. 덧붙여 존재와 존재함 자체가 죄이다. 신부와 대화를 나누던 중 터져 나오는 K의 절규는 그래서 더 절절하다.

"뭔가 잘못된 겁니다. 도대체 인간이라는 사실이 어떻게 죄가 될 수 있단 말입니까? 이 땅에서 우리는 너나 할 것 없이 모두 인간입니다."

한때 '심판'이라는 제목으로 읽었던 소설을 작품의 전반적인 분위기와 K의 상황을 좀 더 잘 반영한 '소송'이란 제목으로 다시 읽는 기분이 새롭다. 많은 이들이 카프카와 『소송』에 대해 말해 왔지만 말은 앞으로도 끊이지 않을 것이다. 카프카의 소설 앞에서 우리는 항상 새로운 절망에 빠지는데, 신부의 말처럼 "글은 불변"하고 "해석들은 종종 글에 대한 절망의 표현"이기 때문이다.

프란츠 카프카, 권혁준 옮김, 『소송』, 문학동네, 2010.

살다, 읽다, 쓰다

『성』
— 새로운 패배를 향하여

1926년, 프란츠 카프카

카프카가 마흔쯤에 쓴 미완의 장편『성』은 '고독의 삼부작'을 이루는 다른 장편인『소송』,『아메리카(실종자)』(미완)보다 더욱 읽어 내기가 힘들다. 토지 측량사 K가 늦은 겨울밤, 자신의 목적지인 베스트베스트 백작의 성(城) 근처 마을에 도착한다. 허름한 여관에서 눈을 붙인 그는 다음 날부터 성의 관리인 클람의 심부름꾼(바르나바스), 헤렌호프의 여급이자 클람의 정부(프리다), 여관의 여주인, 마을의 면장 등과 접촉하며 성안으로 들어가려고 애쓰지만 실패만 거듭한다. 계속 새로운 인물이 등장하고 프리다가 떠난 자리를 페피가 대체해도 그의 운명은 달라지지 않는다.

애초 그는 토지를 측량하러 왔지만 면장의 말대로 이곳의 모든 땅은 경계가 명확한 데다 소유 변동도 거의 없어서 측량사가 필요하지 않다. 그럼에도 측량사가 초빙된 것은 관료제 본원의 모순적인 구조와 우연적인 착오가 중첩된 까닭이다. 이런 식으로 꼬인 하찮은 사건이 한 인간의 운명을 결정짓는 예는 소설 곳곳에서 볼 수 있다.

성의 안과 밖이 만들어 내는 위계질서와 권력 구도도 명확하다. 가령 클람은 등장하지 않는 등장인물로서 거의 모든 인물의 운명에 관여한다. 클람의 부름을 일종의 성은처럼 여기는 프리다는 K를 처음 만난 날, 일부러 뚫어 놓은 구멍으로 여관방에 묵고 있는 클람을 훔쳐보게 해 준다. K의 눈에 비친 클람은 매끈한 얼굴과 아래로 축 처진 뺨, 검은 콧수염과 코 위에 비스듬히 걸친 코안경을 특징으로 하는 중키에 육중한 체구의 중년 남성이다. 그는 클람의 자세 덕분에 얼굴이 잘 보인다고 말하면서도 그의 생김새를 묘사하지는 않고 책상 위에 얹힌 왼쪽 팔꿈치와 무릎에 얹힌 채 버지니아 시가를 쥔 오른손을 강조할 뿐이다. 과연 이 클람이 진짜 클람일까? K의 환상을 올가(바르나바스의 누이)는 여지없이 깨 버린다.

> "눈으로 보고 소문으로 듣고 여러 가지 잘못된 저의가 더해져 클람의 상이 만들어졌는데, 대략 맞는다고 할 수 있지요. 하지만 대략 맞는다고 할 수 있을 뿐이지 그 밖에는 가변적인데, 그래도 클람의 실제 외모만큼은 아닐 거예요. 그는 마을을 올 때와 떠날 때가 완전히 다르게 보인다고 그래요. 맥주를 마시기 전과 후가 다르고, 깨어 있을 때와 잠을 잘 때가 다르며, 혼자 있을 때와 대화를 나눌 때가 다르다고 해요. 이런 점에서 볼 때 그가 저 위 성에 있을 때는 거의 완전히 딴판이라는 게 이해가 될 듯도 해요."

살다, 읽다, 쓰다

각자의 경험과 소문과 가짜를 만들려는 '저의'가 합쳐져 무정형의 클람을 만들고 이 가변성이 또한 신비감을 조성하여 그의 권력을 공고히 해 주는 형국이다. 성의 다른 관리들도 사람들의 말 속에만 존재할 뿐, 실제로 모습을 드러내는 일은 없다. 그들을 대신하여 성과 마을을 오가는 자들은 서로를 가뿐히 대체할 수 있는 무개성적인 존재이다. K의 두 조수는 너무 닮아 얼굴도 분간하기 힘들다. 중요한 것은 직함과 역할이다. 클람의 정부로서 그렇게도 매혹적이었던 프리다는 클람을 떠난 후 누추하게 변하고, 예레미아스는 K의 조수로서 순종을 연기하지만 그 역을 그만두자 뻔뻔해진다. 이런 식으로 '자리-이름'과 각종 서류에 기초한 관료제의 암흑과 미로가 폭로되었음에도 그 심층에는 여전히 뭔가가 도사리고 있는 듯한 느낌을 지울 수 없다.

　　성을 신의 은총과 자비의 상징으로 보는 전통적인 독법은 지금도 유효하다. 카프카가 무척 아꼈다는 『법 앞에서』도 떠오르는데, K는 '법' 안으로 들어가려는 시골 사람의, 또 클람은 '법'의 문을 지키는 문지기의 변용처럼 읽힌다. 실상 클람도 성안에 존재하는 무수한 관리 중 하나일 뿐이고 K가 그토록 들어가고자 했던 성의 내부 역시 『소송』에서 폭로되는 법의 내부처럼 시시하고 메스꺼울 것이다. 그렇기에 더더욱, 이 폐허와 불모의 세계에서 유일하게 의미 있고 숭고한 것은 새로운 패배를 향한 K의 거듭되는 시도, 그 '집요함'이다.

　　다시 소설의 처음으로 가자. K를 맞이한 안개와 어둠이 걷힌 다음 날, 그의 시야에 들어온 성은 예상대로 고풍스러운 성도, 화려한 새 저택도 아닌 야트막한 건물들의 집적체인데 가까이 갈수록 실망스럽다.

K는 성을 쳐다보며 계속 걸어갔다. 그 밖에는 어떤 것도 신경 쓰지 않았다. 하지만 가까이 가 보고서 그는 성에 적이 실망하고 말았다. 그것은 시골집으로 이루어진 아주 형편없는 작은 도시에 지나지 않았기 때문이었다. 모든 게 돌로 지어졌다는 것만 돋보일 뿐이었다. 하지만 색을 칠한 게 진작부터 벗겨져 있었고, 돌이 부서져 떨어질 지경이었다. K는 얼핏 자신의 고향 작은 도시를 떠올려 보았다. 그곳도 소위 성이라는 이것에 비하면 그다지 못하지 않았다. 단지 성을 시찰하는 게 중요한 문제였다면 굳이 긴 여행을 할 필요가 없었을 것이다. 그렇다면 벌써 가 본 지 오래된 옛 고향에 다시 한번 찾아가는 게 더 현명한 처사였을지도 모른다.

K가 미리 예상한 것은 성의 모습이 아니라 이런 환멸이 아니었을까. 아니, 새 부임지가 실은 그의 고향인 것은 아닐까. 어쩌면 기나긴 여행 끝에 자신의 고향에 도착해 놓고서는 그곳이 자신의 기억 속 고향과 닮은 어떤 낯선 곳이라고 착각하는 것은 아닐까. 그렇다면 그 도저한 참담함을 어찌할 것인가.

그곳은 나의 옛 고향 도시이다. 나는 또다시 이곳에 돌아온 것이다.

살다, 읽다, 쓰다

그곳이 나의 옛날 고향 도시이다. 나는 멈춰 서기도 하면서 느릿느릿 거리를 헤맨다.

— 카프카, 『잠언』

『성』은 K의 도착을 제외하면 사실상 아무런 사건도 일어나지 않고 요령부득의 소소한 일화와 그것에 대한 해석적 담론으로 가득 찬 소설이다. 카프카 특유의 건조하고 분석적인 공문-논문체, 현실과 환상의 뫼비우스의 띠 같은 교차가 현기증을 유발한다. 그 와중에 K에게 주어진 서사의 시간이자 생존의 시간(7일)은 오롯이 제자리걸음으로 채워진다. 『성』이 모험(성장) 없는 모험(성장) 소설이 되는 것은 당연하다. 한편 하찮은 인물도 이름을 갖는 세계에서 오직 그만이 유일하게 K라는 철자 하나로만 존재한다. 그는 토지 측량사가 아니라 그저 인간이고, 이 점에서 카프카의 다른 K들과 한 몸, 나아가 카프카와 한 몸이다.

폐결핵을 앓던 카프카가 문우 막스 브로트에게 자신의 모든 원고를 소각해 달라고 유언한 것은 유명한 일화이다. 왜 직접 태우지 않았을까. 완전한 소멸을 향한 카프카의 열망은 역설적으로 불멸을 향한 그의 집념을 보여 주는 것은 아닐까. 아무튼 카프카가 브로트와 함께 창조한 이 '배반당한 유언'의 신화(쿤데라) 덕분에 우리는 더 극적인 카프카를 갖게 되었다. '고독한 원의 고독한 중심'을 자처한 카프카는 프라하에서 태어나 독일어로 글을 쓴 유대인 작가이다. 체코, 독일, 유대 등 세 언어-문화의 공존과 충돌 덕분에 그의 문학은

'소수적인 문학'이 되지 않을 도리가 없었다. 그는 또한 프라하 대학을 졸업한 법학 박사였음에도 본격 법조인이 되는 대신 근무 조건이 좋은(8시부터 2시까지 근무) 노동자 산재 보험국에 일자리를 얻었다. 업무 때문에 글 쓸 시간이 없다고 수시로 투덜대는가 하면 글을 쓰다가 다음 날 지각이나 결근을 하는 일도 더러 있었다. 그럼에도 법과 문학, 두 영역은 생산적인 공생 관계를 유지했다. 적어도 법률과 업무의 굴레, 그로부터의 도피 욕망이 카프카의 문학에 독특한 색깔을 부여해 준 것은 분명하다.

영원한 이방인을 자처하고 문학의 언저리를 맴돌며 끊임없이 문학의 중심을 향해 나아가는 것! 그에게 문학은 "광인에게 광기와 같은 것", "임신부에게 임신과 같은 것"(1923년 로베르트 클롭슈톡에게 보낸 편지)이었다. 그렇다면 성은 문학의 은유에 가깝다. 문학의 부름을 받았으되 그 안으로 완전히 들어갈 수도 없고(혹은 그러고 싶지 않고) 그렇다고 해서 그 자장 밖을 벗어날 수도 없는 상황, 그것이 문학의 상황이다. 한편으로 성과 K의 관계는 카프카-『성』과 독자의 관계에 대응된다. 카프카의 언저리를 맴도는 아류들, K들은 많지만 영원토록 카프카는 하나이고 그 하나가 우리에게는 그토록 소중하다.

프란츠 카프카, 홍성광 옮김, 『성』, 펭귄클래식코리아, 2009.

살다, 읽다, 쓰다

『뻬쩨르부르그 이야기』
— 우리의 이 속물스러움을 어찌할 것인가

니콜라이 고골(1809~1852)

고골은 러시아 문학 최고의 수수께끼이다. 그는 얼굴이 너무 많거나 아예 없다. 능글맞고 의뭉스러운 재담꾼의 얼굴, 이상과 현실의 괴리 앞에서 파멸하는 광기 어린 예술가의 얼굴, 궁상맞고 추레한 노총각의 얼굴, 구원의 열망에 사로잡혀 고통받는 메시아의 얼굴. 이 모든 얼굴들이 『뻬쩨르부르그 이야기』 속을, 환상의 도시 뻬쩨르부르그를 유령처럼 배회한다.

> 그러나 가장 기묘한 것은 네프스키 거리에서 일어나는 사건들이다. 오, 이 네프스키 거리를 믿지 마라! (중략) 모든 것이 기만이고 모든 것이 꿈이며 모든 것이 겉보기와는 다르다!
>
> ─「네프스키 거리」

인간은 그를 구성하는 각종 부속물로 해체된다. 프록코트, 넥

타이, 중절모, 콧수염 등이 거리를 가득 메우고 그 파편들이 인간을 장악한다. 오죽하면 엄연히 인간의 한 부분인 신체마저도 속을 썩인다. 가령 「코」에서 '코'는 분명히 코발료프의 일부였으나 어느 날 갑자기 독립적인 인간이 되어, 더욱이 그보다 더 높은 관등을 뽐내며 그를 위협한다. 과연 이 모든 것이 한낱 꿈에(러시아어로 '코(nos)'를 뒤집으면 '꿈(son)'이 된다.) 불과한 것일까.

　「외투」처럼 사실주의의 '외투'를 걸친 소설 속의 세계는 더 환상적이다. 가난한 하급 관리가 북국의 혹한에 맞서려고 힘들게 장만한 새 외투를 강탈당하고 절망 끝에 사망한다. 이후 그는 '귀신'이 되어 페테르부르크를 떠돈다. 그러나 이 소설의 환상성은 괴담 같은 줄거리에 있는 것이 아니다. 인간이 그 자체로 존재하지 못하고 하나의 외투, 하나의 자리로 환원되는 세계야말로 그로테스크하다.

　　아카키 아카키예비치의 시신은 어디론가 옮겨져 매장되었다. 그리고 더 이상 페테르부르크에 아카키 아카키예비치라는 사람은 없었다. 그런 사람은 처음부터 존재하지도 않았던 것 같았다. 누구의 보호나 사랑도 받지 못하고, 흔한 파리 한 마리도 놓치지 않고 핀으로 꽂아 현미경을 들이대는 자연 관측자의 관심조차 끌지 못했던 존재가 사라졌다. (중략) 이렇게 하여 관청에서도 아카키 아카키예비치의 죽음을 알게 되었고, 벌써 그다음 날부터 훨씬 키가 큰 다른 관리가 그의 자리를 차지하고 앉았다.

　　　　　　　　　　　　　　　　　　　　　살다, 읽다, 쓰다

이렇듯 고골은 카프카보다 먼저 관료제의 암흑과 심연을 들여다본 작가이다. 「광인 일기」는 관료제의 부품이 된 인간의 내면을 포착한다. 포프리시친은 상관의 딸과 결혼함으로써 승진을 향한 야무진 포부를 갖지만 그것이 좌절되자 완전히 미쳐 버린다. 이 광기의 핵심은 무엇인가. 그의 독백은 한 편의 시처럼 읽힌다.

> 나는 9급 관리이다. 왜 9급 관리가 되었을까? 어쩌면 나는 백작이나 장군인데, 다만 9급 관리처럼 보이는 건 아닐까? 아마 나 자신도 내가 어떤 인간인지 모르고 있을 거다. 사실 역사에도 그런 예가 얼마든지 있다. (중략) 어떤 평민이나 농부가 어쩌다가 그 신분이 드러나 갑자기 어떤 귀족이나 황제라는 것이 밝혀지는 경우가 종종 있다. (중략) 나도 당장에 총독에 임명되거나 경리 국장이나 그 밖의 어떤 관직을 받지 않을까? 내가 왜 9급 관리인지 알고 싶지 않을까? 다시 말해 내가 9급 관리인 이유가 뭘까?

포프리시친은 정체성이라는 화두를 붙든 채 자신의 광기의 궤적을 고스란히 추적할 만큼 뛰어난 시적인 능력을 지녔다. 그럼에도 그의 실존적 고뇌와 그 저변에 깔린 속물스러움의 충돌은 가히, 미학적 충격에 가깝다.

「초상화」의 주인공 차르트코프도 현실 법칙 앞에서는 속수무책이다. 우연찮게 구입한 초상화 속의 인물이 떨어뜨린 돈으로 그는 양복, 향수, 오페라글라스 등을 사고 프랑스 레스토랑에서 고급 음식과 샴페인을 주문한다. 예술이라는 이름으로 이 가난한 청년이 억눌러 왔던 속물적인 욕망이 얼마나 강렬했는지를 안쓰럽게 보여 주는 대목이다. 순수한 열정의 화신조차도 결코 완전히 죽일 수는 없었던 내 안의 악마, 그것의 이름이 바로 속물성이다.

고골은 인간 본연의 속물성을 종교를 통해 극복하려 한다. 자기가 그린 초상화가 많은 사람을 악의 구렁텅이에 빠뜨렸음을 통감하고 수도원에 들어가 평생을 속죄하며 산 성상 화가가 필요한 것은 이 때문이다. 하지만 교회의 벽 안에서 순결함과 고고함을 유지하는 것은 전혀 어렵지도 않거니와 숫제 무의미하다. 인생의 문제는 항상 '홍진'에 묻힌 세상에서 생겨나되, 우리는 그것을 떠날 수 없기 때문이다. 이 딜레마가 결국 고골을 광기로 몰아간다.

고골의 소설가적 재능은 예민한 코와 왕성한 위장에 있었다. 1830년대와 1840년대 초반, 러시아 문학이 낭만주의의 끝물을 붙잡고 있을 무렵, 그는 '등 따시고 배부르게' 살자는, 절대 죄스러울 것 없는 인간의 원초적인 욕망에 주의를 기울인 최초의 작가였다. 하지만 동시에, 어떤 초월성도 담보하지 못하는 이 허망한 욕망을 혹독히 단죄하고자 했다. 속물스러운 가치를 탐했던 그의 주인공들은 실제로든 비유적으로든 모두 죽는다. 한편, 소설 바깥에서 고골은 자기 자신을 단죄한다. 말년에 이르러 종교에 심취한 그는 기괴한 단식을 감행, 포도주 몇 방울로 연명하다가 스스로를 굶겨 죽이기에 이른다. 서른 살만 돼도 웬만큼 타협하게 되는 속물스러움에 고골은 왜 그토록 큰 우수를 느꼈던 것일까. 누구보다 타인을 배려할 줄 알

살다, 읽다, 쓰다

왔던 그가 자신의 '평범한' 속물들에게는 왜 그토록 가혹했던 것일
까. 그러게, 고골은 수수께끼란 말이다.

니꼴라이 고골, 조주관 옮김, 『뻬쩨르부르그 이야기』, 민음사, 2002.

『필경사 바틀비』
— '하기 싫다'와 '하고 싶다'

1853년, 허먼 멜빌

1850년대 미국의 사회상과 자본주의의 폐악을 담은 사실주의 소설이자 '필사를 거부한 필경사(서기)'에 관한 환상적이고 재미난 소설인 『필경사 바틀비』는 그동안 여러 석학들의 관심을 받아 왔다. 한데 바틀비를 둘러싼 많은 담론에서 '하기 싫다'를 선언한 그가 '하고 싶다'의 주체이기도 하다는 사실은 별로 지적되지 않은 것 같다. 애초 변호사가 그를 채용한 것은 창백한 단정함과 애처롭고 고독한 기품이 마음에 들어서이다. 심지어 그의 자리를 다른 직원과 같은 "반투명 유리 접이문" 뒤쪽이 아니라 자기 공간 쪽에 마련해 주고 "사적인 자유와 그와의 소통"을 동시에 누릴 수 있도록 높은 접이식 녹색 칸막이를 설치한다. 바틀비 역시 상관의 기대에 부응하고자 밥도 먹지 않고 눈이 상하는 줄도 모른 채 밤낮 일만 할뿐더러 일요일에도 출근한다. 필경사의 "말 없고 창백하고 기계적인" 업무 방식이 유감스럽긴 해도 변호사는 그의 착실함과 근면함을 높이 산다. 고용

살다, 읽다, 쓰다

주(자비와 애정)와 고용인(충성의 의지)의 암묵적 동의에 기초한 미묘한 착취 관계가 성립된 것이다. 이런 계약에서 가장 도발적인 언행이 바로 거부와 태업이다.

소위 바틀비 선언인 "(그것은) 하기 싫습니다.(I would prefer not to.)"에는 뭔가 달리 하고 싶은 것이 있음이 은근히 전제된다. 어쩌면 그것은 아무것도 하지 않는 것('면벽 공상')일 수도 있겠다. 하고 싶은 것만 하고 하기 싫은 것은 하지 않는 것은 바틀비뿐만 아니라 모든 인간의 원초적인 욕망이다. 결코 그가 '까다로운/특별한(particular)' 것은 아니다. 실상 그는 필사된 서류를 검토하는 일이나 우편물 도착 여부를 확인하는 잔심부름은 거절해도 자기가 하고 싶은 일(네 통의 긴 문서 필사)은 꾸준히 한다. 뿐더러 숙식을 사무실에서 해결하는 진정한 일 중독자이다. 사무실을 옮긴 다음 변호사가 그 건물의 유령이 된 바틀비를 찾아가 나누는 대화도 재미있다.

"어딘가에 취직해서 다시 필사 일을 하고 싶나?"

"아니요. 나는 어떤 변화도 안 겪고 싶습니다."

"포목상 점원 일은 어떤가?"

"그 일은 너무 틀어박혀 있어서요. 싫어요, 점원 일은 하고 싶지 않습니다. 하지만 내가 까다롭게 가리는 것은 아니에요."

"너무 틀어박혀 있다니," 하고 내가 소리쳤다. "아니 자네는 계속 틀어박혀 있잖아!"

틀어박혀 있는 것, 즉 '붙박이 인생'을 그토록 사랑한 그가 '부랑자'로 교도소에 수감된 것이야말로 희극이다. 한데 '(먹는 것은) 하기 싫다'의 원칙을 고수하며 안뜰에 조용히 누워 있는 그의 마지막 모습(죽음)은 변호가의 사무실 책상 앞에서 창백한 '유령'처럼 필사에 몰두하던 모습(삶)에 부합한다. 이런 그가 불가해한 존재라면 그의 얘기를 들려주는 변호사도 만만치 않다.

그의 사무실은 애당초 좀 수상쩍다. 늙고 무능할뿐더러(정오가 지나면 서류에 잉크를 떨어뜨린다.) 변덕스럽기까지 한 필경사(터키)와 '야망과 소화 불량' 때문에 오전 내내 신경질을 부리는 젊은 필경사(니퍼즈), 칠칠맞지 못한 소년 사환(진저 넛)은 모두 전근대적 값싼 노동력의 예로 보인다. 이는 물론 변호사 개인의 선택이다. "나이가 패 지긋한 사람"인 그는 "젊을 때부터 줄곧 편하게 사는 것이 제일이라는 확신으로 가득 찬," 따라서 "배심원단 앞에서 열변을 토하거나 대중의 갈채를 불러일으키는 일은 일절 하지 않고 혼자 조용히 아늑한 사무실에 처박혀 (중략) 수지맞는 일을 하는, 그런 야심 없는 변호사 중 하나"이다. 즉, 하기 싫은 일은 할 수 없는 사람이다. 그렇기에 바틀비의 '수동적인 저항'과 '유순한 뻔뻔스러움'에 '무장 해제'되는바, 그를 향한 복잡다단한 정서의 기저에 깔린 것은 유대감이다.

나는 차츰 바틀비와 관련된 이런 고생이 영겁 전에 모두 예정되어 있었으며 바틀비는 나 같은 범부로서는 헤아릴 수 없는 전지(全知)한 섭리의 어떤 신비한 목적을 위해 내게 할당되었다는 믿음

살다, 읽다, 쓰다

에 빠져들었다. 그래, 바틀비야, 칸막이 뒤에 있어라 하고 나는 생각했다. 다시는 너를 박해하지 않으마. 너는 이 의자들처럼 해가 없고 시끄럽게 굴지도 않아. 나는 만족해. 다른 사람들은 좀 더 고상한 역할을 맡을 수도 있겠지만, 바틀비야, 이 세상에서 나의 임무는 네가 머물렀으면 하는 기간만큼 네게 사무실 공간을 제공하는 거야.

그리하여 변호사는 바틀비를 내쫓는 대신 사무실을 옮긴다. 이어, 교도소에 갇힌 자신의 조용한 분신에게 작별 인사와 더불어 '뭔가'를 슬쩍 쥐어 줌으로써 자신을 떼 내는 데 성공한다. 분신의 죽음을 목도한 뒤에도 그의 과거 이력(원래 바틀비는 구조 조정 때문에 갑자기 실직한 워싱턴의 '배달 불능 우편물 취급소'의 말단 직원이었다.)을 전하며 그가 원래 '죽은 사람 같은 존재'였음을 강조하고는 탄식할 뿐이다.

　　"아, 바틀비여! 아, 인간이여!"

이렇게 그는 죄책감을 비롯한 모든 불편함을 감상적인 휴머니즘 속에 두루뭉수리로 말아 넣는다. 과연 '(그것은) 하기 싫다'라는 원칙을 고수하되 적절한 타협을 통해 자본의 '벽들(월가!)'의 틈새에서 용케 살아남는 현대인의 전형답다. 서로 미묘한 짝패를 형성한 노년 변호사와 청년 필경사는 여기서 결렬된다.

고래잡이의 경험을 십분 발휘하여 『모비딕』을 쓴 허먼 멜빌은

레오 카락스의 「폴라 엑스」(1999)의 원작 소설인 『피에르, 혹은 모호함』의 작가이기도 하다. 그리고 보다시피 카프카의 소설처럼 "격렬하게 희극적인 텍스트"(들뢰즈)를 창조했다. 이 놀라운 다면성에도 불구하고 살아생전의 그는 일반 독자는 물론 평단의 관심도 받지 못한 채 뉴욕 어딘가에 붙박여 '금전의 저주'와 '심술궂은 악마의 조롱'을 받으며 '노예'처럼 자기만의 소설을 써 나갔다.

바틀비에 대한 '우수의 감정'에 휩싸인 변호사의 말처럼 "그의 가난도 가난이지만, 그의 고독은 얼마나 끔찍한가!" 바틀비는 망망대해 포경선의 갑판 위에서 흰 고래를 생각하는 에이허브 선장의 다른 모습이자 작가 멜빌의 분신이다. 이 모순이 경이로울 따름이다.

허먼 멜빌, 한기욱 엮고 옮김, 『필경사 바틀비』, 창비, 2010.

『모래의 여자』
─ 새로운 패배와 전락을 향하여

1962년, 아베 코보(1924~1993)

　　어디론가 떠났다가 영원히 돌아오지 못한 자의 이야기는 항상
흥미를 자극한다. "8월 어느 날, 한 남자가 행방불명되었다." 31세, 자
그마한 체형의 교사 니키 준페이는 사흘간의 휴가를 얻어 모래사막
에 서식하는 곤충을 찾아 떠난다. 신종 곤충을 발견하여 기나긴 라
틴어 학명과 함께 자신의 이름을 곤충 도감에 올리기 위해서이다.
하지만 정작은 사구에 파묻힘으로써 원래의 이름을 상실함과 동시
에 그 자신이 모래 속의 희귀 생명체, 즉 벌레-곤충으로 변신하는
상황이 전개된다.

　　아베 코보의 『모래의 여자』는 니키 준페이가 '남자,' 심지어 '인
간'의 대명사가 되는 과정을 담은 소설이다.

　　남자는 모래 구멍 속 여자의 집에 감금된 순간부터 탈출을 시도
한다. 그런 남자의 눈에는 여자가 안쓰러울 뿐만 아니라 한심하기까
지 하다. 밤마다 모래를 퍼내야 하고 모래 밖으로는 한 발짝도 나가

지 않는 삶이 도무지 이해되지 않는다. 잡혀 온 이방인도 아니면서 왜 자유를 반납하고 사느냐고, 혹시 마을 사람들에게 뭔가 수치스러운 짓이라도 한 것이냐고 남자는 여자를 추궁한다. 여자의 반응은 차분하다 못해 심드렁하다.

밖에 나가 봐야 딱히 할 일도 없고 그동안 너무 많이 걸어서 지쳤다는 것이다. 이 단순하고도 묘한 논리에 당황한 남자는 말문이 막힌다. "그렇다……. 십몇 년 전, 저 폐허의 시절에는 모두 한결같이 걷지 않아도 되는 자유를 찾아 광분하였다. 무엇이 '걷지 않아도 되는 자유'이며 무엇이 '걸을 수 있는 자유'인가. 이러나저러나 중요하지 않다.

모래 바깥에서처럼 모래 속에서도 남자는 여전히 자유를 찾아 헤맨다. 첫 번째 탈출 시도가 실패하자 더 치밀한 계획을 세운다. 급기야 여자를 반쯤 혼수상태에 빠뜨려 놓고 손수 만든 밧줄을 이용해 사구 밖으로 빠져나가기에 이른다. 46일 만의 자유! 하지만 이 자유가 모래밭을 계속 걸어 다녀야 하는 상황, 즉 도망자의 상황으로 이어진다. 추격을 피해 열심히 도주한 결과 그가 다다른 곳은 개도 얼씬거리지 않는 소금밭이다. 늪과 같은 모래 속으로 빨려 들어가며 남자는 무조건 살고 싶은 욕망을 느낀다.

결국 '적들'의 손에 구출된 그는 다시 무덤과 같은 모래 구멍 속에 안치된다. 이 모든 과정이 실은 저들의 시나리오에 따른 것이라니, 얼마나 허무한가. 그럼에도 자유를 향한 남자의 몸부림은 계속된다. 바깥을 자유롭게 돌아다닐 수만 있다면 노인의 '외설스러운'

제안도 기꺼이 받아들이려 한다. 그러나 정작 그 자유를 손에 넣었을 때는 그것을 향유하기는커녕 사구 밖으로 한번 나가 볼 뿐, 자신이 발명한 유수 장치를 살피기 위해 이내 되돌아온다. "딱히 서둘러 도망칠 필요는 없다. (중략) 도주 수단은, 그다음 날 생각해도 무방하다."『모래의 여자』는 이렇게 끝난다. 도주를 유예하는 것이 비단 병원에 실려 간 여자를 기다리기 위해서만은 아닐 것이다. 남자는 무기력하게 무너진 것인가.

저 독특한 '모래 왕국'을 폐쇄적이고 억압적인 체제의 은유라고 생각해 보자. 실제로 모래의 속성을 이용한 부조리한 노동 착취와 인권 유린, '감시와 처벌'의 메커니즘(망루를 지키는 시선!), 자유의 박탈과 개성의 말살 등은 여러 반(反)유토피아 소설 속의 국가를 연상시키는 측면이 있다. 하지만 아베 코보는『모래의 여자』의 세계를 이데올로기적 은유로 축소하기보다는 실존적인 정황으로, 보편적인 인간 조건으로 확장한다.

'모래의 여자'가 보여 주듯 자유의 개념은 유동적이며 상대적이다. 남자 역시 이 점을 슬슬 깨달아 간다. 막상 일을 해 보니 의외로 나쁘지 않을뿐더러 시간을 견딜 수 있다는 장점이 있다. 여기서 노동은 삶의 동의어에 가깝다. '모래의 여자'를 그냥 비참한 수인(囚人)으로 보아야 할까?

오히려 그녀야말로 모래와 더불어 살면서 매 순간 모래, 즉 세계로부터의 자유를 향유한 것은 아닐까? 비슷한 맥락에서 남자는 사구 밖으로 나갈 수 있는 무한한 자유를 보유한 채로 사구 속에 머물러 있음으로써 오히려 더 자유로워지는 것 같다. 거듭되는 패배와 전락, 이것이야말로 니키 준페이를 인간으로 만들어 주는 핵심적인 요소가 아닌가 싶다.

아베 코보, 김난주 옮김, 『모래의 여자』, 민음사, 2001.

살다, 읽다, 쓰다

『이방인』
— 부정과 긍정 사이

1942년, 알베르 카뮈(1913~1960)

오늘 엄마가 죽었다. 아니 어쩌면 어제. 양로원으로부터 전보
를 한 통 받았다. '모친 사망, 명일 장례식. 근조(謹弔).' 그것만으로
써는 아무런 뜻이 없다. 아마 어제였는지도 모르겠다.

카뮈가 스물아홉 살에 발표한 『이방인』은 '엄마'의 죽음을 알리
면서 시작해 '나'의 살인을 거쳐 '나'의 사형 집행을 예고하며 끝난
다. 1부는 엄마의 장례식, 마리와의 연애, 살라마노 영감의 비극, 레
몽과 정부의 다툼, 그것에 연루됨으로써 촉발된 '나'의 아랍인 살해
에 이르기까지 제법 강렬한 사건으로 채워진다. 반면 2부는 그것에
대한 반성 내지는 해석의 장이다. 18일 동안 빈틈없이 연속적으로
전개된, 그 자체로 어딘가 석연치 않은 날것의 삶, '나'의 욕망과 즉
흥적인 행동이(1부) 법과 종교(심리, 재판, 고해 성사)의 언어로 재구성
되는 것이다.(2부)

2부의 회고적 판독에 따를 때 '나'는 극악무도한 죄인이다. 엄마를 양로원에 보내 놓고 엄마의 나이도 잊을 만큼 무심한 아들, 엄마의 죽음 앞에서 무덤덤했을뿐더러 입관한 엄마의 시신을 보려고도 하지 않고 오히려 그 옆에서 밀크커피를 마시고 담배를 피운 냉혈한, 엄마의 장례를 치른 바로 다음 날 해수욕을 하고 평소에 호감을 느끼던 여자와 코미디 영화를 보고 심지어 그녀와 '가장 수치스러운 정사'에 골몰한 패륜아. 이런 자라면 능히 계획적인 범죄를 저지를 수 있다는 식이다. 즉, "우리 사회에서 자기 어머니의 장례식에서 울지 않은 사람은 누구나 사형 선고를 받을 위험이 있다."

모든 문제는 삶의 논리와 법률의 논리, 삶의 무대(실제)와 연극 무대(유희) 사이의 간극 때문에 발생한다. 말하자면 살인 장면에서 뫼르소가 보여 준, 처음 한 방과 두 번째 네 방 사이의 간극, 그 틈새 같은 것이다.

나는 온몸이 긴장해 손으로 권총을 힘 있게 그러쥐었다. 방아쇠가 당겨졌고, 권총 자루의 매끈한 배가 만져졌다. 그리하여 짤막하고 요란한 소리와 함께 모든 것이 시작되었다. 나는 땀과 태양을 떨쳐 버렸다. 나는 한낮의 균형과, 내가 행복을 느끼고 있던 바닷가의 예외적인 침묵을 깨뜨려 버렸다는 것을 깨달았다. 그때 나는 그 움직이지 않는 몸뚱이에 다시 네 방을 쏘았다. 총탄은 깊이, 보이지도 않게 들어박혔다. 그것은 마치, 내가 불행의 문을 두드리는 네 번의 짧은 노크 소리와도 같은 것이었다.

살다, 읽다, 쓰다

예심 판사가 이 대목에 집착하는 이유는 계획 살인의 혐의를 확정하기 위해서이다. 그의 심문은 십자가를 손에 든 채 종교, 즉 기독교와 그리스도를 들먹이며 일장 훈계를 늘어놓는 것으로 마감된다. 저 틈새가 안일한 법률과 기만적인 종교의 논리로 오롯이 설명될 수 있을까.

엄마의 존재는 『이방인』 곳곳에, 속속들이 스며 있다. 가령, 아내가 죽은 이후 쭉 키워 온, 미운 정 고운 정 다 든 늙은 개를 잃어버린 살라마노 영감이 침대가 삐걱거릴 만큼 격렬한 울음을 울 때 뫼르소는 왠지 죽은 엄마를 생각한다.

살인을 저지르기 직전의 상황도 비슷하다. "뜨거운 햇볕에 뺨이 타는 듯했고 땀방울들이 눈썹 위에 고이는 것을 나는 느꼈다. 그것은 엄마의 장례식을 치르던 그날과 똑같은 태양이었다. 특히 그날과 똑같이 머리가 아팠고, 이마의 모든 핏대가 한꺼번에 다 피부 밑에서 지끈거렸다." 그가 아무런 원한도 없는 아랍인을 무참히 살해한 것은 엄마의 죽음을 둘러싼, 한 단어로 정의할 수 없는 감정의 덩어리와 무관하지 않으리라. 어떻든 이 모든 것이 언젠가 사형 집행 장면을 구경하러 간 뫼르소 아버지의 구토와 닮은 데가 있다. 새삼스레 상기하자면, 문학은 이렇듯 논리와 조리와 상식이 놓쳐 버린, 인과 관계와 필연성의 원칙으로는 영원히 메워지지 않는 저 우연한 틈새(부조리!)를 보여 주기 위해 존재하는 것이다.

1857년 말, 노벨 문학상을 받으며 카뮈는 자신의 문학적 포부를 크게 세 가지로 얘기했다. 부정(否定), 긍정, 사랑이 그것이다. 『이방인』은 부정의 소설로서 뒤이어 나올 긍정의 소설 『페스트』를 예고한다. 부정과 긍정 사이에는 무엇이 있을까. 카뮈의 산문집 『안과 겉』에 어머니 얘기를 제법 눅눅하게 담아 낸 챕터(「긍정과 부정 사이」)가 있다. 그것을 참고하자면 그의 문학은 "어머니의 그 기이한 무관심"으로 표현된 "세계의 모든 부조리한 단순성"에 대한 기록이다. 오랜만에 만난 아들 앞에서 수줍은 미소를 지으며 조심스레 "또 올 거지? 바쁜 것은 잘 알지만, 그래도 이따금⋯⋯."이라고 말하는 어머니. 유고가 돼 버린 『최초의 인간』에서도 카뮈는 그녀의 형상을 되살려 내고자 했다. 이쯤 되면 부정과 긍정 사이에 존재하는 위태로운 틈새가 어렴풋이 보이는 것도 같다.

부정은 항상 강렬하고 자극적이며 그 때문에 매혹적이다. 하지만 그 자체로는 아무런 의미도 없다. 부정이 진정으로 빛을 발하는 것은 오직, 그것을 통해 감방 벽의 돌들 틈새에 아로새겨진 고통이, 카뮈의 표현에 따르면 "우리들의 분수에 맞을 수 있는 단 하나의 그리스도"의 얼굴이 드러날 때이다. 『이방인』의 마지막 문장, 위악과 냉소와 슬픔과 분노로 가득 찬 동물적인 절규를 보라.

그때 밤의 저 끝에서 뱃고동 소리가 크게 울렸다. 그것은 이제 나와는 영원히 관계가 없어진 한 세계로의 출발을 알리고 있었다. 참으로 오래간만에 처음으로 나는 엄마를 생각했다. 엄마가 왜 한 생애가 다 끝나 갈 때 '약혼자'를 만들어 가졌는지, 왜 다시 시작해 보는 놀음을 했는지 나는 이해할 수 있을 것 같았다. (중

살다, 읽다, 쓰다

략) 아무도, 아무도 엄마의 죽음을 슬퍼할 권리는 없는 것이다. 그리고 나도 또한 모든 것을 다시 살아볼 수 있을 것 같은 생각이 들었다. 마치 그 커다란 분노가 나의 고뇌를 씻어 주고 희망을 가시게 해 주었다는 듯, 신호들과 별들이 가득한 그 밤을 앞에 두고, 나는 처음으로 세계의 정다운 무관심에 마음을 열고 있었던 것이다. 세계가 그렇게도 나와 닮아서 마침내는 형제 같다는 것을 깨달으면서, 나는 전에도 행복했고, 지금도 행복하다는 것을 느꼈다. 모든 것이 완성되도록, 내가 덜 외롭게 느껴지도록, 나에게 남은 소원은 다만, 내가 처형되는 날 많은 구경꾼들이 와서 증오의 함성으로 나를 맞아 주었으면 하는 것뿐이었다.

알베르 카뮈, 김화영 옮김, 『이방인』, 민음사, 2011.

『페스트』
— 부조리에 맞서는 반항

1947년, 알베르 카뮈

194X년 알제리의 해안 도시 오랑에 페스트가 발생하여 도시가 봉쇄된다.(1부) 많은 희생과 투쟁 끝에(2~4부) 끝날 것 같지 않던 페스트는 사라지고(5부) 오랑의 의사인 베르나르 리유가 그에게 3인칭의 형식을 빌려 이 '연대기'를 서술한다. 그에게 페스트는 부조리 그 자체이다. "페스트는 마치 추상처럼 단조로운 것"이고 "추상과 싸우기 위해서는 추상을 약간은 닮을 필요가 있다." 그는 모든 것을 신에게 맡겨 버리는 안일한 신앙 대신 이미 창조된 현재의 세계를 거부하고 투쟁하려는 의지를 표명하면서 실무적이고 성실한 태도를 취한다. 그런 리유조차도 새 혈청의 첫 임상 실험 환자(예심 판사 오통의 아들)가 고통에 시달리며 죽어 가는 장면을 지켜볼 때는 감정적인 격앙을 억누르지 못한다.

"어린애들마저도 주리를 틀도록 창조해 놓은 이 세상이라면 나는 죽어도 거부하겠습니다."

불가해한 신의 섭리를 사랑하라는 파늘루 신부 앞에서 이렇게 절규하는 리유는 반항, 특히 "형이상학적 반항"(알베르 카뮈, 『반항하는 인간』)의 주체임이 분명하다. 반항의 근거인즉, "인간에게는 경멸해야 할 것보다는 찬양해야 할 것이 더 많다."라는 사실에 대한 믿음이다.

리유의 짝패인 장 타루는 '인간은 어떻게 신 없이 성인이 될 수 있는가.'라는 문제에 골몰하지만 실상은 리유처럼 그저 인간을 이해 하려고 하되 인식 이상의 영역인 행동(윤리)에 집중한다. 그는 페스 트가 소강상태로 접어든 순간 페스트에 감염되어 사망한다. 이것이 성자를 꿈꾸던 젊은 니힐리스트에게 주어진 최후의 시험인지도 모 르겠다.

한편 아랍인의 생활상을 취재하러 오랑에 온 신문기자 랑베르 에게는 리유와 타루의 반항이 구체적인 인간(파리의 아내-연인)이 아 니라 "하나의 어설픈 관념"을 향한 추상적인 사랑이자 "영웅 놀음"처 럼 보인다. 그럼에도 그는 리유의 개인사(중병에 걸린 아내가 오랑 시 바 깥 요양원에 있다.)를 전해 듣고 보건대에 합류할뿐더러 오랑을 탈출할 기회가 있었음에도 계속 그곳에 남는다. '나'의 행복을 추구하는 대 신 '우리'의 불행에 합류하여 '연대'를 실천한 그에게 작가는 연인과 의 눈물겨운 재회를 선사한다.

그 밖에 페스트를 인간의 죄악에 대한 심판이자 응징으로 받아 들이는 파늘루 신부, 과거의 범죄가 발각될까 봐 자살까지 불사한 연금 생활자 코타르, 경직된 법률과 관료 행정을 대변하는 예심 판사 오통의 이야기도 흥미롭다. 이름조차 상징적인 그랑('위대하다'라는 뜻)은 시청의 변변찮은 비정규직 관리에 불과하지만 그에게는 꼭 해야 할 일이 있다. "5월의 어느 아름다운 아침나절에, 우아한 말 탄 여인 하나가 (중략) 오솔길을 누비고 있었다." 바로 이런 문장으로 시작하는 걸작을 완성하는 것이다. 페스트 때문에 죽음의 문턱까지 갔다가 정신을 차리기가 무섭게 사경을 헤맬 때 소각한 원고를 다시 살릴 생각에 골몰하는 그랑이야말로 삶의 현현이 아닌가 한다. "바로 이 보잘것없고 존재도 없는 영웅, 가진 것이라고는 약간의 선량한 마음과 아무리 봐도 우스꽝스러운 이상밖에는 없는 이 영웅"을 리유는 영웅의 전범으로 제시한다. 시계를 없애고 냄비에 콩을 옮겨 담는 해수병에 걸린 노인, 타루의 수첩 속 '고양이 노인'도 비슷한 느낌을 준다.

그러나 매일같이 점심 식사가 끝난 후 도시 전체가 더위 속에서 꾸벅거리며 졸고 있는 시간이면 건너편 집 발코니 위에 키가 자그마한 노인이 한 사람 나타나는 것이었다. 흰머리에 빗질을 단정히 한 데다가 군대식으로 재단한 복장을 갖춘, 자세가 꼿꼿하고 성격이 엄격한 그는 냉담하면서도 부드럽게 "나비야, 나비야." 하고 고양이를 불렀다. 고양이들은, 아직 몸을 움직이지 않은 채, 졸음에 겨워 흐리멍덩한 눈을 쳐드는 것이었다. 노인이 고양이들의 머리 위로 거리에 잘게 찢은 종잇조각들을 뿌리면, 고양이들은 비처

살다, 읽다, 쓰다

럼 떨어지는 그 흰 종잇조각 나비들에 이끌려 길 한복판으로 걸어 나와 마지막으로 떨어지는 종잇조각들을 향해 주춤거리는 한쪽 발을 내밀었다. 그때 키 작은 노인은 고양이들 머리 위에다 세차고 정확하게 가래침을 탁 뱉는 것이었다. 그 가래침들 중 하나가 목표물에 맞으면 그는 신이 나서 웃어 댔다.

쥐들이 잇따라 사망하여 고양이들이 없어지자 노인은 빗질도 잘 하지 않고 어딘가 풀이 죽고 불안한 기색이다. 그러다가는 아예 자취를 감춘다. 타루는 그를 어떤 징후를 가진 "성스러움의 근사치"로 정의한다.

엄밀히 말해 『페스트』는 페스트가 아니라 페스트에 대한 사유(생이별과 귀양살이)를 담은 알레고리에 가까운 소설로서 '부조리-부정'(『이방인』)을 잇는 '반항-긍정'의 소설적 표현이다. 또 연대기의 형식과 문체, 타루의 성자 콤플렉스, 연대 투쟁의 모티브 등은 도스토예프스키의 『악령』에, 리유의 형이상학적 반항과 파늘루 신부와의 논쟁은 『카라마조프가의 형제들』에 근거를 두고 있다.(두 작품 모두 카뮈가 개작하여 무대에 올린 바 있다.) 한데 도스토예프스키와 비교할 때 그의 소설은 '삶'이 부족하고 그의 영원한 동반자인 사르트르에 비해서는 '관념'이 부족하다. 달리 말하면 삶과 관념의 긴장 어린 공존이 카뮈 소설의 매력이다. 여기서 소설가이자 극작가인 동시에 편집자-저널리스트이자 에세이스트로서 당대의 현실은 물론 인류의 사상사를 꾸준히 추적하여 이론화해 온 카뮈의 공력이 발휘되기도 한다. 그 성취는 최연소(44세) 노벨 문학상 수상으로 보상받는다.

알제리의 빈민가, 포도 농장의 노동자와 스페인 혈통의 가정부 사이에서 태어난 카뮈는 아버지의 요절(1차 세계 대전에서 전사)로 편모슬하에서 자란다. 경제적, 또 건강상의 이유로 일찌감치 학자-교수의 길을 접고 기자가 된 스물아홉의 청년이 『이방인』으로, 이어 『페스트』로 세상을 깜짝 놀라게 한다. 천재는 유전자의 법칙도 비켜 가는 것임을, 정녕 하늘이 내리는 것임을 보여 주는 대목이다. 사르트르와 보부아르 같은 귀족-부르주아 작가가 주름잡던 파리의 지성계 한복판에 선 그는 어떤 모습이었을까. 보부아르의 회상과 그녀의 소설(『레 망다렝』) 속 카뮈는 열정적이지만 촌스럽고 방종한 출세주의자, 기껏해야 발자크의 『잃어버린 환상』의 주인공(뤼시앙 드 르방프레)처럼 묘사된다. 과연 노벨상은, 굳이 그런 것 따위는 필요 없었고 그래서 당장 수상을 거부했던 사르트르와 달리, 카뮈의 인생이라는 작품의 정점이었을 법하다.

하지만 작가(예술가)와 생활인(사회인) 사이의 간극은 성공 이후에 더 커진다. 말년의 걸작 『요나 혹은 작업 중의 예술가』에서 얘기하듯 '고독(solitaire)'이냐, '연대(solidaire)'냐, 이것이 문제이다. 반복하건대, '고독(부조리-부정)'에 골몰했던 20대의 카뮈가 30대가 되면서 '연대(반항-긍정)'를 주장하게 되었다. 그다음 단계로 염두에 둔 것은 '사랑'이었다.(「노벨상 수상 연설」) 그러나 그 기획을 실현하기도 전에 동료 편집자(갈리마르)의 자동차를 타고 파리로 가던 길에 교통사고로 사망한다. 그의 가방 속에는 사용하지 않은 파리행 기차표와 미완성 원고(『최초의 인간』)가 들어 있었다.

　지병인 폐병 때문에 어차피 단명했으리라는 말도 있지만 우리가 사랑하는 카뮈와 그의 문학은 이 부조리한 죽음의 형식까지 포함한다. 그리고 늙음의 초입에서 조각상처럼 굳어 버린 아름다운 얼굴, 작가 자신의 말마따나 험프리 보가트를 닮았지만 그보다 더 잘생긴 얼굴까지.

알베르 카뮈, 김화영 옮김, 『페스트』, 민음사, 2011.

『말』
─ 어느 관념론자의 고백

1964, 장폴 사르트르(1905~1980)

사르트르는 『구토』의 작가로 유명하지만, 세기의 지성이라는 수식어가 조금도 아깝지 않은, 철학과 문학의 육화였다. 그런 그가 고맙게도 자서전을 한 권 써 주었다. 경쾌하고 까불까불하는 문체 덕분에 사르트르라는 이름이 주는 위화감도 잠시나마 불식되는 것 같다.

여느 자서전처럼 『말』은 유년의 기억에서 출발한다. 일찍이 아버지를 여의고 어머니와 함께 외조부 집에서 '기식'한 만큼 말년의 빅토르 위고처럼 '할아버지 놀이'를 즐겼던 외조부, 누이와 같았던 젊은 엄마에 관한 얘기가 많다. 아들과 인사를 나누는 기쁨마저 베풀지 않고 살그머니 달아나 버린 아버지에 대한 감정은 제법 양가적이고 때론 무척 냉소적이다. 하지만 아버지의 삶을 두어 줄로 요약하는 그의 문장은 담백하면서도 늑늑하다. "그 역시 사랑했고 살려고 애썼고 그러다가 죽음을 체험한 사람이다. 그만하면 한 인간의 역

살다, 읽다, 쓰다

사는 충분히 이루어진 셈이다." 어떻든 이 책 속의 모든 얘기가 결국 하나의 주제로 귀결된다. 바로 넓은 의미에서의 문학이다. 이 점이 기존의 여러 자서전과의 가장 큰 차이점이기도 하다.

『말』은 두 부분으로 되어 있고 각각 '읽기'와 '쓰기'라는 부제를 달고 있다. 다소 도식화하면 전자는 공부의 과정을, 후자는 습작의 과정을 다룬다. 외할아버지의 총아, 즉 '착한 아이'와 '신동'의 역할을 훌륭히 해내던 어린 사르트르는 '엉터리 꼬마 작가'로 거듭난다. 이 과정의 핵심은 무엇인가. 달리 말해, '말'이라는 도발적인 제목이 의미하는 바는 무엇인가.

보통의 경우 아이는 현실 속의 사물을 먼저 인지하고 그다음에 말을 배운다. 즉, 내 눈앞의 구체적인 꽃 한 송이, 꽃이라는 말, 책 속의 그림-글자 꽃, 하나의 원형으로서의 꽃, 이런 식의 이월 내지는 확장을 경험한다. 명징한 구체의 세계(사물)와 모호한 추상의 세계(말) 사이에 놓인 간극을 좁혀 가며 후자에 가까이 가는 과정을 우리는 학습, 나아가 성장이라고 부른다. 사르트르가 말을 배운 방식은 정반대다. 그는 『라루스 대백과사전』 속에서 진짜 새집을 털고 진짜 꽃 위에 앉은 진짜 나비를 잡았다고 고백한다. 사람과 짐승이 모두 '진짜로' 거기 있었다는 것이다.

그에게는 실제의 꽃 이전에 원형-관념으로서의 꽃이 먼저 있었다. 마찬가지로 책 속의 원숭이와 사람이 진짜였고, 현실 속의 그것은 플라톤의 동굴 속 수인의 눈에 비친 그림자처럼 가짜에, 어설픈 모조품에 불과했다. 말의 현실과 실제 현실 사이의 결렬, 이것이 곧

할아버지의 서재에서 세상을 배운 '플라톤주의자' 사르트르의 관념론의 기원이다. 그것을 청산하는 데 30년이 걸렸다고 그는 말한다. 관념론에 침윤된 채, 어쩌면 그것과 사투를 벌이며 쓴 작품이 『구토』다. 그리고 주인공 로캉탱은 곧 사르트르 자신이다.

우리는 로캉탱이 아무 이유 없이 수시로 경험하던 구토를 기억한다. 가령 바닷가에서 아이들을 따라 물수제비를 뜨기 위해 조약돌을 집어 들 때 그는 치밀어 오르는 구토를 참을 수 없어 한다. 그의 구토가 좀처럼 이해되지 않는 것은 우리 대부분이 사물의 세계에서 말의 세계로 옮겨 가며 성장한 탓이다.

일찌감치 플라톤주의자였다면 상황이 전혀 다르다. 말이 구축한 이상(理想), 그 합리와 논리에 맞서 사물은 무질서와 부조리를 부르짖는다. 사물과 말은 두 평행선처럼 아슬아슬한 접근만을 반복할 뿐, 절대 완전히 만나지 못한다. 그 결렬을 목도하는 순간 구토는 불가피하다. 그럼 어찌할 것인가.

『말』을 쓸 무렵 사르트르는 환갑을 코앞에 두고 있었다. 우리는 그가 플로베르와 『보바리 부인』에 대해 사용했던 표현을 빌려 이런 식의 말을 할 수 있겠다. 그는 안짱다리에 짜리몽땅하고 사팔눈에 퍽이나 못생긴 남자였다. 이 희대의 추남은 말과 사물 사이의 심연을, 그리고 그로 인한 구토를 처음 발견했을 뿐만 아니라 그것을 극복하는 방법까지 가르쳐 주었다. "나는 오직 글쓰기를 위해서만 존재했으며, '나'라는 말은 '글을 쓰는 나'를 의미할 따름이었다."

글쓰기는 아무도 구원하지 못하고 아무것도 정당화하지 못하

살다, 읽다, 쓰다

는, 무력한 행위이지만, 그러나 그것은 '인간의 산물'이다. 이보다 더 숭고한 실존이 있을까.

장폴 사르트르, 정명환 옮김, 『말』, 민음사, 2008.

『고도를 기다리며』

― 존재와 시간, 그 부조리에 바치는 희비극

1952년 출간, 1953년 초연, 사뮈엘 베케트(1906~1989)

베케트의 『고도를 기다리며』의 명성과 인기는 셰익스피어의 여느 희곡에 맞먹을 법하지만 실제 내용은 허망하기, 심지어 한심하기 그지없다. I막, 어느 시골길, 고목(枯木) 같은 나무가 한 그루 서 있다. 고고(에스트라공)와 디디(블라디미르)가 차례로 나타나 고도를 기다린답시고 각종 시답잖은 놀이를 한다. 이어, 포조가 끈에 묶인 럭키를 앞세우고 등장한다. 이 둘이 퇴장하자 한 소년이 나타나 고도는 내일 올 거라는 말을 전해 주고 사라진다. 무대에는 고고와 디디만 남는다. 2막의 내용도 대략 비슷하다.

연극이 진행되는 내내 아무런 사건도 일어나지 않는 것은 이 극이 초연된 I953년은 물론 지금 봐도 충격적이다. 통상 희곡의 사건은 인물-성격이 서로 부딪치는 와중에 발생하여 모종의 위기와 절정을 거쳐 파국(혹은 해피엔딩)을 맞이한다. 그 원동력이 되는 것은 주인공-영웅(hero)의 의지와 욕망이다. 그러나 『고도를 기다리며』에는

살다, 읽다, 쓰다

마땅히 주인공도 없을뿐더러 주인공 비스름한 고고와 디디는 더 이상, 어떤 의미에서도 영웅이 아니다. 제각기 다른 이름과 그 나름의 차별적인 요소를 지니고 있음에도(가령 고고는 곧잘 구두를 갖고 놀고 자신을 예수에 비유한다.) 서로 잘 구분되지도 않는다. 일견 주인과 노예로 엮인 포조와 럭키는 여차하면 전복될 것 같은 괴상한 주종 관계로 엮여 있다. 1막과 2막의 말미에 잠시 등장하는 소년(들)은 형제지간인지 동일인인지 끝까지 헷갈린다. 르네상스 이래 지난 세기의 문학이 이룩한 '나-자아'의 신화는 이렇게 무너진다.

시공간 역시 특이하다. 어딘지 알 수 없는 불명확한 장소에 시간은 정지돼 있거나 아니면 정반대로 무한대로 흘러간다. 등장인물 중 누구도 객관적인 시간관념을 갖고 있지 않다. 고고와 디디는 오랜 시간을 함께하며 수시로 만남과 이별을 반복한 것 같으나 구체적인 정황을 기억하지 못하거나 그러지 않는다. 사정은 럭키와 포조, 소년도 마찬가지다. 등신 같은 떠돌이 어른 네 명은 더 늙을 것 없음에도 시종일관 더 늙어 가는 반면, 소년은 시간의 영향을 전혀 받지 않기에(그래서 더 소름 끼친다.) 아예 자라지도 못한다. 시계와 달력이 없는 이곳에서 '고도'는 시간의 다른 이름인지도 모르겠다. 존재와 시간은 기다림의 형식으로 서로에게 손발이 꽁꽁 묶여 있다. 이 경우 기다림은 삶의 동의어로서 행위(순간)라기보다는 양태(지속)이다. 고고와 디디는 오지 않는 '고도' 때문에, 더 정확히 '고도'가 오지 않기 때문에 존재한다. 태어남과 죽음 사이를 흐르며 모든 것을 느긋하게 해치워 버리는 저 무자비한 시간을 두고 포조는 절규한다. 그

긴 시간 동안 디디의 말마따나 "온갖 짓거리를 다 해 가며 시간을 메울 수밖에 없다."

아리스토텔레스의 『시학』 이래 시간과 공간과 행동의 엄정한 일치는 희곡(특히, 비극)의 근간을 이루어 왔다. 그러나 체호프를 기점으로 극 장르는 각종 의미론적 요소를 지워 가는 쪽으로 진화하다가 사르트르와 카뮈의 실존주의극을 거쳐 베케트의 이른바 부조리극에 이르면 인물 아닌 인물과 사건 아닌 사건으로 한 편의 극이 완성된다. 이것이야말로 우리의 사유의 틀을 바꿔 놓은 대사건이다. 『고도를 기다리며』는 한 불문학자의 표현대로 "사물과 육체를, 언어와 정신을 차례로 소멸시켜 나가는 이 도저한 절망의 상상력"(이인성)을 통해 불확정성과 상대성의 원칙, 존재와 세계의 부조리를 비단 내용이 아니라 형식 그 자체로 담아 낸다. 기존의 연극이 사실성의 환상을 창조하기 위해 고수해 온 각종 조건성과 인과율이 사라지자 오히려 무대는 무대 바깥, 실제 우리의 삶과 놀랍도록 유사했다.

2막이 끝날 무렵 고고는 "이 지랄은 이제 더는 못하겠다."라고 말한다. 디디는 심드렁하게 응수하며 내일 고도가 안 오면 목이나 매자고 한다. 마지막에도 가자는 말만 할 뿐, 둘은 럭키가 자신의 무거운 짐을 내려놓지 못하듯(혹은 그러지 않듯) 여전히 움직이지 않는다. 이 황량한 정체(停滯)와 불모의 세계에서 오직 나무만 1막에서 2막을 거치면서 이파리 몇 장을 달고 있다. 기적과 구원의 상징인가, 아니면 그저 허망한 디테일인가. 글쎄다. '고도'가 누구이며 무엇을 의미하느냐는 물음에 작가조차 "내가 그걸 알았더라면 작품 속에 썼을 것"이라고 대답했다지 않는가.

『고도를 기다리며』를 발표했을 때 베케트는 이미 세 편의 장편을 내놓은 소설가, 특히 해체적이고 실험적인 문체로 유명한 『몰로이』의 작가였다. 은둔과 방랑의 삶을 산 그는 영어와 프랑스어를, 소설과 희곡을 넘나들며 문학에 매진했으며 한때는 대학 강단에 서기도 했다. 이 아일랜드 작가에게 『고도를 기다리며』는 정녕 고고와 디디의 당근(순무) 놀이, 모자 놀이, 목매달기 놀이처럼, 또 럭키의 썰렁한 춤과 황당한 '생각' 놀이처럼 "이 지랄," 일종의 호작질-손장난이었는지도 모르겠다. 애초에 프랑스어로 쓴 이 작품을 영어로 다시 쓰면서 그는 '두 막짜리 희비극'이라는 부제를 붙인다. 베케트의 개인사든(1938년 파리에서 길을 걷다가 어느 청년의 칼에 찔려 죽을 뻔한 일) 역사든(2차 세계 대전) 진정한 비극은 그 진짜 원인을 찾을 수 없다는 데 있다. 어쩌면 그것은 그 어디에도 없는지 모른다. 포조는 자기와 럭키의 처지를 두고 팔자소관 운운한다. 이 세상의 눈물과 웃음의 총합은 동일하다는 식의 말도 덧붙인다. 과연 웃지 않고서야 이 당연한 부조리를 어떻게 견뎌 내랴.

사무엘 베케트, 오증자 옮김, 『고도를 기다리며』, 민음사, 2000.

7

"읽기는
쓰기 후에
일어나는
행위이다"

문학과 정치, 메타픽션

『농담』
― 무거운 진담과 가벼운 농담 사이

1967년, 밀란 쿤데라(1929~)

쿤데라의 첫 장편 『농담』은 서른일곱의 루드비크 얀이 모종의 목적을 갖고 오랜만에 고향 땅(모라비아)을 밟는 것으로 시작한다. 현재의 사흘만큼이나 중요한 것이 15년쯤 전의 전사이다.

대학생 루드비크는 여자 친구(마르게리타)를 골려 주려고 쓴 엽서 한 장 때문에 사회주의의 적으로 몰려 당과 대학에서 제명당한다. "낙관주의는 인류의 아편이다! 건전한 정신은 어리석음의 악취를 풍긴다. 트로츠키 만세! 루드비크." 이 문구의 함의도 문제겠지만 그것이 농담이라는 사실 때문에 1948년 혁명 이후의 "승리감과 역사적 낙관주의", "금욕적이고 장엄한 기쁨"에 정면으로 맞서는 것으로 간주된다. 덧붙여 당(전체)은 당원(개인)이 어떤 사람이며 어떤 생각을 하는지 알 권리가 있다. 세 명의 대학생 앞에서 진행되는 '심판'은 진지함(무거움)의 폭력 앞에서 우스움(가벼움)이 희생양으로 전락하는 과정을 여실히 보여 준다. 죄가 죄인과 벌을 만드는 것이 아니라, 정반대로, 유죄 선고와 벌에서 죄가 생겨나는 식이다.

한번 선고된 죄는 철회될 수도 없다. 쿤데라가 카프카의 『소송』을 분석하며 전개한 논리인바, "농담의 내장", "코믹한 것의 무서움"(『소설의 기술』)은 이렇게 모습을 드러낸다. 죄인 루드비크는 거듭된 자아비판 끝에 대학생이라는 신분, 지적 오만과 냉소주의 등 모든 것이, 숫제 존재 자체가 죄임을 깨닫는다. 실상 농담 한마디 때문에 유형살이(오스트라바 근교의 탄광)를 하게 된 정황이야말로 한 편의 농담과도 같다. 병영 생활 중 우연히 만난 '느림'과 '안개의 소녀(루치에)'와의 낭만적인 사랑이 농담의 밀도와 깊이를 더한다. 그러나 진짜 농담은 그가 자신의 인생을 망쳐 놓은 제마네크를 상대로 펼치는 복수극이다.

루드비크는 자신에게 호감을 보이는 방송국 기자 헬레나가 제마네크의 부인임을 알게 되고, 마침 취재차 모라비아에 가야 하는 그녀를 만나기 위해 이곳에 온 것이었다. 그러나 해묵은 원한을 설욕하기 위한 정사를 전후하여 그를 지배하는 정조는 역시 웃음(농담)이다. 더 우스운 것은 그들이 딸 때문에 마지못해 같이 사는 명목상의 부부가 된 지 오래라는 사실이다. 젊고 발랄한 애인까지 있는 제마네크에겐 헬레나가 오히려 성가신 존재이고, 또 복수의 표적이 되기엔 그가 너무 약해져 있다. 이쯤 되면 복수는 '환상'이자 '자기만의 종교'이자 '신화,' 즉 또 다른 농담에 다름 아니다. 이제 예전의 얀이 아닌 다른 얀이 역시 예전의 제마네크가 아닌 다른 제마네크 앞에 서 있는 것이며, 얀이 제마네크에게 날려야 하는 따귀는 영원히

살다, 읽다, 쓰다

사라져 버리고 만 것이다. 증오의 대상을 무너뜨리기 위해 감행한 귀향은 쓰러진 옛 친구(야로슬라프)를 부둥켜안는 것으로 끝난다. 헬레나와는 달리 '비물질적이고 추상적인' 존재인 루치에와 재회했으나 그녀가 그를 알아보지 못한다(혹은 않는다)는 사실도 상징적이다.

『농담』은 주인공뿐만 아니라 그를 에워싼 다른 인물들도 자기만의 목소리와 스토리를 갖는, 쿤데라 식 다성악 소설의 첫 시도이다.

가령 우스꽝스러운 복수극의 희생양이 된 헬레나는 열아홉 살의 조수(인드라)에겐 흠모와 숭배의 대상이다. 사건의 전말을 알고서 절망한 그녀가 자살하기 위해 복용한 인드라의 진통제가 변비약으로 밝혀짐으로써 "호모 센티멘탈리스"(『배신당한 유언들』)와 '낭만적 열정'을 둘러싼 한 편의 농담이 완성된다. 야로슬라프는 민중 애호가를 자처하는 프라하 출신의 제마네크와는 달리 뼛속까지 전통을 숭배하는 모라비아 출신의 음악가이다. '왕들의 기마 행렬' 행사와 관련하여 아들과 부인이 공히 자신을 기만했음을 깨닫는 순간, '민속-가부장적 과거'를 재건하려는 욕망이 눅눅한 농담으로 바뀐다. 루치에를 매개로 다시 루드비크와 엮인 코스트카 박사는 종교적인 신념 때문에 대학을 떠나야 했지만 여전히 "복음서에 접목된 공산주의 유토피아"(『배신당한 유언들』)를 구현하고자 한다.

한편, 소설 속에서 적잖은 비중을 차지함에도 루치에만은 자기만의 장(章)과 말을 갖지 못한 채 루드비크와 코스트카의 독백을 통해 외부에서만 조명된다. 덕분에 그녀는, 애초 작가의 의도이기도 한바, 자신의 음습한 과거와 함께 "유리창 저편"(『소설의 기술』)에, 그녀가 철조망 사이로 루드비크에게 건넨 장미꽃 한 송이의 이미지로 남는다.

체코어로 쓰인 『농담』이 프랑스어를 비롯한 여러 외국어로 번역, 출간되었을 때 쿤데라는 이미 불혹의 나이였다. 이후 그는 『참을 수 없는 존재의 가벼움』, 『불멸』과 같은 문제적인 걸작들을 내놓지만 개인사는 썩 원만하지 못했다. 1975년 프랑스에 정착, 『느림』부터는 숫제 프랑스어로 소설을 쓰기 시작했으니 '프랑스로 망명한 체코 작가'가 아니라 '체코 출신의 프랑스 작가'라고 하는 편이 맞겠다. 아무튼 두 정체성 사이에서 진동하며 '향수의 고통'과 더불어 그보다 더 고약한 "소외의 고통"(『배신당한 유언들』)을 감내하는 것은 그의 작가적 숙명인 것 같다. 음악가의 아들로서 인생의 전반(前半)을 음악 공부에 매진한 이력과 무관하지 않은바, 역사-정치와 인생사 전반에 대한 분석적이고 지적인 접근법은 쿤데라만의 독특한 소설 형식을 낳는 데 기여한다.

그가 노골적인 찬사를 아끼지 않은 카프카, 세르반테스와 라블레, 무질과 브로흐 등에 관한 비평적 성격의 에세이도 높은 품격을 자랑한다. 물론 이 모든 것이 그에게는 소설 창작의 토양으로서(만) 의미를 갖는다. 소설이란 "작가가 실험적 자아(인물)를 통해 실존의 중요한 주제를 끝까지 탐사하는 위대한 산문 형식"(『소설의 기술』)이기 때문이다.

밀란 쿤데라, 방미경 옮김, 『농담』, 민음사, 2011.

살다, 읽다, 쓰다

『참을 수 없는 존재의 가벼움』
― 무거움과 가벼움의 변증법, 긍정과 초월의 철학

1984년, 밀란 쿤데라

1968년 '프라하의 봄'과 소련의 체코 침공을 배경으로 토마시와 테레자, 사비나와 프란츠 등 네 지식인의 사랑과 삶을 그린 쿤데라의 대표작 『참을 수 없는 존재의 가벼움』은 니체의 영원 회귀 사상에 관한 말로 시작한다. 영원한 회귀란 신비로운 사상인데 그로 인해 많은 철학자들이 곤경에 빠졌다는 것이다. 우리가 이미 겪은 일이 그대로 반복되고 이 반복 또한 무한히 반복된다면, 정녕 이 우스꽝스러운 신화가 뜻하는 바는 무엇인가.

작가의 해석인즉, 인생이란 단 한 번뿐, 그래서 한낱 그림자 같은 것이고 삶에는 아무런 무게도, 의미도 없다. 어느 독일 속담대로 "한 번뿐인 것은 전혀 없었던 것과 같다.(einmal ist keinmal.)" 언제 읽어도 아리송한 이 도입부에서 분명한 것은 영원성(반복/회귀)과 일회성의 모순이다. 영원성이 무거움이라면 일회성은 가벼움이다. 그렇다고 이 대립이 옳고 그름이나 좋고 나쁨의 가치로 환원되는 것은 아니다.

"그래야 한다!(Es muss sein!)" 즉 필연과 우연도 마찬가지이다. 특정한 시점에서 특정한 사건과 직면하여 과연 그래야 하는가 하고 묻는 것은 무의미하다. 모든 사건은 단 한 번뿐인 까닭이다. 한 개인의 삶과 한 국가, 나아가 세계의 역사는 그렇게 만들어진다.

프라하의 유능한 외과 의사 토마시는 여성에게서 낭만적인 이상향을 추구하는 '서정적 바람둥이'가 아니라 여성의 다양성에 천착하는 '서사적 바람둥이'의 전형이다. 그는 이혼과 함께 아들(시몽)까지 자신의 삶에서 가뿐히 지워 낸 다음 '관능의 욕망'이 아니라 '정복의 욕망' 혹은 견본 수집의 욕망에 따라 꾸준히 여자 사냥에 몰입한다. 이런 식으로 가벼움을 지향하는 토마시 앞에 한 여자-아이가 나타난다. 테레자가 사는 도시에 편도선 환자가 발생했고, 병원의 과장이 좌골 신경통을 앓는 바람에 토마시가 대신 왕진을 갔다가, 돌아오는 열차 시각이 애매해 들렀던 술집에서 테레자를 만났고, 얼마 뒤 그녀가 사실상 무작정 프라하에 왔고, 그날 그와 동침을 하고 감기에 걸려 그의 침대를 차지했다. 방수포에 싸인 채 (어린 오이디푸스처럼!) 강을 떠내려온 아이. 테레자를 거두는 순간, 분석적이고 강건한 서사성이 감정적이고 섬약한 서정성에 자리를 내주고, 섹스는 하되 동침은 하지 않는다는 원칙과 에로틱한 우정의 불문율이 와해된다. 깃털처럼 가볍던 돈 후안이 연민으로 고통받는 트리스탄으로, 가벼움이 무거운 굴레로 바뀌는 순간이다.

토마시의 삶(개인사)은 그의 조국의 삶(역사)과 평행선을 이룬다. 체코 공산주의자들에게 자신들의 죄를 통감하고, 말하자면 오이디

살다, 읽다, 쓰다

푸스 왕처럼 제 눈을 찌를 것을 촉구한 기사가 직접적인 문제가 된다. 공범자들의 은근한 조롱이 담긴 웃음에 철퇴를 날리듯, 그는 외과 과장으로 승진할 것이 거의 확실한 상황에서 전락의 길을 선택한다. 그러자 반대파(하필이면 그의 아들이다.) 쪽에서 그의 선택을 옹호, 또 다른 정치적 행동을 촉구하지만 이번에도 그의 입장은 단호하다. "그에게 중요한 것은 아무것도 없다. 오로지 그녀만이 중요했다. 여섯 우연의 소산인 그녀, 외과 과장의 좌골 신경통에서 태어난 꽃 한 송이, 'es muss sein!'의 피안(彼岸)에 있던 그녀, 유일하게 그가 진정으로 애착을 갖는 그녀." 굳이 사랑 때문만은 아니지만, 아무튼 한번 시작된 추락은 도시 외곽 병원의 허름한 의사로, 유리창을 닦는 노동자로, 급기야 시골의 트럭 운전수로 가속도의 법칙을 따른다. 한데 문제의 기사의 화두를 제공한 소포클레스의 비극은 테레자가 환기시킨 버려진 아기의 신화에서 나온 것이다. 오이디푸스 왕 역시 한때 버려진 아기였으니 말이다. 여기서 역사는 다시 개인사로 회귀한다. 쿤데라가 선보인 독특한 시간 사용법과 시점을 빌려 테레자의 경우를 보자.

테레자는 유년 시절부터 각종 이분법, 특히 '영혼과 육체'의 모순에 사로잡혀 있다. 어머니는 너의 몸뚱어리도 남들과 전혀 다를 바 없고, 때문에 벗은 몸을 부끄러워할 필요가 없다고 주장한다. 그렇기에 더더욱 그녀는 자기만의 고유성을 지키고자 하고, 영혼을 조롱하는 육체(생리혈이나 배 속의 꾸르륵 소리)에 대한 혐오감, 적어도 거부감을 버리지 못한다. 이렇게 가벼움 대신 무거움을 지향하는 그녀에게는 토마시 역시 우연이 아닌 필연의 존재이다. 즉, 다름 아닌 그가 내가 일하는 곳에 왔고 다름 아닌 내가 담당하는 테이블에 앉았고 다른 것도 아닌 책을 갖고 있었고(상승 욕구를 가진 그녀는 책을 숭배한다.)……. 따라서 그녀는 그에게 반할 수밖에 없었다. 프라하에 나타난 그녀가 겨드랑이에 끼고 있던 책이 톨스토이의 『안나 카레니나』라는 사실도 (이 소설이 소련-러시아와 체코의 역사적 질곡을 다루고 있기 때문에 더더욱!) 의미심장하다. 소설 속에서 안나와 브론스키가 모스크바의 기차역에서 처음 만난 날 한 남자가 기차에 치여 죽는다. 그리고 기나긴 시간이 흐른 다음 안나가 기차에 몸을 던져 자살한다. 아귀가 너무 잘 맞는 이 '소설적인' 구성이 테레자는 삶의 실제 모습이라고 생각한다. 육체(섹스)와 영혼(사랑)을 별개로 여기며 결혼 후에도 끊임없이 다양한 정부를 두는, 심지어 다른 여자의 성기 냄새를 머리카락에 묻히고 오는 토마시를 참기 힘든 것은 당연하다. 토마시 아닌 다른 남자(기술자)와의 정사도 당연히 참을 수 없다. 사랑도, 삶도 단 하나뿐이기 때문이다.

감동적인 것은 이런 차이와 모순에도 불구하고 토마시와 테레자가 15년여의 세월을 함께한다는 점이다. 보헤미아의 한적한 시골에서 처음 만난 그들은 함께 프라하의 봄을 맞았으며 소련의 체코 침공 때 함께 스위스로 떠났다. 다시 체코로 돌아온 뒤에는 함께 '매장의 시기'를 보냈으며 단 한 번뿐인 삶이 종결되는 순간도 공유한다. 그 직전, 그들의 사랑과 삶은 무거움을 한아름 껴안은 가벼움에 다다른다. 주인공들의 죽음에 대해 미리 알고 난 다음(3부) 그들의 '슬픈 행복'을 읽는 기분이 묘하다. 연인 같은 부부가 농부들의 파티에서 피아노와 바이올린 소리에 맞추어 춤을 추는 장면은 그 정점이다.

작가는 테레자의 '이상한' 행복과 슬픔에 대해 얘기한다. "이 슬픔은 우리가 종착역에 있다는 것을 의미했다. 이 행복은 우리가 함께 있다는 것을 의미했다." 실은 '카레닌의 미소'라는 제목이 붙은 마지막 장의 정조 자체가 그러하다. 카레닌은 토마시가 테레자와 결혼한 다음 친구의 집에서 데려온 잡종 개로, 얼굴이 못생겼다고 해서 암컷임에도 여자 이름(카레니나) 대신 남자 이름(카레닌)이 붙여진다. 이 서글픈 전원시의 마지막, 작가의 시선은 암 수술 이후에 안락사를 목전에 둔 늙은 개에게 멎어 있다. 그는 나무둥치에 앉아 카레닌의 머리를 쓰다듬으며 '인류의 실패에 대해 생각하는' 테레자를 떠올린다. 또한 토리노의 한 호텔 앞, 명징한 정신을 잃기 직전의 니체를 생각한다.

니체의 영원 회귀 사상에서 출발한 소설은 이렇게 채찍질당하는 말을 껴안고 우는 니체를 애도하며 끝난다. 단 하나뿐인 삶, 단 하나뿐인 나, 단 하나뿐인 너, 단 하나뿐인 카레닌……. 어찌해도 이것은 가벼움이 아니라 무거움이다. 이 비극과 마주한 우리에겐 유아적인 자기 연민을 넘어선 뭔가가 필요하다. 무거움과 가벼움의 모순이 얘기하는 것은 결국, 긍정과 초월의 철학이다.

밀란 쿤데라, 이재룡 옮김, 『참을 수 없는 존재의 가벼움』, 민음사, 2011.

『1984』
— "둘 더하기 둘은 넷이라고 말할 수 있는 자유"

1949년, 조지 오웰(1903~1950)

1984년 4월 4일 현재, 세계는 오세아니아, 유라시아 이스트아시아 등 세 개의 거대 국가로 재편돼 있다. 소설의 배경인 오세아니아의 런던. "빅 브라더가 당신을 지켜보고 있다."라는 문구처럼 모든 것이 B. B., 즉 빅 브라더의 통제하에 있다. 텔레스크린, 증오 주간, 영사(영국 사회주의), 승리 맨션, 승리 담배, 신어……. 극히 단순화된 미래 사회를 움직이는 원칙은 당의 슬로건("전쟁은 평화", "자유는 예속", "무지는 힘")이 암시하듯 객관적이고 절대적인 진리의 부정, 이른바 '이중 사고'('현실 제어'를 의미하기도 한다.)이다. 진리부의 일원으로 역사의 재편(날조)에 종사하는 윈스턴 스미스는 대략 7년쯤 전부터 당과 빅 브라더에 반감을 품어 왔다. 그 표현이 일기 쓰기이다. 2부에서는 연애를 통해 저항한다. 줄리아는 당의 부패와 타락의 상징처럼 제시되고 그녀와의 육체적 관계는 "일종의 전투", "사랑의 행위이기 전에 당에 일격을 가하는 정치적 행동"이다. 그들은 함께 '형제단'에 가입함으

살다, 읽다, 쓰다

로써 체제 전복을 꾀하지만 그들에게 밀회 장소를 제공해 주었던 늙은 상점 주인 채링턴, 정확히, 그렇게 위장해 있던 '사상 경찰'에게 체포된다. 3부는 "어둠이 없는 곳"인 애정부에 갇힌 윈스턴이 오브라이언의 고문과 세뇌 끝에 다시 태어나는 과정을 담고 있다.

　디스토피아 소설로 널리 알려진 조지 오웰의 『1984』는 여러모로 정치 풍자적인 우화에 가깝다. 검은 콧수염을 기른 마흔댓 살쯤의 잘생긴 남자(빅 브라더)는 스탈린을, '인민의 적' 골드스타인은 외모(가느다란 염소수염과 어딘가 지적이면서도 비열해 보이는 얼굴)와 유대인이라는 점, 그 밖의 전기적 사실에 있어 트로츠키를 연상시킨다. 윈스턴과 오브라이언의 두 번에 걸친 긴 대화(심문), 골드스타인의 책(『과두적 집단주의의 이론과 실제』)에서 인용되는 문장은 소설이 아니라 선동적이고 교시적인 팸플릿에서 가져온 듯하다. 실제로 문학과 정치의 상관성은 『1984』, 나아가 조지 오웰의 문학을 받치고 있는 축이기도 하다.

　인도 주재 영국 공관 공무원의 아들로 태어난 그의 첫 직업은 버마(미얀마)의 경찰이었다. 그러나 제국주의뿐만 아니라 '인간이 인간을 지배하는 모든 형태'에 분노하여 제국의 식민지 경찰 '에릭 아서 블레어'에서 작가 '조지 오웰'로 다시 태어난다. 그가 1930년대에 쓴 책들(『파리와 런던의 따라지 인생』, 『위건 부두로 가는 길』, 『카탈로니아 찬가』 등)은 대도시의 슬럼가, 탄광 지대, 전쟁터 등 '민중' 속으로, 또 역사의 현장으로 들어가 자신이 보고 들은 것을 충실히 기록하고 보도하려는 소명감의 산물이다. 여전히 모더니즘의 영향력이 막강한 시기였음에도 그는 전통적 리얼리즘과 저널리즘의 원칙을 고수하며 르포르타주(다큐멘터리)와 순수 문학의 경계를 오가는 소설을 썼다.

기록 문학의 대가가 『동물농장』, 『1984』와 같은 알레고리를 쓴 것은 자연스러운 흐름으로 보인다. "아주 어렸을 때부터, 그러니까 나이 다섯 아니면 여섯 살 때부터, 나는 내가 나중 커서 작가가 될 것임을 알고 있었다."(『나는 왜 쓰는가』) 이렇게 시작되는 유명한 에세이에서 작가가 된 동기 네 가지 중에서 가장 강조하는 것도 "정치적 목적"이다. 여기서 '정치적'이란 "세계를 특정 방향으로 밀고 가려는 욕망, 성취하고자 하는 사회가 어떤 사회여야 할 것인가라는 문제를 놓고 다른 사람들의 생각을 바꿔 보려는 욕망"을 말한다. 고로 "어떤 책도 정치적 편견으로부터 아주 자유롭지 않다. 예술은 정치와 무관해야 한다는 견해 자체도 하나의 정치적 태도이다."

『1984』를 쓰기 전 조지 오웰은 디스토피아 소설의 고전으로 꼽히는 자먀틴의 『우리들』(1923)에 대한 짧은 평을 남겼다. 그도 지적하거니와 이 소설은 스탈린 체제가 시작되기 전에 쓰인 소설이다. 형식주의 이론의 대두와 맞물려 다양한 형식 실험이 행해지는 가운데 자먀틴은 SF 소설에나 나올 법한 미래 사회를 배경으로 도스토예프스키(특히 『지하로부터의 수기』)가 던진 화두를 소설화한다. 건물은 유리벽으로 되어 있고 인간은 알파벳과 숫자로 환원되며 인간의 욕망과 자유의지는 "2x2=4," 즉 수학과 이성의 논리에 따라 엄밀하게 측정, 계산된다. 소설은 단일 제국의 우주선 축조에 참여하는 엔지니어 D-503의 일기(수기)로 이루어져 있고, 반역을 시도했던 주인공이 일종의 로보토미 수술을 받고 다시 제국의 충실한 종이 되는 것으로 끝난다. 전체주의의 악몽 속에서 철저히 마모돼 가는 개인의 실존을 포착한 걸작의 닫힌 구조를 『1984』도 반복한다.

1부, 윈스턴 스미스의 일기에는 "빅 브라더를 타도하자", "둘 더하기 둘은 넷이라고 말할 수 있는 자유, 이것이 자유이다."와 같은 문장이 들어 있다. 3부, 철저한 재교육이 끝난 뒤 그는 "둘 더하기 둘은 다섯"이라고 쓴다. 쥐 고문을 받은 뒤에는 빅 브라더를 향한 증오도 거둔다.

> 윈스턴은 빅 브라더의 거대한 얼굴을 올려다보았다. 그가 그 검은 콧수염 속에 숨겨진 미소의 의미를 알아내기까지 사십 년이란 세월이 걸렸다. (중략) 진 냄새가 배어 있는 두 줄기 눈물이 그의 코 양옆으로 흘러내렸다. 그러나 잘되었다. 모든 것이 잘되었다. 투쟁은 끝났다. 그는 자신과의 투쟁에서 승리했다. 그는 빅 브라더를 사랑했다.

묵시록적인 공포를 불러일으키기에 충분한 결말이다. 여기에 덧붙인 「부록: 신어의 원리」는 인간의 의식 구조의 형성과 변화에 언어-문학이 얼마나 큰 영향을 미치는지를 새삼스레 환기시킨다.

조지 오웰, 도정일 옮김, 『1984』, 민음사, 1998.

『파리대왕』
― 우리 안의 악마를 어찌할 것인가

1954년, 윌리엄 골딩(1911~1993)

    비행기를 타고 어디론가 이송되던 소년들이 불의의 사고로 바다 한가운데 무인도에 불시착한다. 『파리대왕』은 이 소년들의 모험담을 다루고 있지만 모험 소설이나 성장 소설로 읽히지는 않는다. 차라리 디스토피아 소설, 혹은 우화의 형식 속에 인간의 본성과 그 사회적 발현인 정체(政體)에 대한 사유를 담아 낸 철학 소설에 가깝다. 소년들은 크게 랠프파와 잭파로 나뉘는데, 이를 통해 이성과 광기(본능), 문명과 야만, 어른의 세계와 아이의 세계, 낙관주의와 냉소주의, 민주주의와 전체주의 등의 이분법이 형성된다. '쿠데타-혁명'으로 '정권'을 쟁취한 후 불이 필요해지자 피기의 안경을 훔쳐 가 버린 잭 일당 앞에서 랠프와 피기가 하는 말이 나름의 도식이 될 수 있겠다. 두 소년의 '말'과 잭 일당의 야유, 함성도 묘한 대조를 이룬다.

    랠프는 해군 중령의 아들로서 아빠 없는 피기를 은근히 무시하고 또 피기의 애원에도 불구하고 그의 별명(피기-돼지)을 다른 아이들에게 알릴 정도로 치사한 면이 있다. 그와 동시에 민주주의와 법치주의를 수호할 의지와 능력을 갖춘, 온화한 유형의 지도자-대장이기도 하다. 피기 역시 훌륭한 통치자의 멘토, 즉 지성의 상징이다. 그럼에도 성가대 지휘자로서 카리스마를 발휘하던 야심가 잭 대신 랠프가 '선거 놀이'를 거쳐 '대장'으로 선출되는 데 엄정하고 필연적인 논리가 있는 것은 아니다. 그의 큼직하고 매력 있는 풍채, 심지어 소라 덕분인지도 모르겠다.

그 때문인지 랠프와 잭의 연대는 시작부터 위태롭다. 우선 구조될 것이라는 희망을 갖고 불을 피워 연기를, 즉 봉화를 올리자는 의견과 당장 먹을 식량을 구하기 위해 사냥을 하자는 의견이 대립한다. 작가는 은근히 전자 쪽에 손을 들어주지만 과연 어느 쪽이 옳다고 정언적으로 말할 수 있을지 의문스럽다. 또 잭 일당을 얼굴에 색칠을 한 채, 즉 가면을 쓴 채 짐승처럼 날뛰는 '오랑캐'로, 공포와 폭력의 축으로 몰아간 것(상당히 선정적이고 폭력적인 암퇘지 사냥 장면이나 사이먼-'짐승' 살해 장면)은 영국 작가 특유의 결벽증에서 나온 것인지도 모르겠다.

대체로 『파리대왕』의 내포 작가는 어디로 튈지 모르는 '아이-자식'을 바라보는 '어른-아빠'와 유사하다. 이 '어른-아빠'는 소위 착하고 똑똑한 아이들(랠프와 피기)이나 아직 백지 상태에 가까운 꼬마들이 자신의 권위를 따르며 그 훌륭하고 질서 정연한 세계를 모방하길 바란다. 소라의 이용, 선거 흉내, 봉화 지키기 등 의회 민주주의의 미니어처를 보라. 한데 하나의 전범이나 희망의 형태로만 존재하던 '어른-아빠'가 소설의 말미에서 갑자기 진짜로 등장한다. 이 해군 장교가 아이들에게 던진 첫 질문이 "성인들 — 어른들도 함께 있니?"라는 점은 꽤 의미심장하다. 사태를 어느 정도 파악한 다음 그는 '어른-아빠' 특유의 점잖은 완곡어법으로 아이들을 나무란다. "영국의 소년들이라면…… 너희들은 모두 영국 사람이지?…… 그보다는 더 좋은 광경을 보여 줄 수가 있었을 텐데." 진짜 '어른-아빠' 앞에서 아이들은 더 이상 어른 흉내를 낼 수 없다. 그토록 호기롭고 용감하게 어른의 세계를 구축했던 잭마저도 몸부림치며 울기 시작한다. 그렇다면 과연 '어른-아빠'의 세계는 완벽할까.

『파리대왕』은 '어른-아빠'가 아이들을 구원하는 것으로 끝나지만 소설 바깥에 더 큰 공포가 도사리고 있음을 간과하지 않는다. 섬 속의 아이들이 봉화냐, 사냥이냐 하는 문제로 다투다가 결국 두 명의 희생양을 내기에 이르렀다면, 섬 밖의 어른들은 숫제 핵전쟁을 벌이고 있다. 어른 세계라고 '짐승'이라는 이름의 불안과 공포가 없을 리 없다. 잭 일당에게 잔인하게 살해되어, 무수한 파리 떼에 뒤덮인 암퇘지의 머리, 즉 '파리대왕(베엘제붑-악마)'은 우리 안에 있으며 그것이 결코 아이들만의 전유물은 아니라는 점, 이것이 진정한 비극이다. 재빨리 눈을 뜬 그가 파리도, 도려낸 창자도, 수치심에도 아랑곳하지 않고 그저 재미있다는 듯 씽긋 웃는 모습이 정말 무섭다.

윌리엄 골딩, 유종호 옮김, 『파리대왕』, 민음사, 2002.

살다, 읽다, 쓰다

『거장과 마르가리타』

— 정치권력과 문학 권력: "원고는 불타지 않는다!"

1967년, 미하일 불가코프(1891~1940)

1930년대 스탈린 치하, 소비에트의 수도 모스크바에 악마 볼란드가 수행원을 동반하고 나타난다. 그의 앞에서 악마의 존재를, 나아가 신의 존재를 부정한 베를리오즈는 이른바 '참수형'을 선고받고 전차에 목이 잘려 죽는다.

이어, 악마들은 바리에테(버라이어티) 극장 관계자들을 혼내 줌과 동시에 한판 마술쇼를 벌여 모스크바 시민들의 허영과 속악을 폭로한다. 대체로 이들의 활약상(폭로와 응징!)을 통해 당시 소비에트의 문제점이 여실히 드러난다. 스탈린 공포 정치와 무자비한 숙청(아파트 주민들의 증발), 급속한 근대화와 부의 불균등한 분배로 인한 주택난(악마조차 집주인을 쫓아내고 새로 서류를 작성하지 않으면 묵을 아파트가 없다.), 뇌물 수수와 각종 뒷거래(주택 위원장 니카노르의 수난), 지나친 관료주의와 형식주의('그리보예도프' 집에 들어가려면 악마라도 출입증이 필요하다.) 등.

보다시피 불가코프의 『거장과 마르가리타』는 우선 소비에트 사회에 대한 통렬한 풍자이다. 하지만 괴테의 『파우스트』와 도스토예프스키의 소설들이 천착했던 여러 형이상학적 문제를 파헤친 철학 소설이기도 하다.

다시 소설의 첫 부분으로 돌아가자. 볼란드는 베를리오즈의 운명을 예언하면서 제발 악마가 존재한다는 것을 믿어 달라고 부탁하고 그것을 증명할 '일곱 번째 증거'가 곧 나타날 것이라고 말한다. 악마의 예언은 물론 실현되었다. 뿐더러 베를리오즈의 잘린 머리가 악마의 무도회의 마지막을 장식하기 위해 또 한 번 등장한다. 그리고 그는 자신이 신봉한 무신론의 원칙에 따라 (불멸 대신!) 영원한 죽음을 선고받는다.

미하일 알렉산드로비치〔베를리오즈〕, 모든 일이 예언대로 실현됐지요. 그렇지 않습니까?" 볼란드가 머리의 눈을 들여다보며 말을 이었다. "(중략) 당신은 머리가 잘리면 사람의 삶은 그것으로 멈추고 그 사람은 재로 화하여 무(無)로 사라져 버린다는 이론을 열띠게 전파해 왔지요. 저의 손님들 앞에서 — 하긴 이 손님들 자체가 반론의 증거가 되기는 합니다만 — 이분들 앞에서 당신의 이론은 확고하고 재치 있다는 사실을 알려 드리게 되어 기쁩니다. 이론이라는 건 다 그 나름대로 가치가 있는 법입니다. 그런 것들 중에는 사람은 각자 믿는 대로 이루어질 것이라는 이론도 있지요. 그 이론도 실현될 겁니다! 당신은 무로 사라질 것이고, 저는 당신의 머리로 술잔을 만들게 되어 기쁠 겁니다. 존재를 위해 건배합시다!"

악마의 활약이 두드러짐에도 불구하고 『거장과 마르가리타』는 신에게서 출발하여 신에게로 귀결되는 소설이다. 이 소설의 제사로 쓰인 『파우스트』의 메피스토펠레스의 말은 여러모로 선언적이다. "(나는) 항상 악을 원하면서도 항상 선을 창조해 내는 힘의 일부분입지요." 악을 통해 궁극적으로 선에 도달하는 것, 악마의 존재를 눈앞에 직접 보여 줌으로써 '숨은' 신의 존재를 증명하는 것. 신(절대선)과 악마(절대악)의 관계는 완전히 평등하지는 않을지라도, 영원한 공존과 동행의 운명을 타고난 원상과 그림자처럼 상보적이다. 볼란드가 신-예수의 사도 레비 마트베이(레위 사람 마태오)에게 던지는 물음은 그래서 의미심장하다.

"악이 존재하지 않는다면 네 선으로 무엇을 할 것이며, 땅 위에 그림자가 사라진다면 이 땅은 어떻게 보일 것인가?"

그럼 이 소설에서 거장은 어떤 존재인가. 그는 이름도 없고(그저 '거장-M'일 뿐이다!) 전기적인 사항도 최소화되어 있다. 좀 과장하면, 작가의 분신으로서 오직 문학과 작가의 소명을 얘기하기 위해 존재한다고 볼 수 있다. 특히 그가 우여곡절 끝에 불태워 버린 원고(본디오 빌라도에 관한 소설)가 '부활'하는 장면에서 볼란드가 내뱉는 말이 유명하다.

"원고는 불타지 않아요."

문학의 불멸을 위해서는, 실상 극히 소비에트적인 화법인바, 작가 권력이 정치권력으로부터 완전히 자유로워야 한다. 스탈린의 애매한 '비호-폭력' 아래서 작품 활동을 해야 했던 불가코프에게 이것은 무척 치명적인 문제였다. 그랬기에 그는 거장을 통해 자신이 역사와 시대 앞에서 범한 죄('비겁함')를 예슈아(예수)의 무고함을 알면서도 자신의 정치적 입지를 지키기 위해 그의 처형을 묵과할 수밖에 없었던 빌라도에게 투영한다. 나아가 거장이 빌라도를 만월의 고통, 즉 불면과 편두통으로부터 해방시켜 주듯, 불가코프는 거장에게 '빛'은 아닐지언정 최후의 안식처를 선사한다. 이 '평안(안식)'이야말로 병마에 시달리며 당시로서는 출간 가능성도 거의 없는 상황에서 『거장과 마르가리타』를 써 나간 불가코프가 자기 자신에게 내민 위안의 손길이었을 터이다.

오, 다른 이들보다 세 배는 더 낭만적인 거장이여, 낮에는 반려자와 함께 꽃이 피기 시작한 벚나무 아래를 산책하고 저녁에는 슈베르트의 음악을 듣는 생활을 하고 싶지 않습니까? 촛불 앞에서 거위 깃털로 글을 쓰면 즐겁지 않겠습니까? 파우스트처럼 새로운 호문쿨루스를 빚어낼 수 있을 거라는 희망을 품고 증류기 앞에 앉아 있고 싶지 않습니까? 저곳! 저기에 벌써 당신들의 집과 늙은 하인이 기다리고 있고, 촛불도 벌써 타오르고 있습니다. 하지만 촛불은 곧 꺼질 겁니다, 이제 곧 새벽이 다가올 테니까요. 이 길로 가십시오, 거장, 이 길로! 안녕히 가십시오! 나는 떠날 때가 됐습니다.

미하일 불가코프, 정보라 옮김, 『거장과 마르가리타』, 민음사, 2010.

『이반 데니소비치, 수용소의 하루』

— 수용소 문학과 솔제니친: 일상의 공포

1962년, 솔제니친(1918~2008)

솔제니친이 문학사의 한 페이지에 조용히 안착된 지 어느덧 10년이 넘었다. 그는 인생의 대부분을 전쟁터와 수용소에서 보냈고 그 나머지는 망명지인 미국에서 보냈다. 1994년, 고국으로 돌아간 이후 그의 말년은 길고도 고요했다. 90년에 걸친 그의 생애는 20세기 러시아, 즉 소련의 흥망성쇠와 빈틈없이 맞물린다. 1945년, 솔제니친은 친구와 주고받은 편지에서 '불온한' 정치사상을 피력했다는 이유로 체포된다. 소위 수용소 인생의 신호탄이었다. 그러나 이 개인적 불행이 역사의 보편적 체험과 만나는 순간, 작가로서의 그의 운명은 새옹지마처럼 바뀌었다. 그의 이름 앞에는 항상 저항 작가 또는 반체제 작가라는 말이 붙었으며 그의 소설은 수용소 문학이라는 새로운 장르를 개척했다. 그가 노벨 문학상을 받을 만큼 세계적인 명성을 떨친 것도 많은 부분 정치와 문학의 역학 관계 덕분이다. 말하자면 솔제니친은 스탈린 때문에 수용소 인생을 살았지만(그럼에도 대단히 장수했다!) 작가로서는 불멸이라는 최고의 수혜를 입은 셈이다.

그의 출세작이자 대표작인 『이반 데니소비치, 수용소의 하루』의 주인공 이반 데니소비치 슈호프('체-854')는 9호 104반의 죄수이다. 그의 하루는 '아주 운이 좋은 날'로 정리된다.

영창에도 들어가지 않았고 '사회주의 생활 단지'로 작업을 나가지도 않았으며, 점심때는 속임수를 써서 죽 한 그릇을 더 먹었다. 반장이 작업량도 잘 조정해 주었다. 줄칼 조각도 용케 잘 숨겼고 잎담배도 샀다. 무엇보다도 찌뿌드드하던 몸이 씻은 듯이 다 나았다.

이 소설의 원래 제목('이반 데니소비치의 하루')에는 '수용소'라는 단어가 빠져 있다. 그렇기 때문에 위의 내용에 이어지는 마지막 문장이 주는 감동과 미학적 효과는 더 크다. "이렇게 슈호프는 그의 형기가 시작되어 끝나는 날까지 무려 10년을, 그러니까 날수로 계산하면 삼천육백오십삼 일을 보냈다. 사흘을 더 수용소에서 보낸 것은 그사이에 윤년이 들어 있었기 때문이었다." '운수 좋은 날'의 반전이랄까.

슈호프가 수용소에 온 것은 독일군의 포로, 고로 스파이였기 때문이다. 즉, 아무 이유도 없거나 귀에 걸면 귀걸이, 코에 걸면 코걸이 식의 억지 이유이다. 사정은 다른 사람도 별반 다르지 않다. 침례교도인 어린 알료쉬카는 기도를 너무 열심히 해서, 반장 추린은 아버지가 부농이라서, 영화감독 체자리는 불온한 영화를 찍어서 등이 체포 이유이다. 그러나 이 소설이 문제 삼는 것은 이렇게 가시적이고 부조리한 폭력, 소위 급성 폭력이 아니라 그 이후에 찾아오는 만성 폭력, 즉 일상이 되어 버린 폭력이다. 가령 슈호프는 더 이상 내일을 생각하지 않고 또 수용소 밖의 세상을 생각하지 않는다. 존재하는 것은 지금 이 순간과 이곳뿐이다. 어떻게 하면 영창에 가지 않을 수 있을까, 어떻게 하면 체자리가 피우는 저 담배를 한 모금이라도 얻어 피울 수 있을까.

이런 슈호프가 정작 벽돌을 쌓기 시작하면, 놀랍게도, 그야말로 노동의 화신이 된다. 눈 덮인 벌판도, 각종 죄수들도 아랑곳하지 않고 오직 지금 쌓을 벽에만 집중한다. 소비에트 사회의 이상인 '긍정적 주인공(영웅)'이란 노동과의 합일을 통해 자아를 실현하는 인간, 일말의 회의도 없이 오직 생산과 진보를 위해 노력하는 인간이다. 그런데 당시 소비에트 체제의 불합리한 운용의 희생양인 슈호프가 이런 소비에트적 인간(Homo Sovieticus)의 이상에 근접해 있다는 사실은 대단한 아이러니가 아닐 수 없다.

고발 문학 혹은 폭로 문학이 선전 문학으로 바뀌는 것은 순식간이다. 솔제니친의 문학은 지난 세기 내내 정치적 격랑에 따라 달리 평가돼 왔다. 스탈린 체제의 모순과 폭력을 고발하는 소설이 흐루시초프 체제, 즉 해빙기로 접어들면서 전혀 반대의 맥락에서 출판되고 또 각광받았다. 이어, 브레즈네프 시대에는 솔제니친과 그의 문학 자체가 아예 반체제 선고를 받는다.

이런 격동의 와중에도 변함없이 놀라운 것은 수용소 공간이 실존적 정황의 은유로 읽힌다는 점이다. 수용소 안은 수용소 바깥과 별반 차이가 없을 정도로 평범하고 단조롭다. 오히려 숙청의 공포에 벌벌 떨어야 했던 수용소 바깥이 더 극적이지 않았을까. 그 정도로 『이반 데니소비치, 수용소의 하루』 속의 수용소는 일상의 공간에 가깝다. 관성의 법칙에 지배되는 일상의 공포가 더 무서운 것은 당연한 일이다. 영원히 벗어날 수 없으니까.

슈호프는 행여나 하고 희뿌연 온도계의 유리관을 힐끔 곁눈질해 본다. 만약, 수은주가 영하 41도를 넘어서면 작업장으로 끌려갈 염려가 없기 때문이다. 그러나 오늘은 수은주가 40도까지 내려가기는 좀 힘들 것 같다.

아니나 다를까, 오늘 기온은 겨우(!) 영하 27.5도밖에 되지 않는다. 출근(혹은, 등교)할 수밖에! 그리고 오늘도 무사히!

솔제니친, 이영의 옮김, 『이반 데니소비치, 수용소의 하루』, 민음사, 1998.

『절망』
— 범죄보다 더 매혹적인 소설의 유혹

1936년, 블라디미르 나보코프(1899~1977)

러시아계 독일인이자 30대의 초콜릿 사업자인 게르만은 처음부터 자신을 천재 작가인 양 떠벌린다. 그리고 예술이 현실을 모방하는 것이 아니라 그것을 창조한다는 원칙하에 전대미문의 완전 범죄를 기획함과 동시에 전대미문의 소설을 구상한다. 범죄-소설 개요는 이렇다. 자신과 닮은 부랑아(펠릭스)를 자신처럼 변장시켜 살해한 다음 보험금을 타 내 아내와 함께 새 인생을 사는 것. 게르만은 열 달 동안 나름대로 치밀한 음모를 꾸민다. 일감을 제안하는 척하여 펠릭스를 꼬이고 변호사에게 자신의 피살 가능성을 암시하고 거치적거리는 아내의 사촌(아르달리온)을 이탈리아로 보내고 날조된 얘기로 아내를 설득한다. 예술을 위한 게르만의 움직임은 분답한 만큼이나 속되고 수사적인 만큼이나 희극적이다. 결국 그는 펠릭스를 살해하는 데 성공하고 유유자적하게 라인강을 넘는다. 과연 완전 범죄와 걸작이 탄생한 것일까.

살다, 읽다, 쓰다

범죄-예술과 소설-예술의 두 영역 모두에 있어 게르만의 기본 전제는 '닮음'이다. 하지만 여러 정황으로 보건대 그는 펠릭스와 조금도 닮지 않았고 그 자신도 이 점을 수시로 인지한다. 펠릭스-분신이 자신의 음침한 상상의 산물임을 알기 때문에 자기기만의 늪은 더욱 깊어진다. 이 역설이 『절망』을 지탱하는 축이기도 하다. 뿐더러 그는 엄연히 제각기 존재하는 두 인간 사이에 '닮음(심지어 같음)'을 상정하고 '원상-분신(그림자)'의 위계를 설정하는 것이 죄악임도 알고 있다. 모든 사람이 서로 닮았고 서로를 가뿐하게 대체할 수 있는 세상, 즉 '겔릭스들과 페르만들'로 이루어진 '미래의 무계급 사회(소비에트 사회)'에 대한 표상도 갖고 있다.

닮음에 대한 게르만의 강박관념은 '나'가 그 자체로 고유하고 유일한 존재라는 믿음의 부재와 자존감의 결핍에서 비롯된 것일 수 있다. 나의 존재가 대체될지도 모른다는 공포, 그에 앞서 나를 지우고 싶은 욕망, 나아가 나의 손으로 좌지우지할 수 있는 '좀비(분신)'를 갖고 싶은 욕망은 거의 동일한 메커니즘에 종속된다. 이는 걸작이 되어야 마땅한 자신의 소설이 기존 문학의 질 나쁜 모방이자 우스꽝스러운 패러디로 전락할지도 모른다는 불안과 궤를 같이한다. 그가 자신의 소설 제목으로 떠올리는 낱말(수기, 분신, 거울, 닮음 등)이 그 증거이다. 그의 범죄가 발각되는 것은 그 직후이다. 그제야 그는 소설 제목으로 '절망'보다 나은 것이 없음을 깨닫는다.

아르달리온의 타당한 지적대로 게르만의 보험 사기와 술책은 완전히 날림에 염증을 일으킬 만큼 진부한 것이다. 무엇보다 아무리 잘 변장을 시켜도 세상에 똑같이 닮은 사람은 있을 수 없다. "모든 얼굴은 유일무이"하기 때문이다. 문외한은 '닮음'을 보는 반면 예술가(화가)는 '차이'와 '디테일'을 본다. 펠릭스의 이름이 쓰인 지팡이(디테일!)를 망각했다는 점에서도 게르만이 얼마나 졸렬한 살인자에 어설픈 소설가인지가 드러난다. 이것이 어떤 절박한 이유도 없이(차라리 생계형 범죄였다면 모를까) 사람을 죽여 놓고서 미학에 탐닉한 게르만에게 내려진 벌이다. 더 치명적인 벌은 이 인물 자체가 도스토예프스키의 주인공을 비롯한 여러 허구적 인물의 짜깁기라는 점이다. 그는 오직 말로만 존재하기 때문에 다른 인물, 가령 펠릭스보다도 더 형상성이 떨어진다.

화창한 5월의 오후, 프라하 근교, 오솔길에 드러누워 모자로 얼굴을 가리고 낮잠을 즐기는 날품팔이 청년의 모습이 은근히 목가적이다. 고양된 어조로 닮음을 역설하는 '부자-지식인' 앞에서 '가난뱅이-무지렁이' 펠릭스는 시종일관 산문적이고 심드렁한 반응을 보인다. "부자가 가난뱅이를 닮을 리가 있소." 그는 모방 욕망을 모르는 백지 상태의 인간이기 때문에 오히려 사물과 현상을 있는 그대로 보고, 인위적인 계획에 따른 삶(심지어 범죄와 예술을!)을 추구하는 게르만과 달리 세상을 떠돌며 자연과 야생의 삶을 산다. 참새에게 빵 부스러기를 나눠 주며 되는대로 아무 말이나 흘리는 장면, 오랫동안 침대에서 자 보지 못했다며 잇몸이 드러날 만큼 히죽 웃으며 세면대 앞에서 알몸을 씻는 장면, 곧 죽을 줄도 모른 채 맨발에 알몸으로 눈 덮인 겨울 땅 위에서 딸꾹질하는 장면 등을 보라. 비유하건대, 펠릭스는 게르만의 악몽 속에 등장한 진짜 강아지(신의 창조물이자 인간의 원형)이고 게르만은 가짜 강아지(인간의 모조품)이다. 그럼에도 작가의 소설 미학과 예의 그 '절망'을 반영하는 인물은 물론, 게르만이다.

한동안 러시아 출신의 미국 작가로 소개되었던 나보코프가 미국으로 망명한 러시아 작가라는 사실은 새삼 강조할 필요가 없겠다. 유서 깊은 러시아 귀족 가문의 후예였던 그는 볼셰비키 혁명으로 인해 조국을 떠난 다음 평생 유목민처럼 떠도는 삶을 살았고 많은 작품을 영어로 썼지만 러시아 문학의 적자로서 큰 자부심과 소명감을 갖고 있었다. 그와 동시에 그는 러시아 문학 특유의 '억압(도덕, 정치, 종교 등),' 특히 휴머니즘의 강박과 메시아 콤플렉스로부터의 자유를 선언하며 작가를 오직 문학에만 헌신하는 독특한 성직자이게끔 했다. 한데 그 저변에 불운한 개인사가 도사리고 있음(입헌 민주당의 일원이었던 그의 아버지는 암살당했다.)을 간과하지 말아야겠다.

명민한 두뇌와 뛰어난 문재(文才)에 덧붙여 두둑한 문화 자본까지 물려받았음에도 그는 평생 겸손한 자세로 문학에 임했다. 성실한 학자-교수이자 번역가였던 그가 소설가로서 염두에 둔 것은 문학사와의 대결이었던 것 같다. 패러디와 언어 유희에 기초한 그의 서사 전략은 문학사에 대한 깊은 통찰, 그것 없이는 한 발짝도 앞으로 나아갈 수 없다는 인식과 절망(!)이 낳은 이른바 '영혼의 형식'이다. 유럽(독일) 망명 중에 쓴 『절망』은 "열병으로 인한 발작성 정신이상과 자존감 상실로 인한 일탈 행동 분야의 우리 전문가," 즉 도스토예프스키를 겨냥한 소설이다. 문체와 형식은 『지하로부터의 수기』, 분신과 참칭의 테마는 「분신」, 죄와 벌의 테마는 『죄와 벌』에서 취했다. 나보코프는 대놓고 그를 삼류 작가라고 폄하했지만 이 거장을 향한 그의 감정이 얼마나 양가적인 것이었는지가 여실히 드러난다. 더 근본적으론, 영원히 잃어버린 낙원(러시아와 러시아 문학)을 향한 그의 노스탤지어 역시 격하게 공감된다.

블라디미르 나보코프, 최종술 옮김, 『절망』, 문학동네, 2011.

『사형장으로의 초대』
─ 환상과 패러디의 세계

1936년, 블라디미르 나보코프

    법에 따라 친친나트 C에게 속삭이는 소리로 사형 선고가 내려졌다. 모두들 미소를 주고받으며 일어섰다. 백발의 판사는 친친나트의 귀에 대고 가쁜 숨을 내쉬며 결과를 통보해 주고 마치 풀 붙인 자리가 떨어지듯 천천히 뒤로 물러났다.

    그 즉시 그는 요새 감옥에 갇힌다. 간수(로디온)가 매일 아침 그의 감방에 나타나고(청소를 하고 거미에게 먹이를 준다.) 감옥 소장(로드리그)과 변호사(로만)가 출몰하고 창백한 얼굴의 말 없는 사서가 책자를 들고 드나든다. 공놀이를 즐기는, 소장의 열두 살짜리 딸(엠모치카)의 요사스러운 언행도 눈에 띈다. 이렇다 할 사건 없이, 혹은 어떤 사건도 사건으로 조명받지 않은 채 지루한 반복과 사소한 변주가 지속되는 가운데 새로운 죄수(므슈 피에르)가 들어온다. 그는 친친나트를 구하려다가 체포되었다고 말하지만 실은 이 모든 상황을 지휘해 온 사형 집행인인 것으로 밝혀진다. 20장, 친친나트는 사형장으로 이송된다. 과연 피에르의 표현대로 "싹둑-싹둑"될 것인가.

『사형장으로의 초대』는 어떻든 사상범의 체포와 사형이라는 주제를 다룬 소설이다. 인간 개개인의 자유와 권리를 억압하는 전체주의 체제에 대한 풍자를 담은 환상적 알레고리로, 즉 자먀틴의 『우리들』이나 조지 오웰의 『1984』 같은 디스토피아 소설의 맥락에서 읽고 싶은 유혹을 피하기 어렵다. 그러나 바로 이런 독법에 작가는 노골적인 반감을 표시했다. 소설의 첫 문장에서부터 확연히 드러나는 카프카와의 연관성도 부정했다. 이 당혹스러운 소설을 어떻게 읽어야 할까.

친친나트가 속한 세계는 극도로 조건적이다. 오직 그 한 명만을 위해서 만들어 놓은 것 같은 거대한 성채는 실제 감옥의 재현이라기보다 그것의 도상적인 축소판이다. 가짜 태양, 가짜 시계(비어 있는 숫자판에 30분마다 보초가 바늘을 새로 그려 넣고 시계 소리도 직접 낸다.), 로디온의 거미 등 모든 것이 연극 소품 같다. 이름이 비슷한(모두 R로 시작한다.) 소장, 변호사, 간수는 일인이역을 맡은 한두 명의 동일인처럼 보인다. '죄수 연기를 해야 하는 형리' 역을 맡은 무슈 피에르(Pierre의 첫 알파벳 P는 러시아어 알파벳의 R과 모양이 같다.)도 마찬가지다. 그는 친친나트와 대화를 나누며 '커닝 쪽지'를 힐끔힐끔 보기도 한다. 가구와 세간까지 몽땅 싸들고 친친나트를 면회 온 아내(마르핀카)와 처갓집 식구들은 통째로 인형극을 연상시킨다. 어머니(체칠리야 C)도 예외가 아니다. 생김새는 친친나트와 닮았으나, 폭풍우 속을 헤치고 온 듯 검은색 비옷에 방수 모자를 쓰고 있음에도 신발은 전혀 젖지 않았다. 그런 그녀를 향해 친친나트는 진짜 어머니가 아니라 어머니의 패러디라고 외친다.

각종 인형과 모조품 사이에서 친친나트는 전기, 즉 역사를 가진 유일한 인물이다. 또 투명성에 지배되는 이 세계 속에서 유일하게 불투명한, 투시되지 않는 존재이다. 거듭된 체포와 석방에 이어 사형 선고까지 받게 한 죄목인 그의 '영지주의적 간악함'은 유체 이탈과 같은 형식으로 표현된다.

그는 일어나서 가운과 사발 모자, 실내화를 벗었다. 아마포 바지와 셔츠도 벗었다. 가발을 벗듯이 머리를 벗었고 벨트를 벗듯이 쇄골을 벗었고 갑옷을 벗듯이 흉곽을 벗었다. 엉덩이를 벗었고 다리를 벗었고 마치 장갑처럼 양팔을 벗어서 구석으로 던져 버렸다. 그에게서 남은 것들은 간신히 공기를 물들이면서 차츰차츰 흩어져 나갔다.

세계는 연극적이고 속물적인 '이 세계'와 그것 너머에 존재한다고 상정되는 '저 세계' 등 이원적으로 구성되어 있다. 그만큼이나 그의 존재도 이분되어 있다. 사형이라는 꼭두각시놀음의 희생양 역을 맡은 친친나트, 그리고 자신의 수명처럼 줄어 가는 몽당연필을 갖고 뭔가를 끊임없이 써 나가는 또 다른 친친나트. 두 세계의 경계에 놓인, 옷을 벗고 단두대에 누워 참수의 순간을 기다리는 그의 최후 역시 독특하다.

> 한 명의 친친나트는 숫자를 세고 있었지만, 다른 친친나트는
> 점점 멀어져 가는, 쓸데없이 숫자 세는 소리에 더 이상 귀 기울이
> 지 않았다. (중략) 내가 왜 여기 있지? 무엇 때문에 이렇게 엎드려
> 있는 거지? 그는 스스로에게 이런 단순한 질문을 던지고는 일어나
> 서 주위를 둘러보는 것으로 답을 했다.

지금껏 그를 위해 존재했던 연극 무대가 모조리 치워진다. 단두
대를 비롯한 각종 소품들이 흩어지는 가운데 그는 새로운 세계로,
목소리들로 봐서 자신과 닮은 존재들이 있는 쪽으로 향한다. 바로
자유와 불멸의 '저 세계'이다. 이런 환상적 분위기는 친친나트가 읽
고 있는 『참나무』라는 소설과 비교된다. 그것은 주인공인 참나무가
자기가 경험한 일을 연대기처럼 기록한 소설로서 사진처럼 엄정한
리얼리즘의 법칙을 따른다.

그러나 친친나트가 주인공인 『사형장으로의 초대』는 그런 "평균
적인 리얼리티" 혹은 "낡은 리얼리티"(『강력한 견해들』)를 배반하며 실
제 세계를 고의로 뒤집을 뿐만 아니라 그 점을 고의로 부각시킴으로
써 새로운 리얼리티를 선보인다. 체칠리야가 말하는 '네트카(현실)'와
굽은 거울(예술)의 관계("부정의 부정은 긍정을 낳는다.")는 나보코프 문
학의 한 측면을 설명해 준다. 여기에는 작가가 자기 식으로 문학사
에 안치한 러시아 고전 문학, 아니, 기존의 문학이 큰 의미를 지닌다.

그것은 가죽 외투를 입은 작고 털 많은 푸시킨, 화려한 조끼를 입은 쥐를 닮은 고골, 농민 외투를 입은 두툼한 코의 늙은 톨스토이 등 친친나트가 만드는 봉제 인형으로 표현된다. 이 '신화적인 19세기'를 넘어서 나보코프는 소설 장르의 새로운 장을 연다. 작가 스스로 가장 애정을 느낀다고 고백한 작품은 『롤리타』이지만 최고작으로 자부하고 격찬한 작품은 『사형장으로의 초대』이다. 독서가 여전히 고도의 지적인 유희로 남기를 바라는 독자에게 권한다.

블라디미르 나보코프, 박혜경 옮김, 『사형장으로의 초대』, 을유문화사, 2009.

『픽션들』

— 메타 픽션의 정수

1944년, 호르헤 루이 보르헤스(1899~1986)

보르헤스의 소설을 펼치는 순간, 소설이 사람과 사람들의 관계 망에 관한 이야기라는 통념이 무너진다. 가령 『픽션들』에 수록된 한 단편(「피에르 메나르, 『돈키호테』의 저자」)은 어느 작가의 문학적 기획을 다룬다. 피에르 메나르는 열아홉 편의 '눈에 보이는 작품' 외에 '지하에 묻혀 있는' 걸작을 한 편 더 남겼다. 바로 세르반테스의 『돈키호테』와 단 한 자도 틀리지 않은 채 '완전한 일치'를 보여 주는 괴상한 소설이다. 처음에 그는 세르반테스의 삶을 추체험함으로써 『돈키호테』를 다시 쓰려고 했으나 이것이 별로 재미없는 작업으로 생각되었다. 아무래도 세르반테스가 되어 『돈키호테』에 이르는 것보다 계속 피에르 메나르로 남아 있으면서 피에르 메나르의 경험을 통해 『돈키호테』에 이르는 것이 더 도전적이고 매혹적이었다. 텍스트의 반복(같음)과 일련의 정황에 따른 변주(차이) 속에서 모호한, 따라서 풍요로운 의미가 생성되는 것이다. 이미 존재하고 있는 책을 다른 언어로 다시 쓰는 일이 난해함과 동시에 '쓸모없는' 작업임은, 물론 그가 더 잘 안다. 그럼에도 그는 수많은 불면의 밤을 보내며 이 일에 몰두한다. 이 삭막한 불모의 소설이 시인이자 비평가였던 보르헤스가 쓴 첫 소설, 말하자면 보르헤스 소설의 선언문이다. 그는 사실의 모방과 재현이 아니라 허구에 맞서는 또 다른 허구, 즉 '픽션들'의 창조와 기교의 개발에 집중한다. 인간과 세계 자체가 아니라 이미 그 작업을 거친 텍스트에서 출발하여 그것으로 귀결되는 만큼, 그의 소설은 그 태생에 있어 이론적이고 철학적, 즉 메타적이다.

물론 「두 갈래로 갈라지는 오솔길들의 정원」처럼 흥미진진한 탐정 소설도 있다. 유춘 박사는 영국에서 활동 중인 독일 스파이로서 모종의 지령(새로운 영국 포병대가 있는 곳과 똑같은 이름을 가진 사람을 살해함으로써 그 위치를 독일 쪽에 전함)을 완수하는 데 성공한다. 문제는 그 밑에 도사린 또 다른 텍스트이다. 오직 이름 때문에 유춘의 표적이 된 앨버트 박사는 하필이면 그의 증조부(추이펀)가 '쓴 소설'(혹은 '만든 미로')인 『두 갈래로 갈라지는 오솔길들의 정원』을 연구하는 중이다. 무한히 연속되는 '시간'을 다룬 이 작품의 내용은 해석과 비평의 형식을 빌려 일부만 소개된다. '팡'이라는 사람은 비밀을 하나 갖고 있다, 낯선 사람이 그의 방문을 두들기자 팡은 그를 죽이기로 결심한다, 여기에는 여러 결말이 있을 수 있다, 각 결말은 또 다른 갈라짐의 출발점이 되고 언젠가 그 미로의 길들이 모이게 된다, 라는 것이다. 한데 '팡'의 정황이 곧 유춘의 방문을 받은 앨버트의 정황이다. 나아가 세속의 부귀영화를 포기하고 13년 동안 '소설/미로' 창작에만 전념하다가 어느 '낯선 사람'의 손에 목숨을 잃은 추이펀의 운명이, 역시나 『두 갈래로 갈라지는 오솔길들의 정원』을 연구하다가 역시나 '낯선 사람'의 총에 맞는 앨버트의 운명을 통해 반복된다. 영국인 중국학자(앨버트)와 중국인 영국학자(유춘) 역시 그 정체성에 있어 묘한 데칼코마니를 이룬다.

요컨대, 역사는 반복되고 현실과 환상(꿈), 나(주체)와 너(객체)의 경계는 무의미하다. 모든 인물들은 서로가 서로에게 분신이자 환영(幻影)이다. 이 점에서 「원형의 폐허」는 보르헤스 식 환상 소설의 최고봉이라고 할 만하다. '회색빛의 남자'가 불에 의해 파괴된 불의 신전('원형의 폐허')에 도착한다. 그는 '한 명의 사람을 꿈꾸기' 위해, 완벽한 꿈을 통해 현실을 기만하기 위해 연일 잠만 자고 꿈만 꾼다. 마침내 그는 "살아 움직이고 따뜻하고 비밀스럽고 주먹만 한 크기의, 아직 얼굴도 성별도 없는 한 인간 육체의 어둠 속에 있는 석류빛 심장을" 꿈꾸기에 이른다. 밤마다 꿈으로써 키워 낸 생명이 드디어 깨어나자 씁쓰레한 기분을 느끼며, 아이가 자신이 진짜 사람이 아니라 다른 사람의 꿈이 만들어 낸 환영이라는 사실을 알지 못하도록 그동안의 기억을 말소시킨다. "사람이 아니라 다른 사람의 꿈이 투영된 것이라는 사실, 이것이야말로 그 무엇과도 비교할 수 없는 치욕이고 혼란스러운 것이 아닌가!" 그의 작업이 끝날 무렵 화마가 부활한다. 물속으로 도망치려던 그는 이내 뭔가를 깨닫는다. 여기서 그를, 나아가 독자를 기습하는 반복('나'의 운명의 반복과 소설 플롯의 반복)이 서슬 퍼런 칼날 같다. 불길 속으로 의연히 걸어 들어가면서 그는 자기 역시 그를 꿈꾸었던 또 다른 사람의 환영이라는 사실을 깨닫는 것이다.

미셸 푸코가 『말과 사물』의 첫 장에서 쓴 말("이 책의 탄생 장소는 보르헤스의 텍스트이다.")이 암시하듯 보르헤스의 문학은 우리 사유의 패러다임을 바꿔 놓았다. 메타 픽션 혹은 패러디 문학, 소위 '쓰기보다 읽기'는 역사의 종말과 작가의 죽음 이후 문학에 주어진 최후의 보루이다. "이따금 나는 좋은 독자들은 좋은 저자들보다 더욱더 난삽하고, 독특한 존재들이라고 생각한다. (중략) 따라서 읽기는 쓰기 후에 일어나는 행위이다. 보다 체념적이고, 보다 문화적이고, 보다 지적인 행위."(『불한당들의 세계사』) 한편, 현실 도피적인 엘리트 문학이 아니냐는 지당한 비난에 맞서 보르헤스는 그 나름대로 당당하게, 멋진 입장을 견지한다. "나는 상아탑 속에 갇혀 다른 것들에 대해 생각하는 것 또한 현실을 변화시키는 하나의 방법이 아닌가 하고 생각합니다. 나는 당신이 말한 대로 상아탑 속에 있기 때문에 어떤 시 한 편을 떠올리고 있고, 어떤 책 한 권을 구상하고 있는 겁니다." (「대담: 보르헤스가 보르헤스에 대해 말하다」)

사실 그는 라틴아메리카(아르헨티나) 출신임에도 영국계 할머니와 작가를 꿈꾸었던 변호사 아버지 덕분에 일찌감치 풍요로운 이중 언어의 환경에 노출되었다. 그리고 정규 학교 교육 대신 최상의 가정 교육을 받으며 자랐다. 그가 그토록 아낀 『돈키호테』도 스페인어가 아니라 영어 번역으로 먼저 읽었다니, 놀라울 따름이다. 이후 그는 도서관 사서(관장)로도 일하면서 평생 '공부-읽기'에 전념한다. '문'

(文)의 삶을 살면서 '칼잡이', '불한당', '호랑이', 팜파스의 '가우초' 등
'무(武)'의 삶을 상상한 그의 이력이 세르반테스(군인 작가)와 돈키호
테(독서광 기사)의 조합처럼 보이기도 한다. 모래처럼 처음도 끝도 없
고 내부에서 페이지들이 점점 불어나는 '모래의 책,' 그 책들로 이루
어진 '바벨의 도서관'에 파묻혀 오직 책만 먹고 산 이 경이로운 인간
에게 실명은, 다독 탓이 아니라 부계 쪽 유전 질환이지만, 아무튼 숙
명이 아닐까 싶다. "점차로 아름다운 세계가 그로부터 떠나기 시작
했다. (중략) 그는 자신이 점차로 장님이 되어 가고 있다는 것을 알고
소리쳐 울었다."

호르헤 루이스 보르헤스, 송병선 옮김, 『픽션들』, 민음사, 2011.

살다, 읽다, 쓰다

『장미의 이름』

— 책에 바치는 책

1980년, 움베르토 에코(1932~2016)

『장미의 이름』은 노수도사 아드소가 젊은 날 배스커빌 사람 윌리엄을 따라 이탈리아의 모 수도원에 갔다가 겪은 일을 기록한 수기이다. 수도원장은 종교 재판관이었던 윌리엄에게 아델모 사건의 수사를 부탁한다. 그의 노력에도 불구하고 여러 수도사들이 「요한 묵시록」에 예언된 방식으로 죽어 가고 종국에는 그 자신도 사건에 깊이 연루된다.

흥미진진한 탐정 소설이자 추리 소설인 『장미의 이름』은 중세에 '대한' 소설일 뿐만 아니라 중세'에서' 쓴 역사 소설이기도 하다. 종교 권력(교황/수도원장-사서)과 세속 권력(황제/봉건 영주)의 대립이 작품의 주된 축을 이룬다. 수도원만 놓고 본다면 지역 영주의 사생아인 수도원장과 외지 출신 장서관 사서(부르고스 사람 호르헤)의 어두운 계약, 수도원 내부의 지역 감정과 갈등이 중세의 암흑의 이면을 보여 준다. 이와 더불어 『장미의 이름』은 '덧없는 이름(기호)'만 남은 '지난

날의 장미,' 즉 '책-텍스트'에 관한 '책-텍스트'이자 '책-물건'에 바치는 또 다른 '책-물건'이다.

수도원의 장서관은 유럽 전역에 명성이 자자할 만큼 많은 책과 희귀본을 소장하고 있다. 목록은 열람할 수 있으되 사서의 허락이 없으면 실제 책은 볼 수 없고 외부 반출은 전면 금지되는 폐가제이다. 이는 중세 책의 생산 및 유통 환경, 그 특성과 위상에서 기인한다. 책을 번역하거나 필사하는 일(베난티오), 아름답게 채색하는 일(아델모), 그렇게 만들어진 책을 관리하는 일(베렝가리오, 말라키아) 등 간단히 책은 그 자체가 권력이다. 모든 권력은 위계질서를 갖는다. 장서관의 사서가 장차 수도원장으로 가는 요직인 것도, 장서관이 중세의 TO지도를 모델로 한 수학적 미궁의 복잡성을 갖춘 것도 당연하다. 희생양이 된 수도사들은 모두 금서에 손을 댄 자들, 또 대부분 그리스어를 읽을 줄 아는 자들이다. 그렇다면 호르헤가 장서관의 밀실에 감춰 둔 채 살인까지 불사하며 지키려고 한 책은 대체 무엇인가.

아리스토텔레스의 『시학』 2권은 그의 비극론(『시학』 1권)을 잇는 희극론으로서 완전히 소실되었거나 숫제 쓰이지 않은 것으로 알려져 있다. 웃음과 희극에 관한 많은 책 중 유독 이 책만 문제 삼는 것은 젊은 수도사들 사이에서 이 '이교 철학자'의 권위가 너무 높은 탓이다. 웃음 관련 논의는 『장미의 이름』 초반부터 활발하다. 원칙주의자이자 근본주의자인 호르헤는 인간의 모범-원형인 그리스도가 웃었다는 말이 없다는 사실을 근거로 웃음 반대론을 펼친다. 여기에 맞서는 윌리엄(그리고 살해된 아델모, 베난티오 등)의 논리는 '인간은 웃을 줄 아는 유일한 동물'이라는 아리스토텔레스의 전제를 따른다. 웃음은 "목욕과 같은 것", "우울증의 특효약"이자 "사악한 것의 기를 꺾고 그 허위의 가면을 벗기는" 기능을 한다는 것이다. 웃음을 두고 기독교 전통(특히 구약, 순수 히브리 전통)과 '이교'인 고대 희랍(나아가 라틴-로마) 전통, 또한 신학과 철학(문학)의 한판 승부가 펼쳐진다. 자 칫 고리타분한 탁상공론으로 전락할 수 있는 얘기가 이토록 흥미로 운 것은 촘촘한 플롯과 더불어 인물들의 또렷한 형상 덕분이다.

가령 로저 베이컨을 숭배하고 오컴의 윌리엄과 친분을 유지하 는 종교 재판관 윌리엄은 뛰어난 과학 지식(영국식 경험론)에 덧붙여 얽히고설킨 일을 푸는 것 자체를 즐긴다. 이 점에서 그의 대극에 선 자는 또 다른 종교 재판관 베르나르 기이다. 그의 관심사는 탐구와 추리가 아니라 심판과 처형이다. 요컨대, 피의자를, 그가 진범이냐 아니냐와 무관하게, 화형대로 보내는 데 집중한다. 그를 두고 윌리엄 은 '정의에의 왜곡된 탐욕'에, 나아가 '권력에의 탐욕'에 사로잡힌 인 물이라고 말한다. 실제로 그는 신과 정의의 이름으로 (아드소와 짧은 연애를 한 처녀를 포함하여) 무고한 자들을 화형대에 세움으로써 한 치 의 오류도 범하지 않는, 정확히 그렇다는 거짓된 믿음에 빠져 있는 중세적 잔혹함-어둠을 대변한다. 반면 윌리엄은 각종 편견에서 최대 한 자유롭되 어쩌면 그 때문에 수시로 오류를 범하고 항상 갈팡질 팡한다. 더러 자신의 실수를 깨닫거나 분을 못 이겨 호통을 치기도 하는 그의 모습이 생기롭다. 그가 당시로는 고령인 50세임에도 호리 호리한 몸매에 건장한 체력을 갖춘 것도 눈에 띈다. 이런 그의 또 다른 짝패는 호르헤다.

그는 박학다식하고 여러 '이교도 말'에 능통할뿐더러 많은 희귀
본을 직접 구해 온 인물이고, 또 몹시 여윈 몸에 고령, 심지어 장님
임에도(혹은 그렇기에) 극도로 발달된 다른 감각과 비밀 통로를 이용
하여 수도원 내에서 '무소부재(無所不在)'하는 인물이다. 스페인의 꼬
장꼬장한 선비 정신을 구현하는 듯한 호르헤는 한마디로, 신비와 공
포, 즉 카리스마 자체이다. 아리스토텔레스의 희극론을, 그 지식을
혼자 독식한 그를 향해 윌리엄은 이렇게 외친다. "이 영감아, 악마는
바로 당신이야! (중략) 악마라고 하는 것은 영혼의 교만, 미소를 모
르는 신앙, 의혹의 여지가 없다고 믿는 진리…… 이런 게 바로 악마
야! (중략) 봐라, 이 영감은 악마답게 이렇게 어둠 속에 살고 있지 않
아!" 여기에 맞서는 노수도사의 대응 역시 만만치 않다. 그는 제 손
으로 독약을 발라 놓은 책을 먹어 치움으로써 (밀실 침입을 시도하다가
통로-틈새에 끼여 질식사했을 수도원장에 이어) 스스로를 일곱 번째 제물
로 바친다. "내가 곧 무덤이 될 터이다. 그 비밀을 나는 나의 무덤에
봉인하리라!" 그의 첫 웃음이자 마지막 웃음에서 평생 동안 균열과
이탈을 몰랐던 한 수도사-학자의 희비극이 엿보인다.

그는 웃었다, 그가, 호르헤가, 그가 웃는 것을 본 것은 그때가
처음이었다. 그는 목구멍으로 웃었다. 입술은 웃는 꼴을 하지 못
했다. 아니, 웃는 것이 아니라 우는 것 같았다.

358 살다, 읽다, 쓰다

책과 함께 죽는, 사실상 자살하는 호르헤의 말로가 실로 전율스럽다. 그는 자신이 들고 있던 등잔불을 던짐으로써 모든 장서를 불사르고 그 와중에도 암흑 속을 용케 헤쳐 나가며 끊임없이 책장을 찢어 먹는다. 결국 윌리엄의 동분서주에도 불구하고 장서관은 물론 수도원이 몽땅 불타 버린다. 모든 상황이 종료된 다음 윌리엄은 이런 총평을 내린다.

> 철학에 대한 증오로 일그러진 그(호르헤)의 얼굴에서 나는 처음으로 가짜 그리스도의 얼굴을 보았다. (중략) 가짜 그리스도는 지나친 믿음에서 나올 수도 있고, 하느님이나 진리에 대한 지나친 사랑에서 나올 수도 있는 것이다. (중략) 그리고 진리를 위해서 죽을 수 있는 자를 경계하여라. 진리를 위해 죽을 수 있는 자는 대체로 많은 사람을 저와 함께 죽게 하거나, 때로는 저보다 먼저, 때로는 저 대신 죽게 하는 법이다. (중략) 호르헤가 아리스토텔레스의 서책을 두려워한 것은, 이 책이 능히 모든 진리의 얼굴을 일그러뜨리는 방법을 가르침으로써 우리를 망령의 노예가 되지 않게 해 줄 수 있어 보였기 때문이다.

이 유연성 있는 수도사-학자의 말에서 작가인 움베르토 에코의 목소리가 들림은 물론이다. 상아탑에 적(籍)을 두되 '속세(대중)'의 각종 쾌락도 마다하지 않은 재기발랄한 석학이 '아리스토텔레스의 『시학』의 열렬한 숭배자'를 자처하며 "(모범) 독자를 위해서"(『장미의 이름 작가 노트』) '즐거운 지식'의 소설을 써 주었다. 『장미의 이름』을 발표했을 때 에코는 이미 미학 연구자이자 중세 연구자, 이어 기호학자로서 명성을 떨친 볼로냐 대학의 중년 교수였다. 이후 『푸코의 진자』를 비롯해 최근작 『프라하의 묘지』, 마지막 소설인 『제0호』에 이르기까지 그 스스로 개척한 장르의 걸작을 연이어 내놓았음에도 그는 천생 소설가가 아니라 학자-교수로 여겨진다. 상아탑에 스스로를 감금한 장님 학자-소설가(보르헤스)가 축조한 '바벨의 도서관,' 즉 메타 문학의 성취를 십분 흡수하되 "플롯의 귀환"(『장미의 이름 작가 노트』)을 위해 축배를 드는 소설! 소설 속 윌리엄(아드소)과 호르헤의 승부는 소설 밖 에코(이탈리아)와 보르헤스(스페인)의 승부처럼 읽히기도 한다. 진정 여느 무협지보다도 더 박진감 넘치는, 꼭 한번은 지켜봐야 할 '배틀'이 아닐 수 없다.

움베르트 에코, 이윤기 옮김, 『장미의 이름』, 열린책들, 2009.

살다, 읽다, 쓰다

참고 문헌

Владимир Набоков, Лекции по русской литературе, Независимая газета, 1996.

Владимир Набоков, Лекции по зарубежной литературе, Независимая газета, 2000.

Владимир Набоков, Лекции о Дон-кихоте, Независимая газета, 2002.

Владимир Набоков, *Strong Opinions*, Vintage, 1990.

F. R. Leavis, *The Great Tradition*, Chatto & Windus, 1948.

Georg Lukacs, *The Meaning of Contemporary Realism*, Merlin Press, 1972.

Gilles Deleuze, *Bartelby; or, The Formula, Essays Critical and Clinical*, Univ. of Minnesota Press, 1997.

T. S. Elliot, *The Sacred Wood; Essays on Poetry and Criticism*, Methuen. co. ltd., 1921.

게오르크 루카치, 김경식 옮김, 『소설의 이론』, 문예출판사, 2007.

다케우치 요시미, 서광덕 옮김, 『루쉰』, 문학과지성사, 2003.

단테, 박우수 옮김, 『새로운 인생』, 민음사, 2005.

루쉰, 공상철·서광덕 옮김, 『외침』, 그린비, 2010.

루쉰, 김시준 옮김, 『루쉰 소설 전집』, 을유문화사, 2008.

르네 지라르, 김치수·송의경 옮김, 『낭만적 거짓과 소설적 진실』, 한길사, 2001.

리처드 엘먼, 전은경 옮김,『제임스 조이스』, 책세상, 2002.

마틴 에슬린, 김미혜 옮김,『부조리극』, 한길사, 2005.

미겔 데 세르반테스, 박철 옮김,『세르반테스 모범소설』, 오늘의 책, 2003.

미셸 푸코, 이규현 옮김,『말과 사물』, 민음사, 2012.

밀란 쿤데라, 권오룡 옮김,『소설의 기술』, 민음사, 2013.

밀란 쿤데라, 김병욱 옮김,『배신당한 유언들』, 민음사, 2013.

밀란 쿤데라, 박성창 옮김,『커튼』, 민음사, 2012.

슈테판 츠바이크, 원당희 옮김,『천재와 광기』, 예하출판, 1993.

슈테판 츠바이크, 안인희 옮김,『발자크 평전』, 푸른숲, 1988.

스티븐 횔러, 이재길 옮김,『이것이 영지주의다』, 샨티, 2006.

심보선,『슬픔이 없는 십오 초』, 문학과지성사, 2008.

아르놀트 하우저, 반성완·백낙청·염무웅 옮김,『문학과 예술의 사회사 — 현대편』,
    창비, 2016.

아리스토텔레스, 김한식 옮김,『시학』, 펭귄클래식코리아, 2010.

아쿠타가와 류노스케, 진웅기 등 옮김,『아쿠다가와 작품선』, 범우사, 2000.

알랭 드 보통, 하태환 옮김,『프루스트가 우리의 삶을 바꾸는 방법들』, 박중서 옮김, 2010.

알베르 카뮈, 김화영 옮김,『반항하는 인간』, 책세상, 2003.

알베르 카뮈, 김화영 옮김,『안과 겉』, 책세상, 2000.

알베르 카뮈, 김화영 옮김,『적지와 왕국』, 책세상, 1988.

어니스트 존스, 최정훈 옮김,『햄릿과 오이디푸스』, 황금사자, 2009.

에리히 아우어바흐, 이종인 옮김,『세속을 노래한 시인 단테』, 연암서가, 2014.

요한 볼프강 폰 괴테, 안삼환 옮김,『빌헬름 마이스터의 수업시대』, 민음사, 1999.

요한 볼프강 폰 괴테, 전영애·최민숙 옮김,『괴테 자서전: 시와 진실』, 민음사, 2009.

움베르토 에코, 이윤기 옮김,『장미의 이름 작가 노트』, 열린책들, 2009.

이성복,『프루스트와 지드에서의 사랑이라는 환상』, 문학과지성사, 2004.

이인성, 「『고도를 기다리며』 해설」(http://www.leeinseong.pe.kr/769)

자크 르 고프, 최애리 옮김, 『연옥의 탄생』, 문학과지성사, 2000.

장 이브 타디에, 하태환 옮김, 『프루스트』, 책세상, 2000.

장 주네, 윤정임 옮김, 『자코메티의 아틀리에』, 열화당, 2007.

장 폴 사르트르, 방곤 옮김, 『구토』, 문예출판사, 1999.

잭 자이프스, 김정아 옮김, 『동화의 정체: 문명화의 도구인가 전복의 상상인가』, 문학동네, 2008.

전혜린, 『그리고 아무 말도 하지 않았다』, 민서출판사, 2004.

전혜린, 『이 모든 괴로움을 또다시』, 민서출판사, 2002.

제프리 메이어스, 이진준 옮김, 『헤밍웨이』, 책세상, 2002.

조지 오웰, 이한중 옮김, 『나는 왜 쓰는가』, 한겨레출판, 2010.

지그문트 프로이트, 김인순 옮김, 『꿈의 해석』, 열린책들, 2004.

지그문트 프로이트, 정장진 옮김, 『예술, 문학, 정신분석』, 열린책들, 2004.

질 들뢰즈, 서동욱·이충민 옮김, 『프루스트와 기호들』, 민음사, 2004.

질 들뢰즈·펠릭스 가타리, 조한경 옮김, 『소수 집단의 문학을 위하여: 카프카론』, 문학과지성사, 1992.

폴 리쾨르·김한식, 이경래 옮김, 『시간과 이야기 2. 허구 이야기에서의 형상화』, 문학과지성사, 2000.

프란츠 카프카, 이주동 옮김, 『꿈 같은 삶의 기록 — 잠언과 미완성 작품집』, 솔출판사, 2004.

프랑코 모레티, 성은애 옮김, 『세상의 이치』, 문학동네, 2005.

허버트 로트만, 진인혜 옮김, 『플로베르: 자유와 문학의 수도승』, 책세상, 1997.

호르헤 루이스 보르헤스, 황병하 옮김, 『불한당들의 세계사』, 민음사, 1994.

호르헤 루이스 보르헤스, 황병하 옮김, 『칼잡이들의 이야기』 민음사, 1997.

살다, 읽다, 쓰다

1판 1쇄 펴냄 2019년 9월 19일
1판 4쇄 펴냄 2020년 6월 23일

지은이 김연경
발행인 박근섭·박상준
펴낸곳 (주)민음사

출판등록 1966. 5. 19. (제 16-490호)
서울특별시 강남구 도산대로 1길 62(신사동)
강남출판문화센터 5층(우편번호 06027)
대표전화 02-515-2000 팩시밀리 02-515-2007

www.minumsa.com
ⓒ 김연경, 2019. Printed in Seoul, Korea

ISBN 978-89-374-4385-5 03810